LEVEL 26

TOME 3 DARK REVELATIONS

LEVEL 26

TOME 3 DARK REVELATIONS

Traduit de l'anglais (États-Unis)
Par Pascal Loubet

ANTHONY E. ZUIKER
avec la collaboration de Duane Swierczynski

Michel Lafon

DU MÊME AUTEUR CHEZ LE MÊME ÉDITEUR

Level 26
Level 26, Dark Prophecy

Internet peut prendre le relais du roman.
Connectez-vous sur level26.com, ou scannez le flashcode, et regardez les séquences réalisées par Anthony Zuiker sur votre ordinateur ou directement sur votre smartphone.

7-13, bd Paul-Émile-Victor, Ile de la Jatte – 92521 Neuilly-sur-Seine.
www.michel-lafon.com

À mon oncle Denis Scinta, mon plus grand fan

Les forces de l'ordre classent les meurtriers sur une échelle de 1 à 25, allant de l'opportuniste naïf jusqu'au tueur sadique, organisé et calculateur.

Ce que presque personne ne sait, c'est qu'une nouvelle catégorie de meurtriers est apparue. Et qu'un seul homme est capable de les arrêter.

Ses cibles : les tueurs de niveau 26.

Ses méthodes : n'importe lesquelles.

Son nom : Steve Dark.

ACCEPTERAS-TU
D'ENTRER
DANS LE
LABYRINTHE... ?

1

Labyrinthe

Au coin de la rue, le sans-abri titube d'avant en arrière, en face de l'immense phallus blanc et luisant de l'hôtel de ville de Los Angeles.

Soit il s'apprête à traverser, soit il va tomber à la renverse et mourir.

Pourtant il ne va pas mourir.

Pas tout de suite, en tout cas.

Après un moment, il s'essuie le front, cale le paquet sous son bras et traverse.

Gentille petite marionnette.

Regardez-le franchir le parvis bien propre, passer les portes du quartier général tout neuf de la police et avancer jusqu'au contrôle de sécurité.

Le sans-abri s'arrête et attend qu'un vigile le remarque, ainsi qu'il lui a été demandé.

Le vigile demande :

Vous désirez ?

Les agents de sécurité ont l'habitude de voir des hommes (et parfois des femmes) dans cet état-là. Ils font la manche, demandent une cigarette ou veulent utiliser les toilettes ; mais celui-ci sourit légèrement, découvrant des gencives enflées et pourries et des dents ravagées par la meth, puis tend le colis d'un air idiot en faisant signe au vigile de le prendre.

Exactement comme je l'ai conditionné.

Le mot BOMBE s'inscrit quasiment sur le visage du vigile.

Tout le monde se jette à terre.

Le bâtiment est doté d'un système antiterrorisme dernier cri – on ne lâche pas 437 millions de dollars dans la construction d'un nouveau siège de la police sans en consacrer une bonne partie à la sécurité, dans ce monde de l'après-11 septembre où les édifices officiels et les administrations sont des cibles prioritaires.

Par les baies vitrées, je vois qu'on arrache sans ménagement le paquet au sans-abri.

Assis sur un banc, je sirote un gobelet de café légèrement amer.

Et enfin cela commence.

Je peux faire des tas de choses.

Des choses que vous ne pourriez même pas imaginer.

J'ai des pouvoirs, des compétences et des capacités qui dépassent l'entendement humain.

Malgré tout, je ne peux pas voir à travers les murs.

Cependant, je sais précisément ce qui se passe à l'intérieur du quartier général de la police en cet instant même.

Le paquet soupçonné être une BOMBE doit avoir été transporté dans un local à l'extérieur pour être examiné au moyen d'un équipement de pointe. Rayons X. Analyses chimiques. Chacun de ces tests coûtant aux habitants de Los Angeles une somme ahurissante.

L'ancien protocole était plus simple : on faisait exploser, on fouillait dans les restes après.

Mais plus maintenant, en notre époque de progrès.

Si seulement ils ouvraient le colis, tout serait clair. Mais je sais qu'ils n'en feront rien, parce qu'ils craignent qu'il y ait une bombe à l'intérieur.

Et, pour dire la vérité, ils ont raison. J'ai bien expédié une bombe.

Sauf qu'elle n'est pas dans le colis.

Ensuite, le sans-abri devrait être amené dans une salle d'interrogatoire avec le directeur adjoint du contre-terrorisme et celui du bureau des Affaires spéciales.

J'ai consulté les plannings et je sais exactement qui sera dans la salle avec ce clochard puant. Des hommes au passé pas toujours blanc-bleu.

Et le sans-abri ne prononcera pas un mot. Au mieux, il sera à peine cohérent.

Il n'osera pas demander un avocat ni réagir aux questions directes.

Il n'osera pas.

Exactement comme je le lui ai appris.

Pour entrer dans le Labyrinthe, connectez-vous à Level26.com et saisissez le mot de passe : « boum ».

2
Dark

Centre de Los Angeles, Californie

Quand Steve Dark arriva sur les lieux, c'était le chaos au quartier général de la police de L.A. Une rangée de policiers costauds en tenue tenta de le repousser en hurlant : « Accès interdit, pas question, je me fiche de savoir avec qui vous êtes, je me fiche de ce que vous racontez. » Dark sortit calmement son mobile de sa poche de jean, appuya sur un bouton et montra l'écran au premier flic à sa portée.

– Oh, OK, marmonna l'homme avant de s'écarter pour le laisser passer. C'est bon, les mecs, il peut entrer.

Grâce à Lisa Graysmith, Dark avait encore son laissez-passer donnant accès à tous les lieux de crime. L'image numérique stockée dans son téléphone lui permettait de franchir pratiquement n'importe quel cordon de police au monde. C'était un badge requérant impérativement la coopération jusqu'au plus haut niveau. Il avait suffi d'une seconde pour qu'on le lui transmette, mais il savait qu'on pouvait le lui retirer tout aussi facilement.

On l'emmena dans la salle d'interrogatoire qui avait été ébranlée par l'explosion. Cette dernière avait été brutale, comme il le constata, mais à faible portée. Destinée à tuer les personnes se trouvant à proximité immédiate, mais pas à endommager le bâtiment. Les salles étaient trop petites et trop bien isolées. Dark pensa aux chairs arrachées, aux os et aux lambeaux gluants de ce qui avait été une vie humaine, à présent répandus sur les murs.

– Qu'est-ce qui s'est passé ? demanda-t-il.

Un enquêteur de la police criminelle jeta un coup d'œil au badge de Dark et lui expliqua que l'explosion s'était produite alors que deux inspecteurs étaient dans la salle avec un sans-abri entré avec un colis suspect.

– Mais le souci, ce n'était pas le paquet, poursuivit le policier. Le mec était une bombe humaine. On essaie de réunir les pièces du puzzle pour déterminer de quel genre.

– Où est le colis ? demanda Dark.

– Au labo. Demandez Josh.

– Banner ? Je le connais. Merci.

Dark avait appris l'explosion alors qu'il préparait le petit déjeuner de sa fille. Il avait immédiatement coiffé ses écouteurs et s'était branché sur les fréquences de la police pour en savoir plus sur ce sans-abri qui s'était présenté au quartier général de la police avec un paquet qu'on avait pensé être une bombe. Mais, au lieu du colis, c'était l'homme qui avait explosé, tuant deux adjoints aguerris et en blessant six autres. Dark avait confié sa fille à sa belle-mère puis sauté dans sa Mustang pour foncer en ville.

Ce n'était pas un attentat terroriste ordinaire.

Les terroristes ordinaires ne laissent pas derrière eux de mystérieux paquets.

Steve Dark avait été flic.

Le meilleur parmi les meilleurs, il avait travaillé pour l'unité d'élite du FBI, le bureau des Affaires spéciales. Sous les ordres de Tom Riggins, l'homme qui avait forgé l'agence à partir du ViCAP – Programme de capture des criminels violents – vers le milieu des années 1980. Pendant des années, Riggins, Dark et leurs collègues avaient traqué les pires monstres qui hantaient la surface de la Terre. Et c'était généralement Dark qui menait la meute.

Jusqu'au jour où l'un des monstres avait riposté de la pire façon imaginable.

Dark avait été élevé en Californie par une famille adoptive aimante. Ses nouveaux parents, Victor et Laura, pensant ne pas pouvoir avoir d'enfants, avaient adopté Steve. Mais, peu après, Laura était tombée enceinte. Des jumeaux. Cela ne les avait pas empêchés d'aimer Steve autant que les deux jeunes enfants.

Des années plus tard, un tueur qui ne laissait jamais aucune trace, et avait fini par être connu sous le nom de Sqweegel, avait massacré la famille adoptive de Dark de la manière la plus brutale qu'ait jamais vue Riggins. Dark avait quitté les Affaires spéciales et vécu en reclus. Il n'était sorti de sa retraite que lorsque Riggins l'y avait forcé, et ensemble, lors d'une épuisante traque à travers tout le pays, ils avaient capturé le psychopathe.

Mais le prix à payer avait été terrible. Lors de leur affrontement final, Dark avait perdu son seul vrai amour, celle qui l'aidait à rester sain d'esprit : son épouse, Sibby.

Désormais, Dark chassait les psychopathes en solitaire et essayait d'élever sa fille de cinq ans, prénommée Sibby comme sa mère. Il les traquait sans plaque de policier, sans Riggins, sans le soutien du FBI ni aucune caution officielle.

À la place, il bénéficiait du soutien clandestin d'un client discret qui avait des poches très profondes et un équipement scientifique qu'envieraient toutes les polices du monde. C'est ce client qui permettait à Dark de pénétrer dans n'importe quel lieu de crime et de se consacrer à ce pour quoi il était né : attraper les monstres.

Après un trajet en ascenseur et une enfilade de couloirs éclatants de lumière et de propreté, Dark arriva dans le labo de Josh Banner.

– Tu as quoi, Banner ?

– Eh bien, nous avons essayé d'identifier les explosifs et...

Il s'interrompit et pivota sur son tabouret, l'air ahuri.

– Steve ? Mais qu'est-ce que tu fiches ici ? Ne me dis pas que tu es revenu aux Affaires spéciales, parce que sinon... Attends, pas la peine de répondre. J'ai pas envie de savoir !

Dark avait fait pas mal de chemin avec Josh Banner. Cinq ans plus tôt, Banner l'avait aidé à traquer son ennemi juré, le monstrueux Sqweegel. Peu après, il avait rejoint les Affaires spéciales et travaillé avec Dark pendant quatre ans, jusqu'au jour où une affaire les avait placés dans des camps opposés. Même si Dark avait été disculpé officiellement, il savait que Banner se méfiait toujours un peu. Et, depuis cette histoire, Banner avait repris son ancien poste au laboratoire de police scientifique de la police de L.A.

– Non, je ne suis pas revenu aux Affaires spéciales, précisa Dark. Alors, qu'est-ce qu'il y avait dans le paquet ?

– Est-ce que... euh, j'ai l'autorisation de te parler ou pas ? demanda Banner avec un coup d'œil vers ses collègues à l'autre bout de la salle.

– Oui, tu peux, répondit Dark en lui montrant son badge sur l'écran du téléphone.

– Alors d'accord, dit Banner, manifestement soulagé de ne pas avoir à se dépêtrer d'un dilemme déontologique. Eh bien, il n'y avait pas d'explosifs dans le colis. Les gars du terrorisme l'ont analysé et moi aussi. Pas la moindre parcelle de substance explosive. On l'a donc découpé pour l'ouvrir et on a trouvé quelque chose de vraiment bizarre.

Banner mena Dark vers la table principale au milieu de la salle sur laquelle trônaient trois objets.

Une note manuscrite.

Un réveil.

Et un dessin sur la page arrachée d'un carnet.

– Et voilà ! annonça triomphalement Banner. Oui, je sais, ça ne tient pas debout.

– Voyons déjà la note, commença Dark.

– Ce message a été rédigé en majuscules de manière à résister aux analyses. On a une graphologue qui s'y est attaquée.

Bizarrement, le papier est à l'en-tête du bureau du chef de la police. Et ce n'est pas une lettre de menace. En tout cas, pas directement.

Dark se pencha pour y regarder de plus près. Sur la page figurait une devinette :

UNE FEMME TIRE SUR SON MARI, PUIS ELLE LUI MAINTIENT LA TÊTE SOUS L'EAU PENDANT PLUS DE CINQ MINUTES. ENFIN, ELLE LE PEND. MAIS CINQ MINUTES PLUS TARD, ILS SORTENT DÎNER ENSEMBLE. COMMENT EST-CE POSSIBLE ?

LABYRINTHE

Dark resta un moment songeur, puis décida de passer à la suite. Si ce personnage inconnu – Labyrinthe – avait voulu qu'on se concentre sur la devinette, il l'aurait envoyée seule. Il y avait des chances pour qu'elle ne prenne tout son sens que dans un contexte précis, à la lumière des deux autres objets.

Et on ne tue pas deux flics de sang-froid sans avoir quelque chose d'important à dire.

– Qu'est-ce qu'on sait du réveil ? demanda-t-il. Quelque chose d'inhabituel ?

– Oh, je t'assure que les gars du labo ont eu un petit frisson quand ils l'ont passé aux rayons X. Mais il n'y avait aucune trace d'explosif, pas de câbles cachés, rien. C'est un réveil inoffensif, incapable de déclencher quoi que ce soit à part une sonnerie vraiment pénible.

Dark examina l'objet. On aurait dit qu'il avait été pris sur une table de chevet des années 1950.

– Peut-être que c'est un test, suggéra-t-il.

Ce genre de test avait été très courant l'année précédente. Les autorités envoyaient les pièces détachées d'une bombe – mécanisme d'horlogerie, câbles, circuits intégrés – et attendaient de voir comment telle ou telle équipe de spécialistes réagissait. Ou pas. Car les anarchistes américains et les terroristes internationaux n'en étaient pas à leur coup d'essai.

Toute la Californie était encore ébranlée par l'attentat contre la Niantic Tower de San Francisco quelques mois plus tôt. Les précautions sécuritaires, déjà très strictes, avaient été encore renforcées. Voilà pourquoi l'État voulait identifier les failles dans la sécurité.

– Possible, admit Banner, mais pourquoi ça, alors ?

Il désigna le dessin.

C'était un croquis au crayon d'une très belle femme nue. Dark vit aussitôt que ce n'était pas l'esquisse d'un modèle anonyme posant dans une école quelconque. Il était évident qu'on avait apporté un soin particulier aux détails du visage. Les pommettes saillantes, le sourire enjôleur, le pétillement du regard. Du coup, la femme était facile à identifier.

– Bethany Millar, lâcha Dark.

– Qui ça ?

3
Labyrinthe

Je roule sur Wilshire en direction de Santa Monica, m'arrêtant au passage pour faire quelques courses rapides d'une liste que j'ai en tête, passer quelques coups de fil depuis des cabines téléphoniques et acheter du matériel sur Internet *via* des serveurs anonymes.

La voiture que je conduis provient d'un parking longue durée près de l'aéroport de L.A., et personne ne signalera son vol avant trois semaines. Il a été incroyablement facile de se procurer une fausse plaque. C'est à se demander pourquoi les gens prennent la peine d'acheter légalement un véhicule et de le faire immatriculer.

Encore que je n'aie pas à prendre toutes ces précautions : aucun indice matériel ne me relie au sans-abri qui s'est fait sauter au quartier général de la police. Nous avons simplement passé un peu de temps ensemble dans sa tête.

Je m'arrête pour prendre un café, je vérifie l'heure.

La police a-t-elle commencé à assembler le puzzle ?

Ont-ils ouvert le paquet ?

Évidemment qu'ils l'ont ouvert. Ils n'avaient pas le choix. C'est pour cela que j'étais forcé de tuer ces deux policiers.

Je ne suis pas un sadique.

Il fallait que la police ouvre le paquet, et j'étais certain qu'ils ne détruiraient pas l'unique preuve matérielle à leur disposition dans cette affaire spectaculaire de meurtre de deux hauts gradés de la police, aussi décorés que respectés.

Moi ? J'aurais préféré déposer le paquet sans aller chercher plus loin. Mais, de nos jours, on en est vraiment réduit aux dernières extrémités quand on veut attirer l'attention.

Tandis que je pense à ce qui se passe à l'autre bout de la ville, une femme s'approche.

Elle est jolie, avec cet air fadasse qu'ont les Californiennes.

Elle doit s'imaginer qu'elle est l'incarnation de la PERFECTION, même si, à l'intérieur, ce n'est qu'une salope qui risque de devenir un trou béant à louer.

Elle me dit :

Bonjour, excusez-moi de vous déranger…

Et me demande le chemin d'une boutique de fringues hors de prix, des fois que je connaîtrais.

Les gens me demandent toujours de les aider ou de leur indiquer le chemin. J'ai une tête à ça. Un de mes proches me l'a dit un jour. Je suis abordable. Ordinaire. Aimable. Et c'est fait exprès, au départ.

Mais si les gens pouvaient voir PAR mes yeux...

Voir le monde tel qu'il est réellement, pas celui qui leur est vendu par tous les gouvernements du monde...

Ils foutraient le camp en HURLANT.

Comme devrait le faire cette femme.

Je lui réponds :

Non, je suis vraiment désolé, je ne suis pas du quartier. Je peux regarder sur mon portable, si vous voulez.

Elle sourit, brusquement intimidée, puis :

Oh, ne vous donnez pas ce mal, ça ne fait rien. D'où êtes-vous ?

Je hoche la tête en souriant. Ce n'était pas son chemin qui l'intéressait. Elle voulait un prétexte pour m'aborder.

Je POURRAIS me présenter. Je POURRAIS la laisser entrer.

Elle ignore avec quelle facilité je pourrais l'entraîner dans mon labyrinthe – elle me supplie presque de le faire. Il suffirait d'un pas pour qu'elle entre en titubant dans le premier couloir, plus vite qu'elle ne le pense, puis qu'elle prenne le premier tournant, déconcertée, progressivement gagnée par les premières palpitations de terreur, et qu'ensuite elle se dise que la seule manière de sortir c'est de rebrousser chemin ; mais là, ce serait sans issue et elle n'aurait plus d'autre choix que de s'enfoncer de plus en plus loin dans le dédale...

... jusqu'à moi.

Tout cela ne prendrait que quelques heures – l'après-midi, en fait. Et sa vie serait à jamais changée. (À condition que je la lui laisse.)

Mais j'ai des choses à faire, des personnes beaucoup plus IMPORTANTES à entraîner dans mon labyrinthe.

Alors je lui dis :

Je suis de Chicago, je visite des propriétés pour m'installer ici avec ma femme et mes enfants, ils sont aux anges à l'idée de venir habiter au soleil de Californie, voyez-vous. Tout cet air frais, cette lumière et ces gens sympas.

Je vois la lueur faiblir dans ses yeux quand je prononce les mots FEMME et ENFANTS. Elle reste polie, mais elle est visiblement déçue.

Elle ne sait pas la chance qu'elle a. Elle ne sait pas ce qu'elle vient d'éviter de justesse.

Alors que je descends Moomat Ahiko Way vers la PCH, je me demande où ils en sont avec mon petit message. Est-ce qu'ils continuent de contempler le dessin de la pute à poil en se demandant ce que j'ai bien pu lui faire ?

4

Dark

Quartier général de la police de L.A.

Dark fixait le dessin.

C'était Bethany Millar – en chair et en os, dans la fleur de l'âge.

Dark reconnut immédiatement cette beauté classique. Les cheveux blonds, le nez retroussé, la peau d'albâtre, les lèvres pleines. Il avait passé des années à essayer de s'abrutir dans l'alcool, jusque tard dans la nuit, tout en regardant de vieux films sur les chaînes du câble. Bethany Millar était une sirène de l'écran des années 1960, 1970, qui avait tourné dans une ribambelle de films de série B et autres nanars qui dataient presque tous d'avant la naissance de Dark. D'après ce qu'il savait, elle avait fait beaucoup de photos de charme, mais jamais de nu. Si certains employés de la police présents ce jour-là dans le bâtiment la connaissaient, c'était parce que leurs pères avaient des photos d'elle scotchées dans leurs casiers de vestiaire. Millar était pratiquement oubliée.

Sauf, évidemment, par l'inconnu qui avait envoyé ce paquet.

– Steve, qui c'est, Bethany Millar ? demanda Banner.

– Attends, répondit Dark en sortant son portable et en prenant une photo haute résolution du dessin.

– Euh, il ne faut pas que tu diffuses cette image en dehors de la police, dit Banner.

– Je reviens tout de suite.

– Au moins, raconte-moi un pipeau en prétendant que tu l'envoies à Riggins.

Dark s'immobilisa et fixa Banner, imperturbable.

– OK. Je l'envoie à Riggins.

Toute la tension sembla quitter momentanément Banner, mais cela ne dura qu'un instant.

– Attends, tu blagues, là, non ?

Dark faisait déjà défiler ses contacts. Vincente Valentine, réalisateur de cinéma à la retraite depuis les années 1990, vivait dans une immense maison de Malibu Beach au luxe ostentatoire, à quelque distance de celle où habitaient naguère Dark et Sibby. Valentine s'était un jour vanté d'avoir travaillé avec Bethany Millar – « Ouais, la célèbre Bethany Millar » – sur un film de gangsters du début des années 1970, *Deep Cut*. À l'époque, Valentine avait été stupéfait qu'un jeunot comme Dark sache de qui il parlait.

« Appelez-moi », écrivit Dark dans le sujet du message avant d'envoyer l'image.

Valentine téléphona un instant plus tard et commença la conversation comme s'ils l'avaient abandonnée la veille, alors que cela faisait cinq ans qu'ils ne s'étaient pas parlé. On pouvait toujours compter sur les créateurs à la retraite pour vous rappeler dans la minute. Ils avaient passé la majeure partie de leur vie près du téléphone, c'était une habitude difficile à perdre.

– Pas mal, comme dessin, Stevie, dit-il. Où vous l'avez trouvé ?

– Dans un colis que la police de L.A. pensait piégé.

– Ouah ! C'est de ça qu'ils parlent sur CNN ? De bombes ? En parlant de bombe, celle qui a fait long feu, c'était *Deep Cut*. Une tache dans ma carrière.

Encore une pose de vieux briscard – faire semblant que rien ne vous ébranle. Jamais.

– Le dessin vous dit quelque chose ?

– À un homme de mon âge, oui, des tas de trucs, fit Valentine. Bethany était splendide. Je vais peut-être devoir aller faire un tour dans la salle de bains.

Vincente Valentine : toujours à blaguer, même après deux accidents cardiaques et demi et trois ex-femmes. Chaque fois qu'il voyait Dark et Sibby, il faisait ouvertement du plat à Sibby – ce qu'elle trouvait attendrissant. Dark savait que c'était une habitude de vieux dragueur. Comme respirer.

– Autre chose ? demanda-t-il.

– Ce qui devrait attirer votre attention, Stevie, ce n'est pas le modèle, mais l'auteur.

– Comment ça ?

– Mes yeux à la retraite me trompent peut-être, mais je jurerais que ce dessin est de la main de Herbie Loeb. Et ça serait bizarre, parce que... merde, ça voudrait dire que Herbie Loeb se faisait Bethany Miller ? Comment ça se fait que j'étais pas au courant ?

C'était exactement le lien que cherchait Dark.

– Merci, monsieur Valentine. Je vous revaudrai ça.

– De rien, Stevie. Vous venez de me faire un immense plaisir. Et embrassez votre femme pour moi. Avec la langue, si ça vous fait rien.

Dark se rendit soudain compte que le vieil homme n'était pas au courant. Cela faisait cinq ans et on n'avait parlé que de cela aux infos, mais Valentine ne savait pas. Sibby était morte.

– D'accord, dit Dark avant de raccrocher.

En une demi-heure, un expert en peinture de Holmby Hills avait été dépêché au QG de la police pour authentifier le dessin. Oui, c'était un croquis inconnu jusque-là du grand Herbert Loeb, l'un des peintres du pop art parmi les plus acclamés de la fin du XXe siècle. Ce croquis n'était pas censé exister, il ne pouvait pas exister... pourtant il était bien là. L'expert semblait au bord de l'apoplexie.

– Où dites-vous que vous l'avez trouvé ? Et que va-t-il devenir si vous le classez comme... euh... pièce à conviction ?

Dark s'éloigna en réfléchissant à tout ce que cela impliquait. Ils avaient donc affaire à un individu capable d'un vol d'une œuvre d'art aussi bien que d'un attentat terroriste et d'un double homicide. Certes, un dingue qui aurait fouiné dans les affaires d'un artiste mort aurait pu concocter cela, afin d'annoncer au monde entier qu'il y avait désormais des œuvres sans prix disponibles sur le marché.

Mais cela ne s'accordait pas avec le reste – le réveil et la devinette.

Ce n'était pas terminé.

Le tueur mystérieux posait une question. Non, c'était plus que cela. Il les défiait.

Essayez de piger avant que je frappe à nouveau.

– As-tu tiré quelque chose du mot ? demanda Dark à Banner.

– Rien du tout. Et la graphologue maison a rigolé en le voyant. C'est quasiment une démonstration de la manière d'écrire la plus ordinaire possible. Jusqu'à l'encre, qui provient de la marque de stylo la plus répandue dans le monde.

– Des messages cachés ? Des micropoints ?

C'était rare, mais envisageable. Les micropoints étaient des messages comprimés dans un minuscule élément de la typographie – une ponctuation ou le point sur le *i*. Les espions à l'époque de la guerre froide adoraient les utiliser pour transmettre des informations sensibles par-delà le rideau de fer.

– Absolument rien. On a fait toutes les analyses possibles.

– Notre correspondant mystère doit être pris au pied de la lettre, alors. Il veut qu'on résolve son énigme.

UNE FEMME TIRE SUR SON MARI, PUIS ELLE LUI MAINTIENT LA TÊTE SOUS L'EAU PENDANT PLUS DE CINQ MINUTES. ENFIN, ELLE LE PEND. MAIS CINQ MINUTES PLUS TARD, ILS SORTENT DÎNER ENSEMBLE. COMMENT EST-CE POSSIBLE ?

– C'est une photographe, avoua Banner d'un air penaud. J'ai cherché sur Google.

– Bien sûr ! Elle tire le portrait de son mari, puis elle plonge le tirage dans le révélateur pendant cinq minutes et le suspend dans la chambre noire, ensuite ils vont dîner pendant qu'il sèche.

– J'aurais réussi à deviner tôt ou tard, dit Banner.

– Oui, mais c'est trop facile pour être la bonne solution, remarqua Dark. Tu l'as dit, tu as trouvé la réponse sur le Net. La question, c'est pourquoi cette devinette était écrite sur du papier à en-tête de la police de L.A. et mise dans un paquet avec un réveil et un dessin. Pourquoi la bombe humaine ? Pourquoi ce dessin ? Il menace Bethany Millar ? C'est une manière brutale de dire qu'elle n'en a plus pour longtemps ?

– Attends ! dit soudain Banner. Il y a un truc bizarre. Quand les gars des explosifs ont tout examiné, ils ont vu que le réveil était réglé pour sonner dans un peu moins de cinq heures. (Il consulta sa montre.) Enfin, maintenant, il ne reste plus que quarante-cinq minutes.

– Merde, mais pourquoi tu ne me l'as pas dit avant ?

– On s'est un peu laissé égarer avec le dessin, rappelle-toi.

Le réveil était le message le plus évident.

Devinez avant que je frappe à nouveau...

... dans quarante-cinq minutes.

Il n'y avait qu'une personne capable de faire le rapprochement entre tout cela.

Pas Herbert Loeb. Le peintre était mort d'une overdose dans son appartement de Tribeca en 1988. Dark devait trouver le modèle de Loeb.

Avant que le réveil sonne.

5
Dark

Hollywood Hills, Californie

Dark gara sa Mustang sur une place où le stationnement était interdit sous peine d'enlèvement immédiat. Le panneau n'avait rien d'officiel, mais c'était comme cela à Hollywood Hills : on ne lésinait pas quand il s'agissait de protéger sa place.

Il le savait, personne ne risquait de toucher à sa voiture : Lisa Graysmith lui avait donné un badge plastique qui lui accordait, question stationnement, l'équivalent de l'immunité diplomatique n'importe où dans le pays. L'objet était bien commode, particulièrement dans une ville perpétuellement encombrée comme L.A.

Surtout quand on devait foncer pour sauver la vie d'une vieille dame.

Après avoir rapidement déniché l'adresse de Bethany Miller et son numéro, Dark l'avait appelée tout en roulant vers Hollywood Hills. Il était tombé sur le répondeur. La voix enregistrée lui avait paru faible et hésitante, mais il l'avait tout de même reconnue. Quand on voit des gens à l'écran, c'est comme si on les connaissait : le cerveau apprend à identifier leur allure, leurs gestes et leur façon de parler.

À présent, il espérait que l'actrice était encore en vie.

Il s'élança à toutes jambes, sauta par-dessus une grille et courut vers la maison.

Une vieille dame vint ouvrir la porte à la peinture écaillée. Dark la reconnut aussitôt : c'était bien Bethany Millar, en chair et en os.

Dark n'était pas du genre à se laisser impressionner par les stars, mais il eut tout de même une bizarre impression de décalage tant il avait été habitué à l'admirer en noir et blanc et en deux dimensions.

– Madame Millar ? Puis-je vous parler un instant ?

L'ancienne actrice crut qu'il était un flic venu annoncer une mauvaise nouvelle.

– C'est à propos de ma fille, n'est-ce pas ? demanda-t-elle aussitôt. Oh, mon Dieu, ne me dites pas que vous avez trouvé ma petite, je vous en prie !

Les années avaient été cruelles pour l'actrice. Dark sentit son haleine chargée d'un mélange de gin et de bain de bouche mentholé avec lequel elle s'était sans doute gargarisée juste avant d'ouvrir. Sa maison elle aussi n'était plus que le reflet d'une gloire passée. La pelouse noyée sous les herbes folles était un nid à feux de broussailles. Les voisins devaient souhaiter qu'une petite secousse sismique fasse tout écrouler.

– Je suis venu pour vous, en fait, dit Dark en scrutant l'intérieur de la maison derrière elle.

– Moi ? Je n'ai rien. C'est pour Faye que je m'inquiète. Elle va bien ? Je vous en prie, dites-moi que oui.

– Vous pensez qu'elle a disparu ?

– Disparu ? répliqua vivement Millar, comme s'il l'avait grossièrement insultée. Je n'ai jamais dit qu'elle avait disparu ! Je sais exactement où elle est. Avec cette saleté de rat visqueux !

Faye Elizabeth, la fille de Bethany Miller, avait atteint quelque chose que n'avait jamais atteint sa mère : une place au firmament de Hollywood, après avoir tourné dans une série de films d'action à gros succès. Elle parlait rarement de sa mère, ayant pris son second prénom comme nom de scène et éludant toute question concernant ses parents. Son père, comptable, avait englouti l'ensemble de ses ressources dans l'alcool et était décédé. Sa mère avait sombré dans l'oubli.

Mais il était évident que Bethany Millar avait encore beaucoup d'affection pour sa fille.

– Je peux me renseigner sur votre fille si vous voulez, commença Dark, mais c'est pour vous que je suis venu.

– Moi ?

Dark entra et balaya la pièce d'un regard circulaire. Le dépouillement des lieux confinait à l'absurde – on aurait dit un meublé, comme si Mme Millar s'apprêtait à déménager. Pas une seule touche personnelle : pas d'anciennes affiches, de souvenirs ou de photos encadrées, pas le moindre livre ou quoi que ce soit de ce genre. Elle aurait pu partir d'un instant à l'autre et vous auriez été bien en peine de deviner qui avait vécu là. Tout au plus quelqu'un qui n'entretenait pas sa maison, dont la peinture était défraîchie et les murs fissurés.

– Vous rappelez-vous un peintre du nom de Herbert Loeb ? demanda Dark.

– Oh, mon Dieu !

– Donc vous le connaissez.

– Ne me faites pas dire ce que je n'ai pas dit ! Je ne sais même pas qui vous êtes, et vous proférez des accusations...

– Savez-vous qu'il avait fait un dessin de vous ? Peut-être que vous avez été modèle dans une école d'art à une époque, et que M. Loeb était présent...

– Je n'ai jamais été modèle, je ne connais pas Herbie et j'aimerais que vous arrêtiez de parler de moi. Allez plutôt chercher ma fille et ramenez-la-moi. Elle doit rentrer au plus vite pour que je puisse lui parler. Vous voulez bien ? S'il vous plaît ?

Bien sûr, Dark savait qu'elle mentait très maladroitement, sous l'emprise de l'alcool ou de médicaments. Ou des deux, sûrement. Bethany Millar voulait fuir la réalité. Mais pourquoi ?

Et pourquoi cette obsession pour sa fille ?

Sans compter qu'elle ne lui avait demandé ni son nom ni une pièce d'identité quelconque...

– Avez-vous reçu des appels téléphoniques bizarres ? Remarqué dans les environs quelqu'un qui n'avait rien à y faire ?

– Non, pas du tout, et j'apprécierais vraiment que vous partiez chercher Faye. Je peux vous payer ce que vous voulez. Dites votre prix.

– Vous savez où elle se trouve, madame Millar ?

– Chez ce connard de David. Je ne l'ai jamais aimé. Je le lui ai dit. Croyez-vous qu'elle aurait écouté ? Je lui ai dit comment ils sont, tous ces producteurs.

– Qui est David ?

– Mais vous m'écoutez, à la fin ? Ce petit sournois de David Loeb !

Dark fit aussitôt le rapprochement. On n'entend pas deux fois le même nom dans une journée sans penser que ce n'est pas une simple coïncidence.

– À bientôt, madame Millar.

– Ramenez-la ici ! Je vous en supplie !

Dark était déjà reparti dans sa Mustang et appelait Josh Banner pour lui demander si Herbert Loeb avait des enfants. Quand Banner lui donna la réponse, Dark avait déjà démarré.

Herbert n'avait eu qu'un enfant : David Loeb. Un producteur de Hollywood.

Dans le labo de Banner au QG de la police, le réveil sonna.

Pour entrer dans le Labyrinthe, connectez-vous à Level26.com et saisissez le mot de passe : « arts ».

6
Labyrinthe

En quittant la maison de Malibu, je suis presque déçu de ne voir ni voitures de police ni gyrophares. Personne pour me surveiller.

Personne n'a réagi, personne n'a deviné, personne n'est venu.

Et c'était l'étape la plus facile.

Bon, tant pis.

Il y a toujours une période d'apprentissage dans ce domaine. On ne peut pas exiger que tout le monde comprenne les règles du jeu dès le premier instant.

Depuis la voiture, je contemple les vagues qui déferlent sur la splendide plage de Malibu pendant que le soleil descend paresseusement dans le ciel.

J'inspire avidement l'air frais de l'océan qui me cingle le visage, balaie mes cheveux encore humides d'embruns et, l'espace d'un bref instant, je parviens à comprendre cette séduction, comprendre pourquoi des gens se sont donné tant de mal pour obtenir la jouissance temporaire d'un petit morceau de ce paysage.

Bien sûr, les plages devraient être gratuites et ouvertes à tout le monde. N'importe qui devrait pouvoir s'asseoir et savourer ce spectacle naturel quand ça lui chante, sans avoir besoin de passer sous les fourches caudines des riches et des puissants.

Le maquereau et sa pute – ils n'étaient plus si puissants que cela, maintenant.

Ç'a été facile.

La serrure de la porte était naze.

Le mac et sa pute ont été surpris de me voir. Ils étaient en maillot de bain, leurs pieds sales posés sur la table basse jonchée de canettes de bière, de magazines de mode, de barres chocolatées et de sachets de cocaïne.

Leur manière de plisser les paupières en me regardant comme s'ils se disaient qu'ils me connaissaient. Parce que, en apparence, je pourrais faire partie de leur monde : je suis plutôt en forme, pas mal, bien mis, plein d'assurance.

Mais je ne fais absolument pas partie de leur monde.

Les forcer à se déshabiller, ç'a aussi été facile. Mais je me suis demandé s'ils comprenaient ce que cela signifiait.

Je voulais qu'ils soient nus comme des vers, afin de voir exactement à quoi leurs corps ressemblaient. Sans connotation sexuelle, d'une manière simplement clinique.

Dans ce cas, certaines similitudes anatomiques devaient se faire jour. Est-ce qu'ils avaient déjà pensé à leurs marques de naissance identiques ? Ou à la forme particulière de leurs mains – l'annulaire plus long à la main gauche ? Ou à leur couleur d'yeux – qui rappelait de l'or bruni au milieu d'une jungle luxuriante de Nouvelle-Guinée ?

Rien de tout cela ne les avait jamais effleurés, même à travers la stupeur de la drogue, quand ils baisaient ensemble ?

Il fallait absolument qu'ils comprennent pourquoi cela leur arrivait. Parce que, sinon, le reste du monde ne comprendrait pas non plus. Il faut vraiment que ce soit dit.

Si on doit sauver le monde ensemble.

7

Dark

Malibu, Californie

Dark s'arrêta devant la maison de la fille de Bethany Miller et jeta un coup d'œil à sa montre. Si le réveil indiquait un compte à rebours avant un nouveau meurtre, cela faisait déjà quelques minutes que le temps imparti s'était écoulé.

Merde.

Il pila, sauta de la Mustang et enjamba la clôture en espérant qu'il n'était pas trop tard.

La porte était entrouverte. Dark dégaina son Glock 19, poussa le battant du bout du pied et balaya d'un regard circulaire la pièce, qui était sens dessus dessous. Des sachets de coke, des plats tout préparés, des canettes de bière à moitié vides. Apparemment, Elizabeth et Loeb se terraient ici depuis un moment. Des jours, probablement.

Étaient-ils partis à la plage ou en train de se gaver d'alcool et de drogue ?

Dans son for intérieur, Dark savait qu'il n'en était rien. Il sentait pulser le sang dans ses veines comme un animal qui pressent l'arrivée d'un orage.

La pièce suivante était une cuisine, et sur le côté s'ouvrait une chambre. Cette maison n'était pas très grande. Certainement une garçonnière de plage à plusieurs millions de dollars. Dark inspecta efficacement chaque mètre carré. Il était tendu et prêt à toute éventualité. Un combat ou un spectacle d'horreur.

Brusquement, ses narines furent envahies par l'odeur métallique du sang fraîchement répandu.

Dark avança et poussa une porte du genou. Les corps de l'actrice et de son petit ami producteur étaient dans la salle de bains.

Loeb avait la tête enfoncée dans les toilettes, une plaie sanglante dans le dos. Faye Elizabeth était affalée dans la baignoire, un revolver dans la main, la tête de travers. Il était trop tard…

Au premier coup d'œil, Dark comprit ce qui était censé s'être passé : le producteur David Loeb pique une crise, frappe et étrangle sa petite amie actrice, la célèbre Faye Elizabeth. Dans un geste désespéré de légitime défense, elle lui tire une balle dans la poitrine. Tous les deux s'effondrent et meurent des suites de leurs blessures.

Mais Dark savait qu'il n'en était rien. Ils avaient été contraints à cette mise en scène. Les analyses de la police scientifique le prouveraient.

L'auteur de ce crime avait tout prévu, depuis le début.

Le FBI arriva un peu plus tard, après avoir convaincu *manu militari* le département du shérif de lui laisser l'affaire. L'agent spécial chargé du dossier menaça Dark de le faire envoyer à Guantánamo pour avoir contaminé la scène de crime. Dark le laissa passer ses nerfs – il était mieux placé que quiconque pour connaître les frustrations de ce métier – avant de lui montrer le badge numérique sur son téléphone. Du coup, l'agent spécial arrêta les frais et promit en marmonnant qu'il le tiendrait au courant de l'avancée de l'affaire. Dark le remercia et lui laissa le champ libre.

La balle qui avait traversé la poitrine de David Loeb pour se loger dans le mur de la salle de bains provenait bien de l'arme que tenait Faye Elizabeth. Aucun autre ADN ne fut retrouvé dans la pièce ni ailleurs dans la propriété, à l'exception de celui de la femme de ménage. Tous les indices convergeaient : ils s'étaient mutuellement tués.

Pour l'heure du décès... eh bien, les légistes l'affirmaient, c'était juste quelques minutes après le déclenchement du réveil dans le bureau de Banner.

Dark contempla la maison et songea à ce que son vieil ami Valentine lui avait dit : Herbie Loeb se faisait Bethany Millar.

Il demanda aux gars de la police scientifique des échantillons du sang des deux victimes, qu'ils lui remirent dès que l'agent spécial eut donné son accord, puis il sauta dans sa Mustang.

8
Dark

West Hollywood, Californie

De retour dans son labo au sous-sol de sa maison, Dark commença à analyser l'ADN des échantillons de sang prélevés sur le lieu du crime.

Le matériel qu'abritait cette pièce secrète de son repaire était également un don de Lisa Graysmith. Il lui permettait d'examiner lui-même les indices et de les comparer à la base de données la plus sophistiquée (et la plus confidentielle) au monde.

Quelques heures plus tard, les résultats confirmèrent qu'il y avait 88 % de chances pour que Faye Elizabeth et David Loeb soient demi-frère et sœur. Leur parent commun : le célèbre peintre Herbert Loeb.

D'une manière ou d'une autre, le tueur devait connaître leur obscène petit secret. Le mobile était-il personnel ? Auquel cas, si l'objectif était de le dévoiler publiquement, pourquoi avoir tué deux policiers de L.A. ?

Dark fixa le plafond en essayant de reconstituer le déroulement des faits du point de vue particulièrement morbide de Labyrinthe. Il ferma les yeux, se concentra et commença à rassembler les pièces du puzzle.

Aux Affaires spéciales, Dark était surnommé la tortue, surtout quand il se plongeait dans une nouvelle affaire. Les autres agents disaient en plaisantant que, lorsqu'il était dans cet état de concentration, il devenait si lent qu'il remontait même le temps de quelques jours. Mais Riggins le défendait. Dark était peut-être une tortue, mais il fallait voir la collection de têtes de lièvres qui ornaient son salon en guise de trophées. Et c'était vrai. Quand Dark se concentrait sur une affaire, plus rien d'autre n'existait. Sa concentration frisait le surnaturel.

La seule différence, c'était qu'aujourd'hui Dark devait répartir son temps entre deux domaines bien distincts : la chasse à l'homme et...

– Papa ! cria Sibby depuis le salon. On est rentrées !

Sibby revenait tout juste de l'école, raccompagnée par sa grand-mère. Le moment était venu pour Dark d'évacuer les quatre meurtres qui lui occupaient l'esprit pour se concentrer sur sa petite fille de cinq ans qui voulait lui raconter sa journée. Il allait falloir mettre de côté les analyses d'ADN et les croquis dénudés de starlettes de série B pour servir un verre de jus de fruits à la petite et lui demander comment s'était passée sa journée à l'école.

Être un père à temps plein, c'était nouveau. Cela faisait peu de temps que Dark avait ramené sa fille de Santa Barbara pour qu'elle emménage avec lui à West Hollywood. L'ancien salon, naguère spartiate, au mobilier passe-partout, débordait désormais d'affaires de petite fille. Risquant de causer des cauchemars, les affiches de ses films fétiches (*Hitcher*, *L'Inspecteur Harry*, *Police fédérale Los Angeles*) avaient été décrochées et remplacées par des dessins encadrés, œuvres de la petite Sibby. Parfois, Dark se disait que tout le temps passé à la maternelle de Santa Barbara s'était passé à produire une quantité invraisemblable de dessins.

Sa vie et sa maison étaient en proie à une mutation radicale. Ce n'était plus seulement sa maison, mais aussi celle de Sibby.

Autrefois, jamais il n'aurait imaginé que sa vie de traqueur de criminels fût compatible avec celle de père. Les deux semblaient s'exclure. Ç'avait été ainsi avec la mère de la petite Sibby et cela avait marché... tant qu'il était parvenu à museler ses démons intérieurs. Dark avait dû accomplir un long chemin pour pouvoir concilier en lui le père et le chasseur d'hommes. Il se savait désormais capable de faire les deux. Le plus difficile était évidemment de basculer de l'un à l'autre.

Déconnecte, se répéta-t-il. *Oublie le monstre et occupe-toi de ta fille*.

– Steve ? appela sa belle-mère depuis le rez-de-chaussée. Vous êtes là ?

Dark allait répondre quand son smartphone bipa. Un SMS de Graysmith :

À VOIR – suivi d'un lien vers une vidéo en ligne.

Le film s'ouvre sur un plan de l'actrice qui brandit le croquis fait par son père. Elle sourit, même si on voit qu'elle a pleuré. Elle déclare à la caméra : « L'idée qu'une peinture vaille 2 millions de dollars et soit la propriété d'un individu est révolue. L'art est pour les gens, il est libre. Tout le monde doit le comprendre et y avoir accès. Ce n'est pas simplement pour les riches et les privilégiés, ceux qui souillent notre monde... »

Puis l'actrice lève un revolver et le braque vers la caméra. Une voix hors champ s'écrie : « Mais qu'est-ce que tu fais ? »

Écran noir. Un cri : « Oh, mon Dieu, non ! » Une détonation. Un cri – d'homme, cette fois. Puis un message :

JE TE MONTRERAI
COMMENT SORTIR
DU LABYRINTHE

9

Dark

Une fois la vidéo de Labyrinthe postée sur le Net – et, quelques minutes plus tard, diffusée dans les médias –, il fut impossible de dissimuler le moindre détail de l'affaire.

L'inceste Elizabeth-Loeb et les doubles meurtres occultèrent tout le reste des infos : révolutions étrangères, faillites économiques, marées noires, sommets politiques et scandales people.

La vidéo fut visionnée plus de 2,7 millions de fois rien que durant les premières heures. YouTube la retira presque aussitôt de son site, mais des sites miroirs surgirent partout, la répandant encore plus vite, comme une tumeur maligne dopée aux stéroïdes.

Et les informations fuitèrent moins dans les médias qu'elles ne se manifestèrent spontanément, sans s'appuyer sur des faits ou le travail de journalistes. Ces dernières années, Dark avait remarqué que la manière dont les gens s'informaient avait changé. Elle était révolue, l'époque où des reporters sur le terrain et des présentateurs compassés annonçaient les événements de la journée après les avoir recueillis, digérés et mis en forme. À présent, les consommateurs des médias voulaient tout savoir dans l'instant. Quand survenait une catastrophe, certains allumaient encore leur télévision, mais de plus en plus sortaient leurs téléphones portables pour voir ce que leurs contacts écrivaient, les liens ou les blagues qu'ils publiaient. Dans un sens, c'était un retour à la mentalité de village, où ceux qui se ressemblent se retrouvent à la veillée. Sauf qu'au lieu de se réunir dans un même lieu les gens se suivaient les uns les autres sur les réseaux sociaux.

Pourtant, quelque chose d'étrange s'était produit avec cette nouvelle affaire du Labyrinthe.

Alors que Dark attendait les résultats des analyses ADN, la rumeur de la parenté d'Elizabeth et Loeb se répandait déjà. Dans l'univers du réseau social, les gens connaissaient – et commençaient à diffuser – *une information que personne d'autre n'avait encore*.

Cela avait commencé par une allégation postée sur Twitter :

> L'actrice morte ? Le petit copain producteur mort ?
> Ils étaient demi-frère et sœur !
> *Il y a 1 heure*

Suivie de retweets et de republications et commentaires :

> Grossburgers. RT : L'actrice morte ? Le petit copain producteur mort ? Ils étaient demi-frère et sœur !
> *Il y a 54 minutes*
>
> Les gens de Hollywood sont capables de tout.
> *Il y a 40 minutes*
>
> Impossible. Elle est canon, lui c'est un thon. Pas de la même famille.
> *Il y a 32 minutes*
>
> Tu devrais voir ma petite sœur, c'est quelque chose.
> *Il y a 19 minutes*

Comment la nouvelle avait-elle pu se répandre aussi vite ? Dark se demanda si ce n'était pas un des secrets de Polichinelle de Hollywood. Il se renseigna auprès de son contact.

– Sûrement pas, répondit Vincente Valentine, qui avait contacté pas mal de gens du milieu.

La relation entre Elizabeth et Loeb était connue : les sites de ragots racontaient qu'on les voyait ensemble depuis au moins six mois. Mais l'inceste ? Personne n'était au courant.

– Et je l'aurais su, dit Valentine. Croyez-moi. Bethany, délicieuse petite idiote...

Quand l'information arriva dans les autres médias, les journalistes se précipitèrent tous au domicile de Bethany Millar. Une forêt de micros se dressa devant elle.

Pourquoi n'avait-elle pas dit la vérité à sa fille ? Quel genre de monstre était-elle ?

Dark connaissait la réponse à cette dernière question : le genre qui ne voulait pas admettre la vérité. Même pour elle-même. Mais ce n'était pas cette histoire d'inceste qui tracassait Dark. On était à Los Angeles, la mine des secrets les plus tordus. Mentir à sa fille sur l'identité de son père biologique n'avait rien de nouveau, surtout dans un monde où avoir les parents qu'il ne faut pas pouvait vous condamner dès l'instant où vous poussiez votre premier cri.

Ce qui tracassait Dark, c'était que ce Labyrinthe ait été au courant. Non seulement cela, mais il les avait pris pour cible, et exploité cette information de la manière la plus sensationnelle possible.

Ce Labyrinthe voulait se faire remarquer auprès de qui voulait l'entendre.

C'est-à-dire à peu près tout le monde en cet instant.

Tous les commentaires (43 978)

Une tragédie insensée... parce qu'elle était CANON même si elle se faisait son frangin
Alx9722 – il y a 55 secondes

Si les décès de célébrités vont par trois, est-ce que là ça compte pour deux ou seulement pour un ? Est-ce qu'il y a une remise pour les couples frère/sœur ? AU SECOURS JE PIGE PLUS RIEN
petme1029 – il y a 1 minute

C'est qui ce LABYRINTHE ??? C'est ça que je veux savoir.
Mesta mysteries – il y a 1 minute

Ouah ! On dirait un fake.
gossoon – il y a 2 minutes

nibards !!!
zzzzmango – il y a 3 minutes

Bon débarras avec ces pauvres nazes d'Hollywood, à mon avis. Surpayés et sans talent. Ils ont dû énerver leur dealer et point barre. Qui devait être leur cousin ou un truc du genre.
Joeno ono – il y a 5 minutes

Alx9722 a raison j'aurais enregistré tout ça avant qu'elle clamse et tout QUEL GACHIS
discostixxx – il y a 5 minutes

Comme cette petite garce prétentieuse a dû être contente de mourir devant la caméra.
Omnigatherum111 – il y a 5 minutes

Mais vous êtes tous tarés ou quoi ? C'étaient des êtres humains, merde !
CrystalShawATL – il y a 6 minutes

La suite bientôt...
labyrinthe – il y a 8 minutes

Quand Dark eut couché Sibby, il retourna dans son labo au sous-sol et se demanda si le FBI avait appelé Riggins, Constance et les autres membres des Affaires spéciales.

Une partie de lui avait envie de contacter Riggins pour discuter de l'affaire. À bien des égards, Riggins était son opposé : tapageur, cru, capable de suppositions échevelées, impulsif du genre à tirer d'abord et poser les questions ensuite – mais ils étaient complémentaires. Ils avaient coffré plein de psychopathes. Et en avaient abattu pas mal d'autres aussi.

D'ordinaire, ce genre de crime était automatiquement du ressort des Affaires spéciales. À l'époque où Dark était encore un jeune agent ambitieux, il aurait supplié pour se faire catapulter immédiatement à Los Angeles afin d'être sur place le premier. C'était le type de dossiers spectaculaires et compliqués pour lesquels les Affaires spéciales étaient taillées.

Mais les Affaires spéciales avaient de gros problèmes.

Dark lui-même s'en était retiré quand il avait dû admettre qu'il n'y avait pas moyen de progresser. Il ne supportait plus l'ambiance qui y régnait et avait donc souhaité bon courage à Riggins et Constance.

Et il se demandait comment Riggins avait pu l'endurer pendant tant d'années.

10
Riggins

Quantico, Virginie

L'agent Tom Riggins se rinça la bouche, cracha dans le lavabo, se passa de l'eau froide sur le visage et inspecta sa langue en se demandant si le jour était arrivé – le jour où son boulot allait avoir sa peau.

Il y avait des pustules. C'était évident. Son médecin devait être aveugle. Peut-être qu'il devrait en changer. Peut-être qu'il était en train de mourir, quoi que dise le praticien. Il se mourait de l'intérieur, et maintenant la pourriture avait gagné sa langue. Il se lava de nouveau le visage, cette fois avec de l'eau presque bouillante, puis en avala une gorgée. *Prenez ça, espèces de saloperies*. Après s'être essuyé avec une serviette en papier, il retourna dans son bureau. Qui était toujours silencieux et plongé dans l'obscurité, et pas seulement parce qu'il était très tard en ce jour de semaine aux Affaires spéciales.

Les Affaires spéciales : la fierté et la joie de Riggins, qui les avait instituées et développées. L'unité de police d'élite la plus impitoyable jamais créée aux États-Unis. Son bébé.

Les Affaires spéciales étaient à présent à l'agonie.

Les débuts de l'unité avaient été stupéfiants. Mais, après des années de bureaucratie et de directives obscures venant de la hiérarchie, elle n'était plus que l'ombre d'elle-même.

« Élite », ce n'était plus qu'un mot dans les communiqués de presse. À présent, elle risquait de devenir un fief supplémentaire dans l'empire de la Sécurité intérieure.

Riggins la dirigeait depuis le début, quand elle n'était encore qu'un humble service au sein du ViCAP, du ministère de la Justice. Le ViCAP était une cellule de réflexion informatique qui suivait et comparait les affaires de meurtres en série. Une ressource vitale pour les forces de l'ordre. Parfois, le ViCAP tombait sur des cas si violents et extrêmes que les policiers locaux ou même le FBI n'étaient pas en mesure de les traiter. Alors les Affaires spéciales entraient en jeu.

Mais, cinq ans plus tôt, le ministre de la Défense, Norman Wycoff, avait eu un intérêt tout particulier pour les Affaires spéciales. Il avait essayé de forcer ses agents à couvrir certaines de ses petites indiscrétions.

Il avait réussi.

Et depuis qu'il s'y était insinué il n'en était jamais reparti.

En principe, le ministre de la Défense n'avait absolument aucune influence sur une agence du ministère de la Justice. Mais, maintenant, Riggins, à cause d'une suite de circonstances qui lui retournaient encore l'estomac, se retrouvait dans le rôle de l'homme à tout faire de Wycoff. Car Wycoff considérait les Affaires spéciales comme son escouade personnelle de larbins et de manœuvres.

Deux semaines plus tôt, au moment où Riggins pensait que la situation ne pouvait pas empirer, Norman Wycoff avait été inculpé au niveau fédéral pour abus de pouvoir.

Crétins de gratte-papier, avait pensé Riggins. *C'est seulement maintenant que vous vous en rendez compte ?*

Mais ce fut une catastrophe pour les Affaires spéciales. Car que pouvait-il arriver de pire que d'avoir un chef malfaisant qui surveillait le moindre de vos gestes ? La disparition du chef malfaisant. Avoir un chef, même si c'est Satan en personne, c'était toujours mieux que de n'en avoir aucun.

Les Affaires spéciales – qui risquaient déjà d'être considérées comme un service inutile – étaient désormais souillées.

Tout ce que Wycoff avait touché s'était transformé en merde. Et Wycoff avait mis ses pattes partout aux Affaires spéciales. Les gros titres de la presse déclenchèrent un exode en masse des meilleurs traqueurs de criminels et policiers scientifiques au monde. Riggins avait déjà organisé des pots de départ pour trois de ses meilleurs agents et deux experts scientifiques...

Depuis, tout en étant préoccupé par sa langue, Riggins ne pouvait s'empêcher de penser qu'il faudrait une intervention divine pour redresser les Affaires spéciales.

Ou bien, s'il fallait en juger par les premiers émois, celle d'un psychopathe qui se faisait appeler « Labyrinthe ».

Riggins avait passé la nuit précédente à lire tout ce qui concernait l'affaire et s'attendait à ce que son téléphone sonne d'un instant à l'autre. Des années plus tôt, à une époque qu'il se plaisait à appeler av. N.-W. (avant Norman Wycoff), les Affaires spéciales étaient le genre d'agence à laquelle on s'adressait en pareil cas. Sans blague : un meurtrier dément qui mettait sur pied l'assassinat de deux people de Los Angeles et qui faisait livrer des indices au QG de la police de la ville comme s'il se prenait pour le Joker ? C'était pour les Affaires spéciales, ça. Merde ! avant Wycoff, Riggins devait souvent refuser des dossiers, tant il tenait à consacrer leurs ressources aux cas les plus sordides, à la crème du pire.

Mais aujourd'hui, dans cet après-Wycoff ?

Son téléphone était un bout de plastique inutile sur un bureau en désordre. Pas d'e-mails, pas de plis livrés par coursier, même pas de SMS.

Rien.

Riggins s'en voulait d'avoir imaginé qu'on l'appellerait.

Pauvre idiot.

Bien que détestant la stratégie politique, il savait que, pour survivre, les Affaires spéciales devaient coffrer au plus vite ce malade de Labyrinthe. Il fallait chercher là où personne d'autre ne penserait à le faire. Ce n'était pas pour son poste que se tracassait Riggins. On pouvait le virer demain, il s'en fichait. Mais les Affaires spéciales devaient continuer d'exister.

Le pays en avait besoin. Le monde était devenu de plus en plus dément. En fait, la folie était de plus en plus normale.

Il suffisait d'observer les réactions populaires devant ce dingue de Labyrinthe. Riggins fit défiler les commentaires sur YouTube et trouva plus d'internautes qui l'acclamaient que de personnes exprimant leur indignation. Le monde était en train de perdre la tête.

S'il avait pu mettre Steve Dark et Constance Brielle sur ce type, eux pourraient...

Il se mordit la langue.

Arrête de penser à ce que tu n'as pas. Concentre-toi sur ce que tu as. Sur ce que tu sais faire. Pince cette ordure.

Riggins savait qu'il pouvait recommencer, réunir les meilleurs criminologues du monde et attraper ce monstre. Ils avaient déjà pincé pire dans le passé. Comme l'affaire Sqweegel, l'une des plus atroces de l'histoire de l'unité, et ils l'avaient résolue. Les Affaires spéciales étaient peut-être au plus bas, mais elles n'étaient pas finies.

Elles pouvaient encore franchir les obstacles administratifs et attraper ce psychopathe de Labyrinthe avant que la situation empire.

11
Dark

West Hollywood, Californie

Deux jours après les quatre meurtres, l'identité de Labyrinthe restait un mystère.

Côté positif, le tueur n'avait pas envoyé de nouveau paquet ni téléchargé d'autres vidéos.

Côté négatif, il n'en avait pas besoin : les médias continuaient de s'exciter sur l'affaire Labyrinthe-Elizabeth-Loeb.

Le FBI, à l'instar des médias, semblait se concentrer sur l'angle hollywoodien. Les deux policiers morts, c'était une tragédie, mais dans ce métier on met sa vie en jeu quotidiennement. En revanche, les meurtres de célébrités captivaient le public. Quand il arrivait quelque chose d'affreux, de choquant ou de gênant à une célébrité, cela mettait un peu de piment dans votre existence, par procuration.

Dark, lui, n'y prêtait aucune attention. Il s'était plutôt intéressé au sans-abri qui avait joué la bombe ambulante. Tout aussi mystérieux que Labyrinthe lui-même.

Pas d'identification, pas de traces de ses empreintes ou de son ADN dans aucune des bases de données officielles. Des témoins oculaires racontaient qu'il était tout simplement entré, se montrant relativement calme quand on lui avait pris son paquet. Il tremblait et empestait mais ne paraissait pas agir sous la contrainte. Il avait l'air résigné.

Nul ne savait qui il était.

Pourtant, se dit Dark, *personne ne surgit de nulle part*. Ce type était forcément né quelque part avant d'exploser en plein centre de Los Angeles.

Une chose était claire : Labyrinthe n'était pas du genre à s'arrêter en si bon chemin. Toute l'affaire était trop sophistiquée, trop soigneusement planifiée. Le réveil, le vol de l'œuvre d'art, le petit coup du papier à en-tête de la police de L.A. Tout cela, c'était une manière de vous narguer : « Regarde de quoi je suis capable. »

Rien n'aurait fait plus plaisir à Dark que de pincer ce type et de lui dire en face : « Regarde ce dont je suis capable, moi. »

Si la police de L.A. restait dans une impasse concernant le sans-abri, c'est qu'elle n'avait pas accès à toutes les bases de données existant au monde. Il existait des fichiers illégaux depuis bien avant l'époque où sir Alec Jeffreys avait inventé l'analyse d'ADN à l'université de Leicester en 1984. Les prélèvements abusifs et le vol direct de matériel génétique avaient contribué à produire une base de données répertoriant pratiquement tous les habitants de la planète, les morts comme les vivants.

C'était à ce genre de fichier que Dark allait accéder, de nouveau grâce à son ange gardien Graysmith et à ses discrètes sources de renseignements.

Josh Banner lui avait fait passer un échantillon de l'ADN de l'homme le matin. Dark l'avait analysé et attendait de tomber sur une correspondance.

Son téléphone sonna. C'était de nouveau Graysmith.

Elle revenait d'un déplacement quelque part dans le monde et, comme d'habitude, refusait de lui dire où exactement. Mais elle était en Californie et voulait passer pour discuter de Labyrinthe.

Six mois plus tôt, Lisa Graysmith avait surgi de nulle part et s'était comportée envers lui comme un ange gardien – lui offrant accès à des ressources, à des armes, à des informations, et même à des avions qui l'avaient transporté d'un bout à l'autre du pays à la poursuite de psychopathes. Selon ses dires, elle avait à sa disposition un budget illimité dans les milieux du renseignement et il ne devait pas se soucier d'en savoir plus.

– Vous avez vu vous-même le genre de moyens que je peux vous fournir, avait-elle dit.

– Mais que voulez-vous en échange ? avait demandé Dark.

– Je veux que vous capturiez les monstres.

– C'est le boulot des Affaires spéciales.

– Mais ils ne sont pas aussi doués que vous. Et ils sont incapables d'aller jusqu'au bout, de leur infliger la punition qu'ils méritent.

– C'est-à-dire ?

– La mort.

Un ange gardien qui avait un petit quelque chose de diabolique.

Dark avait sérieusement douté de Graysmith durant leur première affaire commune, la traque d'un criminel qui se faisait appeler le « Tueur aux Cartes ». Pendant un temps, il l'avait soupçonnée d'être la tueuse et de s'être insinuée dans sa vie pour le déstabiliser. Des soupçons infondés. Elle avait joué un rôle capital dans l'enquête. Et lui avait donné exactement ce qu'elle promettait – ni plus ni moins.

À la fin de l'affaire, Graysmith avait laissé entendre qu'elle allait quitter son poste dans le renseignement américain et le rejoindre.

– Et on ferait quoi ? plaisanta Dark. On attraperait les tueurs en série pendant notre temps libre ?

– Oui, avait-elle répondu en lui prenant la main.

Et, les six derniers mois, c'était ce qu'ils avaient fait. Quand Dark n'était pas occupé avec sa fille, ils utilisaient un programme de base de données pour repérer dans le monde entier les meurtres sortant de l'ordinaire et cherchaient des constantes.

Graysmith avait apparemment toujours accès à ses sources et à son financement. Ils avaient repéré des pistes prometteuses en Europe, mais le tueur s'était emmêlé les pinceaux et avait été pris par Interpol. Dark continuait de chercher, d'étudier les constantes.

Mais, pendant tout ce temps, il se demandait qui la finançait et qui elle recherchait vraiment. Où cela les menait-il ? Il s'était un peu renseigné et avait trouvé des réponses.

Et bientôt ils allaient en discuter. Parce que les réponses qu'il avait obtenues soulevaient encore plus de questions.

Comme à son habitude, Graysmith entra toute seule, un café dans une main et une bière dans l'autre. Elle lui tendit la bouteille. Il la décapsula, but une gorgée et chercha à deviner d'où elle venait d'après son allure. Elle était légèrement hâlée et s'était fait un peu couper les cheveux. En dehors de cela, rien n'avait changé. Les yeux vifs, elle avait toujours la même expression pensive – ce léger détachement que Dark était incapable de saisir.

– Mon chef s'intéresse beaucoup à Labyrinthe, dit-elle. Où en es-tu de l'affaire ? Je veux pouvoir lui répondre.

– Sinon ?

Dark était pleinement conscient que tout – accès aux bases de données, matériel scientifique, laissez-passer – pouvait lui être retiré en un instant. Il était persuadé que cela arriverait. Il avait reçu de la vie de nombreux cadeaux, mais on les lui avait repris au moment où il s'y attendait le moins. Depuis, il se préparait au pire, car le coup serait alors moins difficile à encaisser.

Dark était capable de se passer de tout ça. Dès maintenant. Il n'avait pas besoin de matériel compliqué pour pincer ce monstre. Aussi insista-t-il :

– Je veux parler à ton chef.

Elle sourit, un rien de tristesse dans le regard. Dark sentit son estomac se nouer – et son intuition le trompait rarement.

– Impossible. Il tient énormément à sa vie privée.

– Présente-le-moi quand même.

– Tu ne me fais pas confiance ?

Tout en lui criait *non*. Il leur arrivait de connaître l'intimité de deux êtres humains, mais Dark était conscient qu'il restait un territoire où il n'avait pas le droit d'entrer. S'il voulait qu'elle continue à le soutenir, il ne fallait pas poser de questions.

– Lisa, ce n'est pas une histoire de confiance. Je veux lui parler. Maintenant.

– Impossible. Si je pouvais, je le ferais. Mais ça n'arrivera jamais.

– Je veux parler à Damien Blair. Maintenant.

Elle resta interdite.

– Comment connais-tu ce nom ?

12
Dark

P*arce que je suis un foutu traqueur d'hommes*, eut-il envie de lui répondre.

Après le Tueur aux Cartes, il avait ouvert les yeux. Il en avait eu assez d'être constamment manipulé. Il avait appris à se fixer lui-même ses objectifs. À prendre son destin en main. Tant qu'on en est capable, il y a de l'espoir. Même quand tout le reste s'acharne contre vous.

Dark avait donc mené une enquête de son côté ces six derniers mois. Il avait renoncé aux ressources électroniques pour travailler à l'ancienne, en suivant la paperasserie. Exactement comme le lui avait appris Tom Riggins. Et il était parvenu à retrouver la trace de la supposée insaisissable Lisa Graysmith par le biais de transactions financières. C'est simple : quand vous travaillez pour quelqu'un, on vous paie forcément. Vous pouvez vous donner beaucoup de mal, il est presque impossible d'effacer la piste de l'argent.

Dark n'avait pas rassemblé toutes les pièces du puzzle. Mais il connaissait le nom de Damien Blair, qui avait plusieurs adresses en Europe, en Afrique du Sud et à Hong Kong, et disposait d'une vaste fortune. Blair avait des relations, de l'éducation et le goût du secret. Pour les médias populaires, ce n'était pas un bon client. Au cours de l'année passée, ils avaient seulement mentionné qu'il participait régulièrement au sommet annuel du Forum économique mondial à Davos, dont la place coûtait rien de moins que 1 demi-million, à quoi s'ajoutaient le billet d'avion en première, la location d'un chalet, d'une voiture avec chauffeur, d'un hélicoptère, etc.

Rien d'inquiétant n'apparaissait dans la bio publique de Blair, mais cela pouvait tout simplement vouloir dire qu'il avait dépensé des millions à dissimuler sa vie aux regards trop insistants. Un homme ne se donne pas la peine de débaucher et de financer un ancien agent du FBI, sauf s'il attend quelque chose de précis en échange.

Dark ne savait rien de plus, mais cela lui paraissait un atout suffisant pour parvenir à la vérité.

– Tu acceptes de me parler de lui ou tu préfères que je continue ? demanda-t-il. À moins que tu ne veuilles que j'appelle son bureau moi-même ?

Il but une gorgée de bière et attendit. Dans les yeux de Graysmith, il vit la lueur pensive laisser place à l'agacement, puis à la résignation.

– Je dois passer deux coups de fil, lâcha-t-elle après un moment.

Le premier devait être à Blair.

Le second fut pour la belle-mère de Dark.

Graysmith était allée la voir après l'affaire du Tueur aux Cartes en se présentant comme une ancienne collègue de Dark au FBI. Sa belle-mère était trop intelligente pour prendre cela pour argent comptant ; sa fille était comme elle : intuitive, astucieuse, sensible à un degré presque surnaturel. Dark se douta que sa belle-mère et lui allaient bientôt avoir une conversation sur cette Graysmith, et ce qu'elle entendait faire vis-à-vis de sa petite-fille.

Mais, pour le moment, Mme Collins garderait ses opinions pour elle et savourerait le temps qu'elle pouvait passer avec Sibby.

– Tout est arrangé, dit Graysmith. On s'occupe de ta fille.

– Tu as appelé ma belle-mère ? demanda Dark, pour la forme.

– Finis ta bière. Nous avons du chemin à faire.

Elle prit le volant et traversa Hollywood par la 101 en direction de l'aéroport Van Nuys. Un avion privé les y attendait, expliqua-t-elle. Dark se rendit compte qu'il portait toujours la même chemise et son jean déchiré. Pas d'arme ni de téléphone – pas même un stylo. Quelle que fût leur destination, il supposa qu'il serait équipé en chemin.

– J'imagine que tu vas faire durer le suspense, dit-il. M'obliger à deviner.

– Non. J'ai la permission de parler. Mais ne m'oblige pas à répéter. Je suis recruteuse pour un groupe d'enquêteurs secret et unique en son genre. On te suit depuis très longtemps. Depuis l'affaire Sqweegel, il y a six ans. Quand le Tueur aux Cartes est apparu, Damien Blair a décidé de te donner les outils dont tu avais besoin pour l'attraper.

– Une sorte de période d'essai ?

– Non, plutôt de l'assistance. Je ne t'ai jamais menti, Steve.

Dark digéra cette information, passa rapidement en revue les six derniers mois et se remémora leurs conversations à la lumière de ces faits nouveaux.

– Nous pensions qu'avec notre aide tu pourrais réaliser tout ton potentiel. Et c'est le cas, Steve. Tu ne t'en rends pas compte ? Songe au stade où tu étais il y a six mois. Tu en étais encore à essayer de comprendre. Tu te posais des questions sur toi et tu ignorais tout de tes capacités.

– Merveilleux, répliqua Dark. Je me suis épanoui. Alors où va-t-on, précisément ?

– À Paris.

L.A. Times

Toujours aucune nouvelle menace du « Labyrinthe », ni aucun indice sur son identité. Selon le chef de la police, « il s'agit sans doute d'un acte isolé ».

13
Labyrinthe

En ce moment, tout le monde dans le hall de cette riche compagnie pétrolière se demande : « Un aquarium géant ? Lequel de ces dirigeants surpayés à qui on passe tous les caprices a bien pu commander cet aquarium géant ? »

Aquarium qu'on livre à l'instant même au quartier général de l'Intertrust Petroleum Corporation (IPC), l'un des plus grands groupes pétroliers de Dubaï.

La devise officieuse de l'entreprise semble être : « L'argent n'est pas un problème. » Et cette éthique se reflète dans le moindre choix de décoration du bâtiment.

Je regarde une assistante perplexe signer le reçu de l'aquarium, pensant que c'est l'un des membres du conseil d'administration qui l'a commandé.

Parce que, figurez-vous, c'est le genre de chose qu'ils font, ces gens. Quand l'argent n'est pas un problème, on cherche des jouets de plus en plus bizarres pour se distraire.

Eh bien, mon prochain paquet les amusera sûrement.

Deux assistantes de direction s'approchent de l'aquarium et contemplent l'unique et affreux poisson évoluant à l'intérieur.

Dès l'instant où le reçu de la livraison à IPC a été signé, un signal sur mon mobile m'a invité à me connecter aux serveurs internes de l'entreprise.

J'écoute et j'observe, par le biais des caméras et des micros de surveillance cachés du système de sécurité d'IPC.

Avec le logiciel adéquat, on peut pénétrer dans pratiquement n'importe quelle pièce du monde, grâce aux réseaux de télé-surveillance que des êtres humains ont installés pour étancher leur soif obsessionnelle d'espionnage.

C'est amusant de les voir essayer de comprendre ce nouveau cadeau.

C'est quelle espèce à l'intérieur ? Tu reconnais, toi ? demande une assistante.

Aucune idée. Il a l'air... malade, répond l'autre.

Pourquoi commander un aquarium de cette taille avec un seul poisson dedans ?

Je viens de te le dire : aucune idée. Peut-être que c'est quelqu'un qui trouve ça drôle. Peut-être que, d'un instant à l'autre, un type en blanc va entrer avec des couteaux et que ce pauvre poisson va finir en sushis.

Elles étouffent un rire. Il ne faudrait pas que leurs chefs les entendent s'amuser.

Les assistantes se détendent comme elles peuvent. Je ne vais pas leur en tenir rigueur.

Le petit paquet d'accompagnement arrive par FedEx quelques minutes plus tard.

C'est peut-être de la nourriture pour poissons, plaisante l'assistante qui signe le reçu.

Mais quand elle l'ouvre, elle découvre une belle montre en or et une lettre sur du papier à en-tête de l'entreprise.

Cela fait mouche.

L'une des assistantes dit que cela lui rappelle un truc qu'elle vient de lire sur Internet – concernant une actrice et son petit ami producteur.

Elle s'interroge à voix haute :

La police de Los Angeles n'a pas reçu de drôles de trucs par courrier, quelques heures avant l'explosion d'une bombe ?

Oui, une devinette, répond sa collègue. Le dingue a envoyé une devinette !

J'espère qu'il est dorénavant parfaitement clair que je ne suis pas un « dingue ». Chacun de mes actes a un objectif et une signification spécifiques.

Peu importe si le monde ne le comprend pas immédiatement.

Ceux qui jouent le jeu saisiront les nuances subtiles.

Ce sont eux qui m'aideront à sauver le monde de lui-même.

Deux inspecteurs du département général d'investigation de la police de Dubaï arrivent chez IPC quelques minutes plus tard. Les groupes pétroliers bénéficient de l'attention rapide et courtoise de la police.

Le plus petit des deux est également le plus gros. Quant au plus grand, il est dégarni. Des types médiocres, occupés à des tâches médiocres, s'imaginant qu'ils sauvent le monde en protégeant des existences médiocres.

Ils se penchent sur ma devinette au calme dans une salle de réunion, déclarent que les experts de la police scientifique sont en route.

Pour une entreprise aussi puissante et influente qu'IPC, la police sait qu'il faut sortir la grosse artillerie.

Pour le moment, ces deux minables se contentent de toucher ma lettre du bout de leurs doigts gantés et se préoccupent des empreintes laissées par les assistantes.

Ils devraient plutôt s'intéresser à ma devinette. Elle va tout leur dire. Ma devinette rédigée en anglais.

JE PEUX COULER MAIS JAMAIS FLOTTER
JE MURMURE SOUVENT MAIS JAMAIS JE NE PARLE
J'AI UN LIT MAIS JE NE DORS JAMAIS
J'AI UNE BOUCHE MAIS JE NE MANGE JAMAIS
QUI SUIS-JE ?

LABYRINTHE

Au lieu de cela, ils examinent la montre en or – une Patek Philippe qui affiche un calendrier perpétuel et les phases de la Lune.

Un article coûteux, entièrement fabriqué à la main avec les meilleurs matériaux.

Une pièce d'artisanat exquise, et ils la tripotent avec leurs doigts boudinés.

Ces flics médiocres envisagent de chercher des empreintes dessus et font assaut de compétences, alors qu'ils n'y connaissent pas grand-chose.

Finalement, ils remarquent l'inscription et la date au dos de la montre :

À Everette
mon infidèle préférée
11/10/48

L'un des flics appelle le QG – ils veulent savoir qui est cette « Everette », ce que signifie la date et, si possible, ce que c'est que cette histoire d'infidélité.

La date a l'air de réveiller quelque chose chez le gros.

Il annonce pensivement : 1948.

Une année importante, controversée et mouvementée au Moyen-Orient, et quelque chose le tracasse...

Et c'est bien normal.

Le grand remarque alors que la montre a l'air d'avancer... lentement.

Le gros la compare avec la sienne, qui est électronique. Il y a quelques secondes de retard, en effet.

Il demande :

Qu'est-ce que ça veut dire ?

J'ai envie de lui répondre :

Continue de jouer, tu te débrouilles très bien.

Je les écoute appeler et demander qu'on fasse venir au plus vite au QG de la police le meilleur horloger du coin.

Ils sont sur le point d'y apporter la lettre et la montre quand l'une des assistantes leur demande :

Vous ne voulez pas le poisson ?

Ils s'arrêtent, échangent un regard.

Le poisson ?

La police est très ferme : aucun détail ne doit être divulgué aux médias.

Pas.

Un.

Seul.

Les attentes de la police de Dubaï sont aussi déraisonnables qu'improbables.

Exactement comme je l'avais prévu.

Comment négliger le fait que de nombreux employés de l'Intertrust Petroleum Corporation sont des Américains expatriés, et que les Américains sont un peuple bruyant qui a tendance à trop parler ?

Les assistantes qui ont reçu l'aquarium et le paquet ?

Elles ne font pas exception.

Même la clause de confidentialité de leurs contrats ne suffit pas à les dissuader de raconter ce qu'elles viennent de vivre. Comme si les événements de la vie réelle n'arrivaient pas vraiment tant qu'ils ne sont pas notés et approuvés par les « aime ça » dans le monde virtuel.

L'assistante de direction d'IPC Lauren Sandovsky est la première à révéler des informations une heure et vingt-trois minutes après l'arrivée des paquets.

Le déferlement viral commence avec elle, sous la forme d'un chat privé avec son ancien petit copain :

PerdueAuxEmirats – Lauren Sandovsky
Salut. Tu dois sûrement dormir mais tu ne devineras jamais ce qui m'est arrivé au boulot aujourd'hui.
Il y a 3 heures

BogossChicago – Brad Rayner
Non, beauté, je suis réveillé. Toujours. OK, tu m'as mis l'eau à la bouche. Qu'est-ce qui t'est arrivé au boulot aujourd'hui ? Un cheikh t'a invitée à faire partie de son harem ?
Il y a 3 heures

PerdueAuxEmirats – Lauren Sandovsky
Raciste. NON. Je crois que j'ai ouvert un paquet envoyé par un tueur en série !!!
Il y a 3 heures

BogossChicago – Brad Rayner
QUOI ?
Il y a 2 heures

PerdueAuxEmirats – Lauren Sandovsky
Tu sais, cette histoire de meurtre ? Labyrinthe et Bethany Millar ? Eh bien on a reçu une drôle de livraison aujourd'hui et la police pense que c'est le même type.
Il y a 2 heures

BogossChicago – Brad Rayner
C'est dingue ! T'as pris une photo du paquet ? Je peux l'utiliser ?
Il y a 2 heures

PerdueAuxEmirats – Lauren Sandovsky
Euh, oui, mais tu peux PAS l'utiliser. Tu veux que je me fasse virer ?
Il y a 2 heures

BogossChicago – Brad Rayner
Arrêêêêête... Je serai ton meilleur pote ! :-)
Il y a 43 minutes

BogossChicago – Brad Rayner
Sérieux, Lauren, comment tu peux NE PAS partager ce truc avec moi ? Je vis pour ça !
Il y a 40 minutes

BogossChicago – Brad Rayner
Ne m'oblige pas à te supplier à genoux.
Il y a 19 minutes

PerdueAuxEmirats – Lauren Sandovsky
TU NE LA FORWARDES PAS. Pigé, mec ? [Pièce jointe : 43728-23.jpg.]
Il y a 7 minutes

BogossChicago – Brad Rayner
Oh... ouah. Oui, oui, c'est promis.
Il y a 1 minute

Brad Rayner est rédac chef pour un site d'information alternatif de Chicago, dans l'Illinois. La photo apparaît sur le site environ dix-sept minutes après que Brad l'a reçue. Je m'étonne que cela ait pris si longtemps.

14

Dark

Au-dessus de l'Atlantique

Dark sommeillait quand son ordinateur portable posé sur sa tablette bipa. Il cligna des paupières, regarda autour de lui et se rappela – *ah oui, je suis à l'intérieur d'un luxueux Gulfstream G650 qui vole à Mach 0,9 pour rencontrer l'homme qui m'a recruté en secret.*

L'alerte du portable signifiait que l'échantillon d'ADN du sans-abri avait permis de l'identifier. Une fois de plus, les bases de données clandestines de Graysmith avaient été utiles. Cet homme existait réellement. Dark ouvrit l'ordinateur et pianota sur quelques touches.

– Alors, qui est-ce ? demanda Graysmith de l'autre bout de l'avion.

– Ça arrive.

Ce bref échange était le premier depuis leur embarquement. Elle s'installa sur le siège en face de Dark avec une tasse d'infusion, des écouteurs et son ordinateur.

Dark attendait les résultats.

Et leur mystérieux sans-abri se révéla être...

... personne.

Pas au sens strict du terme. L'homme avait une vie, un passé. Simplement, pas un passé terriblement exceptionnel – en tout cas, pas au point que ses empreintes et son identité aient disparu de tous les fichiers des polices du monde. Il s'appelait Aldi Kutishi ; c'était un commerçant albanais dont on pensait qu'il avait été tué durant un pillage au début des années 1990. Les ressources secrètes de Graysmith étaient les seules à révéler ces quelques informations. Quelles avaient été ses activités durant ces vingt dernières années ?

Inconnues.

Comme si l'homme était tombé dans un univers alternatif, avait contracté une maladie impossible à repérer, puis s'était manifesté à Los Angeles par une belle journée, le temps de livrer un étrange colis à la police.

Donc ce... Labyrinthe.

Pour commencer, il s'était lui-même trouvé ce nom. C'était significatif. La plupart des tueurs étaient baptisés par la police ou les médias, mais Labyrinthe s'était présenté ainsi dès le début. Se voyait-il comme le maître trônant au centre d'un dédale étourdissant et sans espoir ? Ou bien en était-il lui-même prisonnier, et tuer des gens son seul moyen d'en sortir ?

Il avait pris la précaution d'utiliser un « coursier » n'ayant aucun antécédent. En conséquence, il avait dû consulter des fichiers du monde entier pour trouver un inconnu indétectable.

Labyrinthe avait aussi accès au papier à en-tête de la police – ou du moins pouvait-il le falsifier. Ainsi qu'à une œuvre rare représentant une starlette de Hollywood. Soit c'était un voleur hors pair, soit il en avait un ou plusieurs à son service. Cela n'avait rien d'inhabituel de voir quelqu'un déléguer des tâches.

Mais pourquoi ce messager en particulier ? Qu'est-ce qui faisait d'Aldi Kutishi une bombe humaine idéale ?

– Le nom te dit quelque chose ? demanda-t-il à Graysmith.

– Rien du tout. Mais les gens que nous allons voir auront peut-être une petite idée.

– Depuis combien de temps travailles-tu pour eux, à moins que tu ne sois juste une free-lance qui s'immisce dans la vie des autres ?

– Je travaille pour Damien depuis longtemps. En fait, je comprends ta réaction. Tu as l'impression d'avoir été trahi ou abandonné par la plupart des gens dans ta vie. C'est naturel que tu décharges un peu de cette agressivité sur moi. Non seulement je le comprends, mais je m'y attendais. Parce que j'ai utilisé ce sentiment de trahison et d'abandon pour pénétrer dans ta vie. Mais c'était après mûre réflexion, et nous ne voyions pas d'autre moyen de procéder. Tu venais de quitter les Affaires spéciales. Tu ne comptais pas travailler ailleurs, même si on te faisait une proposition alléchante. J'ai dû t'amener à le faire toi-même. Si tu m'en veux, je suis prête à accepter ta colère.

– Je ne t'en veux pas. Comment pourrais-je avoir de la haine pour quelqu'un que je ne connais même pas ?

– Oh, n'exagère pas, Steve !

Dark se concentra sur l'ordinateur. Peu importait comment il en était arrivé là : ce qui comptait, c'est qu'un nouveau monstre venait d'apparaître. Et Graysmith avait raison. L'idée d'une organisation avec des ressources illimitées l'attirait. À condition qu'on le laisse supprimer le monstre.

Quand ils atterrirent à Paris, la nuit était tombée et il faisait très froid. Un vent glacé les cinglait. Dark, calculant le décalage horaire, se demanda ce que faisait sa fille en cet instant. Elle se préparait pour aller à l'école ?

Alors qu'ils descendaient la passerelle, une limousine noire arriva vers eux pour les cueillir à l'instant où ils toucheraient le tarmac. Graysmith fouilla dans son sac et en retira une cagoule qu'elle tendit sans un mot à Dark. Il la regarda d'un air interdit.

– Tu te fous de moi ?

– Désolée, c'est indispensable. Je te l'ai dit, Blair tient à sa vie privée. À moins que tu ne veuilles faire demi-tour et rentrer ?

– C'est insensé !

– Blair y tient. Il opère dans le secret le plus total, et l'existence de cette organisation repose là-dessus. Il y a toujours un risque, si mince soit-il, que tu sois un sociopathe incroyablement brillant qui a percé ma couverture depuis le début, ou que tu m'aies traquée pour pouvoir remonter jusqu'à lui.

– Ouah ! tu as tout compris.

– C'est bien ce que je me disais aussi. Maintenant, s'il te plaît, fais-moi plaisir. Ce ne sera pas long. Tu n'auras pas le temps de te rendre compte que tu la portes.

Il saisit la cagoule. Le tissu était doux et laissait passer l'air. Il l'enfila.

En fait, la cagoule n'était qu'une diversion. À peine l'eut-il enfilée qu'il sentit une piqûre dans son cou et sombra vraiment dans le noir.

AP INFOS : Norman Wycoff inculpé d'abus de pouvoir dans l'exercice de ses fonctions de ministre de la Défense.

15
Riggins

Quantico, Virginie

Le restaurant était silencieux et désert, les lumières tamisées. Exactement l'atmosphère qu'aimait Riggins.

– Allons, dit-il, c'est moi… De toute façon, j'aurais deviné.

– Eh bien, dit Constance Brielle en souriant, je pourrais vous dire...

– Mais vous seriez obligée de me tuer, n'est-ce pas ? répondit Riggins en lui rendant son sourire et en faisant tourner les glaçons dans son verre. Eh bien, ma petite, beaucoup ont essayé, et pourtant je suis toujours là !

– Oui, moi aussi.

Riggins avait passé beaucoup de temps avec Constance à l'hôpital après l'affaire du Tueur aux Cartes. Elle s'était retrouvée en tête à tête avec un ancien marine psychotique dans la tour d'un des plus grands bâtiments de San Francisco – la Niantic Tower. Elle avait frôlé la mort. Elle avait eu deux fractures au bras, été étranglée et projetée la tête la première contre un mur de béton, ce qui avait provoqué un traumatisme crânien. Le fait qu'elle ait survécu signifiait que Constance était plus robuste que beaucoup ne le pensaient – y compris elle-même. C'était

Riggins qui l'avait sortie de la tour en flammes, était resté avec elle, lui avait tenu la main, l'avait rassurée et réconfortée. Il lui avait dit qu'à sa place il se serait recroquevillé et aurait appelé sa mère en pleurnichant. Constance avait souri, abrutie de morphine, et Riggins avait compris qu'elle s'en sortirait.

Mais il s'était trompé sur ce point. Constance ne s'en était pas si bien remise que cela. Et là, six mois plus tard, elle quittait les Affaires spéciales.

– On est tous les deux des survivants, dit-il.

Ils s'étaient retrouvés dans un restaurant, pas loin de Quantico, un établissement classique, sombre, avec des alcôves en bois et des nappes blanches. Riggins appréciait l'endroit parce qu'il était tranquille. Et idéal pour prendre un verre. Constance commanda un bourbon sans glaçons, sa première goutte d'alcool depuis qu'elle avait quitté l'hôpital, et Riggins une crème de menthe avec du jus d'ananas sur glace. Un mélange répugnant. Et c'était le but du jeu. Il avait besoin d'un verre, mais il espérait que boire quelque chose d'immonde l'empêcherait de finir ivre. Il ne fallait surtout pas faire d'excès, particulièrement en ce moment. Mais il lorgnait tout de même le bourbon de Constance.

– Des nouvelles du roi des enfoirés ? demanda-t-elle.

C'était le surnom qu'ils donnaient à Wycoff.

– Non. Il est foutu en tout cas, ça c'est clair.

– Ça va impliquer quoi, pour vous ?

– Je ne vais pas en tenir compte et continuer mon boulot.

Une lueur pétilla dans le regard de Constance.

– Vous vous occupez de l'affaire Labyrinthe, n'est-ce pas ?

– Oui, mentit Riggins.

En réalité, toute la semaine qui avait suivi la publication sur le Net de la première vidéo flippante, personne ne l'avait contacté. Il avait décidé de s'y mettre tout de même. Plus de patron malfaisant, cela voulait dire plus de comptes à rendre. Enfin, pour le moment…

– Vous devriez vous joindre à moi, proposa Riggins. J'ai besoin de quelqu'un comme vous.

– Tom...

– Je sais, je sais. Et j'ai menti. Je n'ai pas besoin de quelqu'un comme vous… j'ai besoin de vous et je sais que je ne pourrai pas vous avoir.

– J'ai juste envie de...

– Pas la peine de vous justifier. Je comprends mieux que personne.

Et c'était vrai. Tom Riggins connaissait la pression du boulot mieux que quiconque. S'il était toujours en poste, après des années, c'était un miracle ou une anomalie statistique. Les agents des Affaires spéciales tenaient entre quarante-huit heures et six mois, pas plus. Une carrière inhabituellement longue, c'était un ou deux ans. Riggins avait tenu un quart de siècle. Seuls Steve Dark et Constance Brielle arrivaient, loin derrière, aux deuxième et troisième places dans ce record de longévité.

Dark était parti en début d'année. Constance arrêtait les frais maintenant.

Elle passait à un poste dans le renseignement. On l'avait débauchée. Riggins s'était renseigné. En fait, Constance avait souvent été contactée par des chasseurs de têtes au fil des ans, mais elle avait toujours refusé. Elle préférait rester avec Riggins. Et évidemment auprès de Steve Dark, dont elle était vainement amoureuse. Dark, qui n'était pas venu lui rendre visite à l'hôpital. Pas une seule fois.

Ils n'en avaient jamais parlé, mais Riggins savait que cela la tracassait autant que lui.

Il songea à la dernière fois qu'il avait vu Steve Dark. Six semaines plus tôt, dans l'extrême ouest de la Californie, à l'aube d'un bain de sang. Pendant un long et horrible moment, Riggins avait craint que Dark ait basculé de l'autre côté. Que ce soit lui le Tueur aux Cartes. Tom savait des choses sur la famille biologique de Dark que Steve ignorait. Aussi, quand Riggins avait eu l'arme en main et l'avait braquée sur celui qu'il considérait quasiment comme un fils... il était prêt à appuyer sur la détente. Et ç'avait été un moment atroce.

– Je ne suis pas fou, Tom. Je suis plus sain d'esprit que jamais, avait dit Dark.

– Qu'est-ce que tu as fait ? avait demandé Riggins.

– Mon boulot. Seulement, pas pour toi.

Continuait-il à faire son boulot, quelque part à L.A. ?

L'horrible vérité qu'il ne pouvait jamais révéler à personne, et surtout pas à Steve Dark, c'est que Riggins s'attendait plus ou moins à ce que Steve pète les plombs un jour ou l'autre.

Quand cela arriverait, ce ne serait pas sa faute. Pas entièrement. Pas quand un tel sang coule dans vos veines.

Lors de l'affaire Sqweegel cinq ans plus tôt, Dark avait entièrement anéanti son ennemi juré en le jetant dans un four après l'avoir découpé en morceaux. Des heures plus tard, il s'était aperçu de son erreur. Ils auraient dû conserver un échantillon d'ADN de Sqweegel pour les archives, pour le comparer à des crimes jamais résolus. Puis Dark s'était souvenu qu'il restait un endroit où il pourrait encore trouver un peu de cet ADN. Riggins s'était porté volontaire pour effectuer cette tâche.

Il avait saisi la main glacée du cadavre de Sibby Dark et passé un bâtonnet sous un ongle. Il avait pensé aux efforts qu'elle avait faits pour se cramponner à la vie en griffant son bourreau, ses ongles traversant le latex et entaillant sa chair.

Riggins avait analysé personnellement l'échantillon et attendu les résultats dans le laboratoire désert. Quand il avait trouvé une correspondance dans le fichier du FBI, il n'avait pas été surpris. Sqweegel n'avait pas surgi des entrailles de l'enfer pour terroriser l'humanité. Même les monstres avaient de la famille.

Mais Riggins ne se doutait pas que l'un des membres de cette famille serait Steve Dark lui-même. D'après les résultats, ils étaient frères.

Aussi, depuis cinq ans, Riggins dissimulait cette vérité en buvant un peu plus chaque jour pour parvenir à garder le silence. Il ne pouvait pas la laisser lui échapper.

Mais il gardait Dark à l'œil, guettant le moindre signe de psychose ou d'instabilité. Ce n'était pas héréditaire, mais cela expliquait sûrement certaines facettes du tempérament de Dark. C'était le meilleur traqueur d'hommes, parce qu'il était à deux doigts d'être lui-même un tueur de niveau 26.

Cette idée terrifiait Riggins.

L'idée qu'un jour il pourrait être obligé de pourchasser celui qu'il aimait comme un fils...

– Riggins, vous êtes encore avec moi ?

Constance souriait, mais c'était de la comédie. Il savait qu'elle aussi pensait à Dark.

Il tenait vraiment à réunir Constance et Steve une dernière fois, pour travailler sur cette ultime affaire. Mais on n'a pas toujours ce qu'on veut, et vivre dans le passé est la meilleure manière de ne jamais avoir d'avenir.

– Oui, je suis là. (Riggins leva la main, appela le serveur et lui demanda d'apporter un autre bourbon. Double, sans glaçons.) Je ne bouge pas, ajouta-t-il.

Constance, en revanche, s'en allait.

16
Dark

Paris, France

Quand Dark se réveilla, il était allongé sur un canapé au milieu d'une très vaste pièce. Tout semblait pencher à gauche. Graysmith, assise à côté de lui, posa une main sur son épaule comme si elle le tirait d'une petite sieste et non du coma dans lequel l'avait plongé la drogue.

– Steve, je te présente Damien Blair, qui dirige l'Alliance globale.

Blair, debout devant eux, avait une dizaine d'années de plus que Dark et les tempes grisonnantes. Des traits réguliers. Des yeux vifs. Blair ne tendit pas la main et resta immobile, son regard glacial posé sur Dark.

– Comment avez-vous appris mon nom ? demanda-t-il.

Dark enregistra mentalement le décor. Des colonnes chargées, maintes fois repeintes d'une couleur pâle. Un plafond haut et voûté qui aurait aussi bien eu besoin d'un coup de peinture. À gauche, une scène. Brusquement, il comprit pourquoi il avait l'impression que tout penchait à gauche. Ils étaient dans un ancien cinéma dont les sièges avaient été enlevés, découvrant le sol incliné en direction de la scène.

– Vous vivez ici tout seul ou vous avez un coloc ? demanda Dark.

– Je l'ai juste emprunté pour notre entrevue. Qui sera brève, car la situation évolue rapidement et que je n'ai pas beaucoup de temps pour vous tenir la main, répliqua Blair avec un coup d'œil sur Graysmith. Encore une fois : comment avez-vous appris mon nom ?

– À l'ancienne. En faisant des recherches.

Blair eut un semblant de sourire. Son visage semblait génétiquement incapable d'exprimer une véritable joie.

– Vous êtes le premier candidat à découvrir mon identité, c'est très impressionnant.

– Alors c'était une autre épreuve ? Si je devine votre poids et votre taille, vous m'accueillerez au sein de votre petit club d'élite ?

Cette fois, Blair ne fit même pas semblant de sourire. Il se tourna vers Graysmith.

– Est-il au courant pour Dubaï ?

– Non. J'ai bloqué les infos à bord de l'avion, comme vous me l'avez demandé.

– Très bien.

Dark se leva et fut pris d'un étourdissement.

– Bon, vous allez me dire qui vous êtes et ce que vous faites ? demanda-t-il.

– Vos chères Affaires spéciales étaient connues comme l'unité de traque des tueurs en série la plus performante de votre pays. Vous ne vous occupiez que du pire du pire. C'est bien ça ? (Dark acquiesça.) Imaginez une unité du même genre, mais à l'échelle mondiale. Constituée de chasseurs d'hommes de votre trempe et, pour certains, encore plus expérimentés. Et dont les proies sont bien plus redoutables que les tueurs en série lambda.

Dark se dit que Blair n'avait pas conscience que certains tueurs en série pouvaient être redoutables, comme le pire auquel il avait lui-même eu affaire. Un être que l'on pouvait à peine qualifier d'humain. Un monstre animé d'une telle haine qu'elle le consumait. Celui qu'on appelait Sqweegel. Qui avait pris la seule femme que Dark ait jamais vraiment aimée. Il avait fallu que quelqu'un de très proche l'aide à sortir de l'enfer qu'était devenu son esprit.

« On forge tout seul son destin, avait dit Dark à Riggins quelques mois plus tôt. Et du moment qu'on agit ainsi, il y a de l'espoir. » Il avait fini par le croire.

Si Blair avait passé trente secondes dans une pièce avec Sqweegel, il ne l'aurait pas qualifié de « lambda ».

Cependant, Dark ne répondit pas. C'était Blair qui payait le voyage : autant le laisser faire son petit discours.

– Vous avez passé votre carrière à traquer ce que vous appelez des tueurs de niveau 26, continua celui-ci. Mais il y a pire, bien pire que ne l'imaginent les Affaires spéciales. J'ai créé l'Alliance globale avec le soutien de grands gouvernements du monde entier pour neutraliser ces menaces naissantes.

Dark le fixa. Blair cherchait à l'impressionner, alors ? *Les monstres que je chasse, moi, sont bien pires que les tiens.*

– C'est étrange que je n'aie jamais entendu parler de vous, ni de ces menaces que vous évoquez, lui lança-t-il.

– Parce que pour l'instant nous avons réussi à les arrêter, répondit Blair sans se démonter. Monsieur Dark, je pourrais vous montrer quelques dossiers intéressants – vous devriez les feuilleter un de ces jours, si vous décidez de continuer avec nous. Je pense que vous les trouveriez intellectuellement fascinants. Mais, comme je viens de vous le dire, nous n'avons pas beaucoup de temps. Alors laissez-moi vous expliquer ce que nous faisons.

Selon Blair, l'Alliance globale était une équipe de premier plan composée d'agents internationaux, les meilleurs dans leur domaine : police scientifique, combat, interrogatoires, technologie, stratégie, etc. Il n'y avait pas de base centralisée : chaque agent de l'Alliance globale habitait dans son pays, mais ils faisaient équipe selon les besoins. Blair lui-même se présentait comme un facilitateur, fournissant les fonds nécessaires pour faire bouger les choses, sans poser de question.

– Pourquoi vous intéresser à moi ? demanda Dark. On dirait que vous tenez déjà suffisamment bien la planète comme ça.

– Je vous avais dit qu'il faudrait un petit peu plus de temps, soupira Graysmith.

– Non, il se comporte très bien, dit Blair en souriant. Avant d'être invité à rejoindre les rangs d'AG, continua-t-il pour Dark, chaque agent est soigneusement surveillé et testé sur différentes affaires. Nous vous avons remarqué quand vous avez appréhendé et supprimé le tueur nommé Sqweegel. Nous vous avons observé de près pendant que vous vous occupiez de l'affaire du Tueur aux Cartes. D'ordinaire, nous vous aurions invité plus formellement. Mais maintenant que Labyrinthe a fait son apparition, nous n'avons plus le temps. Nous avons besoin de vos compétences, et tout de suite.

– Encore une fois, pourquoi moi ?

– Les membres de l'Alliance sont très doués, ce sont les meilleurs dans leur domaine. Mais je n'avais encore jamais rencontré quelqu'un, comme vous, véritablement capable de pénétrer dans l'esprit d'un tueur. Et pour capturer Labyrinthe, j'ai besoin de vous dans notre équipe.

– Et pourquoi Labyrinthe monopolise-t-il l'attention de l'Alliance globale ? demanda Dark.

Blair plissa les paupières. Il fit une moue comme s'il venait de mordre dans un fruit amer et voulait en faire passer rapidement le goût.

– Labyrinthe est la raison pour laquelle j'ai créé l'Alliance.

– Il n'est apparu que la semaine dernière.

C'est exact, dit Blair, mais je connais son existence depuis un moment. Pensez au logiciel que vous avez fini par tant apprécier – le programme agrégateur qui rassemble des données issues de la masse de l'information électronique. C'est moi qui l'ai conçu. Le génie n'est rien de plus que la capacité de réunir deux informations disparates pour créer quelque chose de nouveau. Une idée, une chanson, une révolution… peu importe. Mon logiciel est une approximation grossière du potentiel du génie humain.

– Vous semblez en être très fier.

– Vous l'avez utilisé, dit Blair. En fait, si je ne m'abuse, vous avez appris à compter dessus. Quoi qu'il en soit, comme vous le savez, le logiciel recherche des constantes et tente de leur trouver une signification. Eh bien, j'ai senti des vibrations au cours de la dernière décennie – un peu comme le météorologue perçoit la formation d'un super-ouragan. Des indices que quelqu'un comme Labyrinthe allait apparaître. Tous les signes étaient là. J'ai donc passé mon temps à monter une équipe qui pourrait s'en occuper dès que la menace se révélerait.

– Pour le moment, il a juste tué quelques personnes et téléchargé des conneries flippantes sur YouTube.

– Vous pensez que ce n'est qu'un tueur en série de plus, n'est-ce pas ? Vous ne voyez pas la bataille plus vaste qui s'annonce ?

– Qu'est-il arrivé à Dubaï ? coupa Dark.

17

Dark

Graysmith briefa rapidement Dark sur la devinette, l'aquarium et la montre en or.

– Pourquoi tu ne m'as rien dit dans l'avion ? demanda Dark.

– Franchement, répondit Blair à la place de Lisa, si vous nous aviez éconduits, nous n'aurions pas eu envie de vous avoir dans nos jambes.

– Vous débordez de confiance, vous, hein ?

Les points communs entre ce nouveau colis et la première affaire Labyrinthe aux États-Unis étaient évidents. La devinette rédigée sur papier à en-tête de l'entreprise. Les drôles d'objets qui semblaient choisis au hasard. Quel rapport y avait-il entre un poisson et une montre en or offerte au responsable d'une compagnie pétrolière ? Était-ce une blague ?

Mais surtout : qui était la cible ?

Tout employé d'une compagnie pétrolière en poste en 1948 serait aujourd'hui soit très âgé, soit décédé. Même s'il avait eu dix-huit ans à l'époque où il avait reçu la montre, il en aurait quatre-vingts aujourd'hui. Ce « Labyrinthe » menaçait-il de tuer un homme qui n'avait plus beaucoup de temps à vivre ?

Si l'affaire avait les mêmes constantes que celle des États-Unis, lorsque la montre s'arrêterait, une nouvelle victime serait révélée au monde entier.

– Alors, quel est votre avis ? demanda Blair. Vous connaissez la réponse à la devinette ?

JE PEUX COULER MAIS JAMAIS FLOTTER
JE MURMURE SOUVENT MAIS JAMAIS JE NE PARLE
J'AI UN LIT MAIS JE NE DORS JAMAIS
J'AI UNE BOUCHE MAIS JE NE MANGE JAMAIS
QUI SUIS-JE ?

– La réponse, c'est une rivière, qui peut couler, murmurer, qui a un lit...

– Exactement, dit Blair.

– Ces devinettes ne sont pas vraiment compliquées, n'est-ce pas ?

– Vous avez raison. Elles ont l'air d'être la première partie d'un message dont la signification est plus profonde. Dans l'attentat de la semaine dernière à Los Angeles, la devinette semblait désigner la méthode du tueur : pendaison, coups de feu, noyade. Mais cela ne disait ni qui ni pourquoi. Le sens véritable est caché parmi les objets.

– Effectivement, opina Dark. La devinette n'est pas le cœur du problème. Elle est assez facile à résoudre. Il veut que nous allions au-delà.

– Alors que pensez-vous de la montre en or ? Ou du poisson ? Qu'est-ce qu'ils signifient, selon vous ?

– La montre nous donne l'heure du crime : à L.A., le réveil s'est déclenché au moment exact où Elizabeth et Loeb ont été tués. C'est ainsi que Labyrinthe formule son ultimatum.

– Combien de temps nous reste-t-il ? demanda Graysmith.

– Tu m'as dit que l'un des policiers de Dubaï avait remarqué que la montre semblait retarder. Quand elle s'arrêtera complètement, alors il frappera.

– Alors, vous êtes avec nous, monsieur Dark ? demanda Blair.

– Disons que c'est une période d'essai. Envoyez-moi à Dubaï et nous verrons si je peux arrêter ce dingue avant qu'il tue quelqu'un d'autre.

– Cela me paraît raisonnable, dit Blair. Départ dans trente minutes. Le reste de l'équipe vous rejoindra dans l'avion.

– Eh bien, c'est le moment de se dire au revoir, annonça Graysmith en lui tendant la main.

– Ah bon ? Tu passes déjà à ta prochaine mission ?

– Je suis en free-lance. Depuis toujours. Je ne suis pas du genre à jouer en équipe, bien que je sois très douée pour les former.

– Quel est ton vrai nom ?

– Peut-être que je te le dirai un jour. Si tu as de la chance.

– D'accord.

– Et prends bien soin de ta fille, Steve. Elle est très spéciale. Les pères oublient parfois combien leurs filles les admirent.

Dark essaya de lire dans son regard. Il ne sut si elle était enfin sincère avec lui et si elle parlait d'expérience, ou si elle était toujours dans son rôle et essayait de planter en lui une graine à exploiter plus tard. Mais peu importait. Dark lui prit la main et l'attira à lui.

– On se reverra, dit-il.

– Pas si je t'aperçois la première.

Pour entrer dans le Labyrinthe, connectez-vous à Level26.com et saisissez le mot de passe : « petrole ».

18

Labyrinthe

Je raccroche.

Eh bien, ce n'était pas du tout difficile.

En un temps record, Charles Murtha est ressuscité, réhabilité et prêt pour la prochaine étape.

Je pense au cri suraigu qu'il a poussé quand il a entendu ma voix. Peut-être qu'il a cru que c'était Dieu qui lui parlait ? Ces prétendus capitaines d'industrie sont facilement impressionnables.

Certes, ma voix était électroniquement modifiée. Et là, elle peut faire peur. Mais il fallait qu'il me prenne au sérieux – et nous avons tous été élevés dans l'idée que les gens qui en kidnappent d'autres parlent avec une voix déformée.

Tout est question d'éducation.

J'ai donc fait en sorte de paraître le plus rassurant possible. L'espoir est un analgésique puissant. Si vous en avez ne serait-ce qu'un soupçon, vous parvenez à vous sortir de pratiquement toute expérience, aussi traumatisante soit-elle.

Je lui ai dit de ne pas s'inquiéter, que des gens allaient venir le sauver tout de suite.

Que ce n'était pas de son ressort et que ce n'était donc pas la peine de s'occuper de cela. Ce qu'il fallait, c'était qu'il ralentisse son rythme respiratoire. Il n'y a pas beaucoup d'air là-dedans. Il risquait de tout consommer s'il s'énervait.

Oh, merde... Mon Dieu...

Non. Ce n'était pas le moment de paniquer.

Il fallait plutôt qu'il se concentre sur la leçon.

Il ne faut pas longtemps pour que Charles Murtha, l'un des plus riches pétroliers de la région, l'apprenne et sache la réciter par cœur. Il semble absurdement reconnaissant d'avoir une chance de faire vraiment quelque chose après être resté suspendu dans ce tuyau tout ce temps. Comme beaucoup de dirigeants, il tient à prouver sa valeur dans n'importe quel domaine, même aussi douteux et fragile que celui-ci.

Sa leçon, il la récite avec entrain, comme s'il croyait aux paroles qui franchissent ses lèvres.

Pour atteindre les oreilles du monde, Charles.

Je suis heureux que Charles Murtha ait retenu sa leçon. Car sous peu nous atteindrions le point de non-retour. Même si la police locale trouvait la réponse à ma devinette, elle n'aurait pas assez de temps pour faire descendre une équipe d'entretien dans les entrailles de l'hôtel et libérer le pauvre Charles Murtha avant...

Bon, je n'ai pas voulu lui raconter tout cela. Surtout compte tenu de ce qui allait arriver à son corps.

Charles était déjà assez sensible comme ça.

19
Dark

Un chauffeur bourru ramena Dark depuis le cinéma abandonné jusqu'à l'aéroport, ne s'arrêtant que pour présenter son portable à la sécurité avant de filer directement sur le tarmac. Apparemment, Blair aimait beaucoup ce genre de badges électroniques, car il en munissait tout le monde.

Un Gulfstream faisait le plein. Dark sut donc immédiatement quel avion il allait prendre. Il descendit de la voiture et aperçut un autre homme qui approchait de la passerelle. Sa silhouette mince était enveloppée d'un manteau de la police irlandaise. Bien qu'il arborât un visage juvénile, ses cheveux étaient blancs et ébouriffés – on aurait dit un Coton-tige qu'on aurait passé à la chaise électrique. L'homme ralentit en voyant Dark et changea son sac de main.

– Enfin, Steve Dark en chair et en os ! lui dit-il en tendant la main. Je suis Deckland O'Brian. (Dark hocha la tête et serra la main osseuse et calleuse.) Vous n'avez pas emporté de bagages en partant de L.A. ?

– J'aime voyager léger.

– Même pas un livre pour le vol ? Je ne peux aller nulle part sans lecture. Après vous, mon ami.

Dark gravit la passerelle et entra dans le coûteux jet privé. Tous les aménagements de luxe avaient été remplacés par de l'utilitaire : des postes de travail équipés d'écrans tactiles, des armes, des uniformes, et même un petit labo.

Devant l'armurerie se tenait un grand type carré avec une tête qu'on aurait pu mettre au bout d'un bélier : au lieu de cheveux, un tatouage gothique élaboré ornait son crâne et descendait jusque dans sa nuque pour disparaître dans le col de son gilet pare-balles. Il était en train d'assembler un MP5A3 Heckler & Koch.

– Dark, je vous présente Hans Roeding. Il connaît très peu l'anglais. Mais même s'il en savait davantage, il ne serait pas tellement plus loquace.

Roeding hocha la tête et se remit à la tâche.

– C'est sa manière de dire qu'il est enchanté.

– Bien sûr, dit Dark.

– Bien plus sociale et capable de parler en de nombreuses langues, continua O'Brian, voici la charmante Natasha Garçon.

Quand elle fit pivoter son fauteuil, Dark se rendit compte que ce n'était pas une blague. Elle était très belle avec ses yeux gris-bleu et ses lèvres pulpeuses. Malgré ses cheveux retenus en queue-de-cheval et l'absence de maquillage, elle pouvait entrer n'importe où et y être la plus éblouissante.

– On est prêts à partir, alors ? rétorqua Natasha. Je vais avertir le pilote et demander l'autorisation de décollage.

Sur ce, elle se retourna, glissa un écouteur dans son oreille et parla rapidement en français. Elle jeta à peine un regard à Dark.

O'Brian donna à ce dernier une claque sur l'épaule et lui désigna un fauteuil.

– C'est votre place, mon vieux. Faites comme chez vous. Prochain arrêt, le Moyen-Orient.

C'était donc cela, l'Alliance globale.

Les « meilleurs des meilleurs ».

Qu'avait dit Blair ? « Des chasseurs d'hommes de votre trempe et, pour certains, encore plus expérimentés. Et dont les proies sont bien plus redoutables que les tueurs en série lambda... »

Ceux-là, cependant, n'étaient pas d'anciens flics. C'étaient surtout des gens qui, depuis dix ans, vivaient incognito.

Avant que Dark parte pour l'aéroport, Blair avait transféré des dossiers de chacun des membres de l'équipe sur son smartphone. Deckland O'Brian était un ancien de l'IRA et un fou de technologie. En apparence, il avait l'air d'un de ces ingénieurs informatiques travaillant dans ces multinationales qui avaient prospéré à l'époque où l'Irlande était en plein boom économique. Mais sous cette façade se cachait un expert capable d'extraire n'importe quelle information électronique, que ce soit d'une puce ou d'un site en ligne.

Hans Roeding était un ancien des Forces spéciales allemandes – les Kommando Spezialkräfte ou KSK. Des soldats d'élite formés à l'antiterrorisme, aux opérations d'infiltration et à tout un ensemble d'activités officieuses dont ne parlent jamais les livres d'histoire. Roeding était le meilleur KSK qui ait vu le jour depuis la chute du mur de Berlin : il avait mené des opérations au Kosovo, en Afghanistan, au Pakistan, en Irak, en Chine et en Libye.

En conséquence, l'équipe avait autant de muscle que de cervelle.

De son côté, Natasha Garçon était le visage de l'Alliance globale. Pas seulement parce qu'elle était belle. Selon son dossier, c'était une linguiste hors pair, un prodige qui parlait une demi-douzaine de langues dès l'école primaire, et près de quarante au lycée. Au-delà de cette compétence, elle comprenait la culture et les idiomes d'une douzaine de pays ainsi que de leurs provinces. S'il fallait négocier avec des autorités ou des agences étrangères, elle était la première sur place pour ouvrir la voie aux autres. Blair l'avait également nommée à la tête de cette mission.

Des années plus tôt, Dark avait pratiquement supplié sa hiérarchie pour entrer aux Affaires spéciales. Il voulait plus que tout faire partie de l'équipe de Tom Riggins, avant de finir par y perdre tout ce qui comptait au monde pour lui.

Il s'assit, boucla sa ceinture et, jetant un regard à ses coéquipiers, ne put s'empêcher de se demander s'il ne commettait pas de nouveau la même erreur.

20

Dark

Dubaï, Émirats arabes unis

Un vol commercial Paris-Dubaï dure environ sept heures, selon les conditions météo et le trafic aérien. Le temps en France était épouvantable, mais il ne fallut même pas quatre heures au jet privé de Blair. Un van les attendait et les emmena directement au QG de la police locale, où Natasha Garçon s'entretint avec le chef. En quelques minutes, ils furent conduits dans la salle où se trouvaient l'aquarium et la montre en or.

Alors qu'O'Brian et Roeding semblaient fascinés par l'horrible poisson, Dark enfila des gants en latex et examina la montre. Comme le dessin de Bethany Millar, cette montre était probablement un objet personnel volé. Sa particularité ne résidait pas dans la finesse d'exécution ou les matériaux, mais dans le fait qu'elle avait été offerte en 1948 au dirigeant d'une compagnie pétrolière.

Dark remarqua que la grande aiguille était de plus en plus lente, comme un insecte à l'agonie. Elle allait visiblement bientôt s'arrêter.

Au moment où Labyrinthe tuerait sa prochaine victime.

On avait fait dépêcher depuis Abou Dhabi un horloger à la retraite qui examina la montre aux rayons X. Elle ralentissait effectivement. Et si ses calculs étaient justes, il restait une heure tout au plus avant qu'elle s'arrête complètement.

Dark commença à esquisser mentalement un profil psychologique de l'homme derrière tout ça. C'était un tueur à constantes : deux scénarios différents, dans deux parties du monde, mais possédant des points communs. Chaque fois, Labyrinthe avait envoyé une devinette, un instrument marquant l'heure, ainsi qu'un objet volé. Les horloges indiquaient combien de temps il restait pour trouver la solution de l'énigme, mais que désignaient la devinette et l'objet volé ? La victime ? Dark pensa aux victimes de Malibu. L'actrice et son petit ami producteur, qui ignoraient totalement leur parenté. Le dessin de nu avait mis en évidence cette relation. Mais quel était le rôle de la devinette ?

La grande aiguille qui ralentissait de plus en plus...

Labyrinthe disait : « J'ai toutes les pièces. Je suis tellement astucieux que je vais même vous en faire part – vous donner des indices en amont. Mais je suis quand même sûr que vous n'arriverez pas à m'attraper, parce que je suis plus malin que vous tous. »

Dark le savait : cette arrogance serait la perte de Labyrinthe. Même les sociopathes les plus brillants ne peuvent pas jouer éternellement au chat et à la souris. De manière malsaine, se faire prendre fait partie de l'excitation du jeu.

Mais combien de cadavres sèmerait Labyrinthe avant d'être pris ?

21
Dark

Le poisson énervait Deckland O'Brian.

Et pas qu'un peu. L'Irlandais détestait ne pas avoir de réponse immédiatement. Il connecta sa tablette au réseau de la police et entreprit une recherche méthodique sur les origines du poisson. En quelques minutes, il trouva un ichtyologue qui examina le spécimen *via* Skype et l'identifia comme étant peut-être un *Cyprinodon nevadensis calidae*. Le plus étrange n'était pas que le poisson provienne de l'autre côté du monde, mais qu'il existe. Selon le spécialiste, les Services de la faune et de la flore sauvages américains avaient déclaré l'espèce éteinte depuis trente ans – c'était l'une des premières à avoir figuré sur la liste des espèces en danger. Pourtant il était là, dans l'aquarium, et bien vivant. L'ichtyologue supplia qu'on lui permette d'examiner l'animal directement, disant qu'il pouvait arriver dès le lendemain, si seulement on pouvait juste...

– Oui, oui, répondit O'Brian. Merci, mon vieux.

« Éteinte » était un terme administratif, rien de plus. Ce n'est pas parce qu'une administration déclare une espèce éteinte que cela signifie qu'elle a rigoureusement disparu de la surface de la Terre. Il y avait un marché noir pour les animaux exotiques et, bien entendu, O'Brian savait comment se connecter à ces forums prétendument secrets.

– Si Labyrinthe a acheté cette bestiole, expliqua-t-il, elle appartenait forcément à quelqu'un avant.

Bien sûr. C'était logique. Cependant, Dark estimait que c'était chercher dans la mauvaise direction. Ils auraient dû explorer d'abord les pistes menant à la prochaine victime, pas à quelque chose que le tueur avait peut-être fait des mois plus tôt. La vie de quelqu'un était en jeu en cet instant, mais qui ?

Les indices le leur révéleraient.

Peut-être...

– Parle-nous de ce poisson, demanda-t-il tout de même à O'Brian. D'où vient-il ?

L'Irlandais hocha la tête et tripota l'écran de sa tablette.

– Apparemment, le cyprinodon est originaire de l'État où tu es né. La Californie.

Le poisson venait donc de là-bas. Un véritable expatrié. Tout comme les dirigeants pétroliers américains. La montre le confirmait.

– Avons-nous une liste de tous les expatriés travaillant à Dubaï dans le pétrole ? s'enquit Dark.

– Tout le personnel d'Intertrust est présent, répondit Natasha. Personne n'a disparu. C'est l'une des premières choses que j'ai vérifiées à notre arrivée.

– Et pour les autres compagnies ?

– Excellente idée, Steve ! s'écria Deckland en se précipitant sur son écran. Je m'y attelle.

C'est alors que les alarmes retentirent partout dans le QG de la police de Dubaï.

Immédiatement, Natasha Garçon s'élança pour interroger un policier en arabe. L'homme était manifestement horrifié, et son air abasourdi indiqua à Dark qu'il n'avait jamais rien connu de tel.

– Qu'est-il arrivé ? demanda-t-il.

– On a trouvé un cadavre dans un hôtel de l'autre côté de la ville, expliqua Natasha.

– Où cela dans l'hôtel ?

– Eh bien... un peu partout.

– J'ai terminé ma recherche, coupa Deckland. Et je suis prêt à parier 1 000 livres que la victime s'appelle Charles Murtha.

AP (MOYEN-ORIENT)

Dernière minute : un homme trouvé mort dans un hôtel de luxe de Dubaï.

22
Dark

De l'autre côté de la ville, la rivière s'était changée en sang.

Certes, c'était une rivière artificielle au milieu d'un hôtel de luxe construit à Dubaï durant le boom économique quelques années plus tôt. À l'époque, les environnements artificiels étaient du dernier cri – par exemple, on avait créé une piste de ski en plein désert. Dans l'hôtel où avait eu lieu le meurtre, on pouvait siroter un cocktail sur les rives artificielles d'un faux Amazone avec bruits de la nature « authentiques ».

Quand le sang commença à teinter la rivière, des clients à moitié ivres crurent que c'étaient des effets spéciaux destinés à commémorer une date importante ou peut-être à promouvoir un nouveau film. Jusqu'au moment où un enfant vit une main flotter au bord de la rivière.

– Qu'est-ce que... ?

– Oh, mon Dieu !

– Est-ce que... ?

D'autres fragments de corps suivirent bientôt, flottant sur l'eau rouge et écumante, et la police fut rapidement appelée.

Certains clients eurent la présence d'esprit de prendre quelques photos avec leurs smartphones et de les poster sur les réseaux sociaux. Il ne fallut pas longtemps aux internautes du monde entier pour faire le rapprochement.

Putain ! je viens d'apprendre que ce dingue de Labyrinthe a envoyé une devinette à Dubaï !
Il y a 2 minutes

Il a tué quelqu'un de connu ? #labyrinth
Il y a 2 minutes

Sérieux, mais c'est quoi ce mec ? Il fait le tour du monde pour épuiser ses miles et tuer des gens pour s'amuser ?
Il y a 1 minute

J'espère qu'il ira voir mon ex-mari à Miami #labyrinth
Il y a 1 minute

La nouvelle se répandait déjà partout quand Dark et les autres membres de l'équipe de l'Alliance globale arrivèrent à l'hôtel. O'Brian suivait les tweets sur son téléphone.

– Jamais je n'ai vu un fil aussi actif, s'extasia-t-il. Les gens se jettent littéralement là-dessus.

– Labyrinthe doit surveiller tout ça, dit Dark. Ça lui plaît d'être le centre d'intérêt. On peut le repérer dans les réseaux sociaux ?

– Tu rigoles ? Des millions de gens suivent ce truc.

– Et remonter sa piste ? Trouver qui a parlé de Dubaï en premier ?

– Ça, c'est assez facile, mais qu'est-ce que ça prouvera ?

– Je crois que c'est lui qui déclenche l'hystérie, répondit Dark. Il répand la nouvelle comme un jeune père tout fier de son rejeton.

– Tu le tweeteras plus tard, dit Natasha. Nous y sommes presque.

L'équipe se répartit les tâches selon les compétences de chacun. Deckland s'installa devant l'ordinateur de l'hôtel et examina le réseau de surveillance pendant que Natasha traitait avec la direction pour obtenir l'accès à tout le reste. Hans Roeding se lança dans une fouille des environs, au cas où

Labyrinthe serait encore dans les parages. Steve Dark, le seul véritable policier du lot, alla retrouver l'équipe de la police scientifique déjà sur les lieux.

Il vit la main coincée dans l'eau près d'un bar au bord de la rivière. Il l'attrapa à l'aide d'un sachet en plastique qu'il déposa dans un seau à glace pour la conserver. Tout le matériel d'analyse se trouvait dans le Gulfstream, mais il était déjà persuadé qu'il s'agissait du cadavre du dirigeant pétrolier Charles Murtha – en congé maladie depuis quatre jours, selon Natasha. Suivant la piste d'O'Brian, elle avait contacté son entreprise pendant qu'ils traversaient la ville à toute allure puis parlé à l'assistante de Murtha. Laquelle pensait qu'il était parti faire une petite fête dans le désert, histoire d'évacuer le stress du boulot.

Cependant, Labyrinthe – ou l'un de ses complices – avait enlevé Murtha, le gardant en vie jusqu'à ce moment, l'heure à laquelle la montre en or s'était arrêtée.

Inerte, comme la main dans le seau à glace.

La direction avait coupé l'alimentation de la rivière artificielle. Dark sauta dans l'eau et remonta vers la source. Natasha l'aida à trouver l'équipe de maintenance pour ouvrir l'accès au réseau souterrain de canalisations. À mi-chemin de l'une d'elles, Dark trouva des chaînes sectionnées. À l'évidence, l'endroit où Murtha avait été attaché en attendant que des tonnes d'eau s'abattent sur lui et le déchiquettent, tout en débarrassant les parages de tout indice.

Dark savait exactement comment cela s'était passé parce que O'Brian avait crié à tout le monde de venir voir l'écran de sa tablette.

Labyrinthe avait posté la vidéo.

Le cadre pétrolier est suspendu dans le tunnel. Il dit : « Je m'appelle... » Il hésite. Il est terrorisé. « Je m'appelle Charles Murtha et la Terre sur laquelle nous vivons est un cadeau ! Un cadeau à ses habitants ! Et en échange, nous violons notre Mère la Terre ! Nous prenons ce qu'elle nous donne, nous la brûlons, nous la souillons et nous l'étouffons ! Mais cela suffit ! La Terre était là bien avant nous et nous honorerons et respecterons ce fait ! »

Puis l'eau déferle avec une telle force que l'image tressaute quand la vague atteint la caméra. Mais si on fait bien attention, juste une seconde avant que l'écran soit envahi par une écume bouillonnante, on peut voir Charles Murtha, cadre pétrolier, exploser littéralement...

Puis apparaît un texte :

JE VAIS
T'AIDER
À SORTIR
DU LABYRINTHE

LE MONDE
PEUT ENCORE
ÊTRE SAUVÉ

Vous avez vu ? Arrêtez l'image à 2:43 et vous pouvez voir le mec EXPLOSER
Dollarhyde28 – Il y a 19 secondes

Le mec a pas tort. Faut niquer les pétroliers avides de fric.
Felding11 – Il y a 1 minute

Hé, FosterK777, en quoi c'est différent des civils innocents qui se font tuer par les hélicoptères américains ?
2Buzz2 – Il y a 2 minutes

J'en reviens pas que ce soit encore en ligne et que tout le monde regarde. Merde, ça montre un homme qui meurt !
FosterK777 – Il y a 3 minutes

Vous êtes pas le vrai mec
Dazzaland101010 – Il y a 5 minutes

Et le meilleur est encore à venir
enterthelabyrinth – Il y a 6 minutes

23

Bruxelles, Belgique

Le nom qui apparaissait sur l'écran du téléphone était TREY et, bien que le député européen Alain Pantin soit occupé par sept dossiers différents et déjà en téléconférence dans son petit bureau encombré près du parc Léopold, il décrocha aussitôt.

– Vous avez suivi les infos ? demanda Trey.

– Lesquelles ? demanda Pantin en essayant de se rappeler les gros titres des dernières heures. Les révolutions au Proche-Orient ? L'effondrement des systèmes de santé en Occident ? Le scandale politico-sexuel du moment ?

– Celles de Labyrinthe…

Parfois, Trey était si énigmatique que c'en était rageant. De but en blanc, il vous sortait le nombre d'entrées de tel ou tel film, vous parlait de la pollution de l'eau ou d'un autre sujet international. Mais Pantin avait appris que lorsque l'homme s'intéressait à quelque chose, cela valait la peine qu'on y prête aussi attention.

– Labyrinthe… vous voulez parler du tueur qui pose des devinettes ? demanda-t-il.

– Oh, ça ne se limite pas à ça. Faites-vous faire une revue de presse par quelqu'un de chez vous. Non, mieux, je vais vous en envoyer une. Elle me fascine, cette affaire. Les implications pourraient être énormes.

Pantin ne voyait pas ce qu'il voulait dire. Mais il est vrai que son esprit ne fonctionnait pas à la vitesse et avec la précision de celui de Trey. Ils s'étaient connus lors d'un dîner en Espagne trois ans plus tôt, et c'était Trey qui, après une brève mais intense conversation, avait convaincu Pantin de se présenter aux élections européennes. Pantin avait poliment repoussé l'idée en plaisantant, puis avait passé toute la nuit à fixer le plafond de sa chambre d'hôtel en se disant que oui, ses choix de carrière saugrenus ne pouvaient que le diriger vers cela. Stupéfiant. Il n'avait fallu à Trey que quelques minutes et quelques questions bien orientées pour le comprendre. Pantin considérait cela comme l'un des moments les plus significatifs de sa vie.

Le lendemain matin, Pantin avait appelé Trey et lui avait demandé si cela l'intéressait de participer à sa campagne électorale. Trey avait poliment décliné l'offre, disant qu'il ne serait pas en mesure de s'engager, mais qu'il le conseillerait volontiers. Depuis, Pantin avait été élu largement, et Trey était l'homme de l'ombre qui l'avait aidé à devenir une des voix les plus écoutées du Parlement européen.

Comme Pantin pensait à sa réélection, il pouvait supporter de temps en temps les caprices de Trey.

– J'ai appris qu'il avait de nouveau frappé, dit Pantin. Quelque part au Moyen-Orient ?

– Les meurtres sont intéressants, par leur caractère violent et grotesque. Mais si on regarde au-delà de leur côté grand-guignolesque et qu'on écoute le message, je crois qu'on a affaire à quelqu'un qui cherche à impliquer le monde à un niveau encore jamais vu.

– Impliquer ?

– Il ne tue pas simplement pour tuer. Il essaie de transmettre un message au monde. Et ce dont ce Labyrinthe a besoin, c'est que quelqu'un lui réponde, depuis la scène internationale.

– Bien sûr. Interpol.

– Je pensais plutôt à vous.

– Comment ça, à moi ?

– C'est exactement ce dont vous avez besoin à ce stade de votre carrière.

Nouveau député français au Parlement européen, Pantin était considéré comme promis à un grand avenir. Personne ne savait que Trey l'aidait discrètement ; on racontait que c'était un ancien des services de renseignements anglais, un fait invérifiable. Trey répétait qu'il ne voulait pas se présenter lui-même : il préférait nettement rester dans les coulisses. Être l'éminence grise.

– Ce ne serait pas dégradant de jouer ce jeu ? demanda Pantin. Cet homme est manifestement un psychopathe. Cela me paraîtrait étrange de lier conversation avec lui, surtout qu'il n'a rien fait en Europe...

– Oubliez les crimes et pensez au message.

– Qui est ?

– D'après ses attaques contre les industries du divertissement et du pétrole, dit Trey, je pense qu'il a un problème avec l'égoïsme et la cupidité. On dirait les promesses de campagne d'un jeune député européen de ma connaissance...

– Vous ne me suggérez tout de même pas de m'aligner sur ce fou ?

– Non. Vous condamnez ses actes et prenez le contrôle. Ce Labyrinthe est peut-être un psychopathe, mais sa fureur est alimentée par de véritables inquiétudes. Les vôtres, en fait. C'est une manière de faire connaître vos préoccupations d'une manière tout à fait spectaculaire.

Pantin réfléchit. Le conseil semblait aller à l'encontre de tout ce que Trey lui avait enseigné.

– Je ne suis pas très sûr, dit-il finalement.

– Vous n'avez pas à l'être. J'en conviens, c'est une manœuvre risquée et audacieuse. Je vous suggère seulement de vous intéresser d'un peu plus près à ce Labyrinthe. Documentez-vous. Pensez à son message. Parfois, une révolution commence avec le geste d'un seul individu. Regardez la Tunisie et ce pauvre type qui s'est immolé par le feu. Vous pouvez le traiter de fou, mais il avait un message lui aussi, et son message s'est répandu comme une traînée de poudre. Labyrinthe ? Je ne crois pas qu'il soit près de s'arrêter et le monde a besoin que quelqu'un réagisse. Tirer du positif du négatif. Je crois que c'est à vous que cela revient.

– Merci, Trey. Vous m'avez donné matière à réflexion.

– Je vous envoie une revue de presse dans l'heure.

Pantin raccrocha et mit poliment fin aux deux vidéoconférences en cours avant de contempler le parc par la fenêtre de son bureau. Comme d'habitude, le conseil de Trey avait été de ceux qui choquaient dans un premier temps, nécessitaient un peu de temps pour être assimilés, puis tout à coup prenaient tout leur sens… Les gens appréciaient qu'un dirigeant soit capable de ramener le calme et la raison dans le chaos international.

Pantin sourit malgré lui.

Allez, Labyrinthe.

Voyons ce que tu as à nous dire.

NEW YORK TIMES

Dernière minute : Labyrinthe poste-t-il sur les réseaux sociaux ?

AP NEWS

Dernière minute : Un cadre d'une entreprise pétrolière du Texas agressé par une bande d'adolescents citant le discours de Labyrinthe.

THE GUARDIAN

Dernière minute : Des organisations écologistes appellent au boycott des produits pétroliers IPC en attendant une enquête sur les accusations proférées par Labyrinthe.

24

Dark

Dubaï, Émirats arabes unis

Ce n'était pas la première fois qu'on narguait Dark. Cinq ans plus tôt, il avait éliminé Sqweegel, son ennemi juré, le tueur qui ne laissait prétendument aucune trace mais qui survivait encore dans un recoin de son esprit. Sqweegel avait fait une fixation sur Steve Dark, l'avait forcé à sortir de son cocon et entraîné dans tout le pays à sa suite dans une orgie sanglante, laissant des cadavres dans son sillage jusqu'à l'affrontement final. Dans ce combat, Dark avait tout perdu. Dès lors, s'il détestait quelque chose, c'étaient bien les défis lancés par les tueurs qui se croyaient plus forts, plus rapides et plus malins que les policiers qui les traquaient.

Mais Dark connaissait le jeu de Labyrinthe désormais.

La devinette dévoilait la méthode du meurtre. Avec l'actrice et le producteur, le sens était quasi littéral : abattus, pendus, noyés, comme dans la devinette. Quant au cadre pétrolier, il avait été anéanti par une rivière artificielle.

L'objet indiquait qui. Le dessin de nu. Le poisson disparu de Californie.

Enfin, le mécanisme horloger indiquait quand. Mais il donnait aussi un indice quant à l'identité de la victime et la méthode. Tout était symbolique. Tout était soigneusement pensé.

Le tueur les narguait.

Mais cela tournerait à leur avantage, se disait Dark. Le côté inflexible de Labyrinthe était aussi son point faible. Il était comme un dément qui échafaude un mécanisme exagérément compliqué. Il suffirait à Dark d'enlever un élément et tout s'écroulerait. C'était désagréablement familier : si Dark avait été plus malin, il aurait perçu les constantes de Sqweegel beaucoup plus tôt. Là, c'était un peu comme si son karma lui donnait une deuxième chance.

Mais cela n'expliquait pas l'intérêt que portaient Blair et son Alliance globale à cette affaire.

– Je veux parler à Blair, déclara-t-il à Natasha.

– Vous avez un téléphone.

– Un numéro serait utile.

Elle soupira. Elle avait passé ces dernières heures à supplier la direction de l'hôtel de lui communiquer toutes les bandes de vidéosurveillance. Le fait qu'elle soit une femme ne lui avait pas facilité la tâche. Elle sortit théâtralement son téléphone de sa poche, consulta la liste des contacts, appuya sur l'écran et le lui tendit.

– Merci, dit-il en portant l'appareil à son oreille.

Blair répondit à la première sonnerie.

– Quelles sont les dernières nouvelles, Natasha ?

Dark ne prit pas la peine d'expliquer et annonça directement :

– Quelque chose me tracasse.

– Ah, Dark ! Et de quoi s'agit-il ?

– D'après tout ce que vous m'avez dit, l'Alliance globale travaille dans l'ombre et neutralise les menaces avant même qu'elles apparaissent. Là, c'est déjà apparu. Le monde entier commence à en parler. Qu'apportons-nous de plus que les autorités ? J'ai l'impression qu'on brasse de l'air, là.

– Que proposez-vous ?

– De concentrer nos efforts sur la prévision. D'oublier Dubaï pour l'instant. C'est terminé, et Labyrinthe a obtenu le retentissement qu'il voulait. Nous avons perdu cette manche. Commençons à voir les choses comme une partie d'échecs et devinons son prochain geste.

Il y eut un silence et, pendant un moment, Dark crut qu'il était allé trop loin. Mais Blair répondit :

– Vous avez raison. Passez-moi Natasha.

25
Labyrinthe

Le monde sort enfin de son assoupissement et commence à m'accorder un peu d'attention.

Je lis tout.

Gros titres.

Tweets.

Mises à jour de statuts.

Notifications push.

Articles de blogs.

Commentaires.

Eh oui, les gens commencent à s'intéresser.

Faites une seule déclaration fracassante, on vous étiquettera comme un excentrique : votre geste n'est peut-être qu'un coup isolé. C'est ce qu'ont dit les médias. Les gens ont compris et se sont accommodés des aberrations. Même le choc finit par s'atténuer. Voyez ce que le 11 septembre nous a appris. La normalité revient au galop. Les gens veulent être normaux. Ils en ont besoin, parce que c'est rassurant et sans danger.

Pour opérer un véritable changement global, il faut enchaîner sur une autre déclaration.

Une qui montre la profondeur de votre message.

Qui montre que vous êtes sérieux.

C'est comme ça qu'on sauve le monde.
Un choc après l'autre.

Peu après mon atterrissage à Johannesburg, je prends un taxi jusqu'au bureau que je loue, dans un gratte-ciel parmi tant d'autres, et entreprends de préparer mon prochain cadeau. On me connaît, ici. On sourit et salue parce que je suis poli, gentil, séduisant et bien mis, et que je ne reste pas suffisamment longtemps pour qu'on me remarque davantage. On m'a déjà vu, quelque part, à la télé, peut-être... Mais personne ne fait de commentaire ou ne me pose de questions – ce serait mal élevé.

On me dit bonjour.

On fait une remarque sur la météo ou le déroulement de mon vol. Je leur fais plaisir en répondant :

Vous savez qu'on facture les oreillers, maintenant ? C'est insensé, non ? J'aime le confort, comme tout le monde, mais si je dois payer 9 euros, je préfère m'en passer.

On rit et on sourit, même si ce que je dis n'a rien de vraiment très drôle.

Je les regarde et je continue :

J'espère que vous me pardonnerez ma veste froissée. Il se trouve que cela fait un excellent oreiller – à condition d'enlever les stylos des poches !

On rit de plus belle, on s'extasie, parce que c'est ainsi qu'on a été formé.

Je pourrais les prendre à l'écart pour leur dire quelques mots et, dans l'heure, ils se trancheraient la gorge ou dessineraient des pentagrammes sur les murs avec leur propre sang.

Il suffirait de leur parler.

Mais non.

J'ai un autre colis à préparer.

Je prends l'ascenseur jusqu'à mon bureau privé où mon invité m'attend déjà.

Au final, tout est relativement simple : j'ai fait livrer ici le nécessaire depuis des mois par des voies détournées, et rien ne permet de remonter jusqu'à moi.

Même si quelqu'un était assez malin pour retrouver l'itinéraire des colis, s'en emparer et les ouvrir, il n'y découvrirait que des objets insignifiants.

Un livre.

Un morceau de pierre sculpté.

Mais si vous compreniez le jeu...

Cela voudrait dire beaucoup de choses.

Et bientôt, tout le monde comprendra.

26
Dark

En vol au-dessus de l'Europe

Le temps que l'équipe regagne la France, tous étaient épuisés. Malgré tous leurs efforts, le suspect connu sous le nom de Labyrinthe n'avait laissé aucune empreinte d'aucune sorte. Pas de matériel, pas de réservations, pas de livraisons, pas de contacts humains. C'était comme si un fantôme avait envoyé l'aquarium et la montre, et griffonné la devinette sur un papier à en-tête de l'entreprise.

À présent, il était temps de rejoindre le siège de l'Alliance globale pour mettre au point la contre-attaque.

– Je viens de me rendre compte, dit Dark, que j'ignore où on va. Où se trouve le QG ?

– Il ne t'en a pas parlé ? ricana O'Brian. Oh ! tu vas adorer.

Paris, France

Deux siècles plus tôt, à Paris, on commença à extraire le calcaire souterrain pour construire de magnifiques bâtiments. Il en résulta de nombreuses carrières souterraines qui furent par la suite utilisées comme champignonnières, refuges pour les résistants et les nazis, et plus récemment par des explorateurs urbains qui s'infiltraient régulièrement dans le réseau de tunnels et de puits pour y faire la fête ou juste pour le plaisir d'explorer. La loi en interdisait l'accès depuis les années 1950, mais cela ne dissuadait pas les *amateurs de catacombes*.

Cela n'avait pas non plus empêché Damien Blair de les choisir pour abriter le quartier général de son Alliance globale.

Si vous ne faisiez pas partie de l'organisation, l'accès était difficile. Des vigiles armés gardaient les trois entrées : un ascenseur dissimulé dans un immeuble au-dessus du QG, un quai de chargement à l'étage secret d'un parking souterrain (assez vaste pour accueillir des véhicules) et, en cas d'urgence, un embranchement d'égouts à quelques rues de là. Même si vous arriviez à terrasser les gardes – tous aussi doués au combat que Hans Roeding, qui les avait entraînés –, l'entrée des tunnels était soumise à une série complexe d'identificateurs biométriques. Et, à moins de faire partie de l'organisation, la forme de votre iris, de vos lobes d'oreilles, de votre nez ou le dessin des veines sur le dos de votre main vous trahissaient. Verrouillage automatique des issues. Alarmes. Capture. Ensuite, il vous fallait un excellent avocat.

Le complexe principal, situé six niveaux au-dessous de la rue, comprenait une salle de réunion, une armurerie, un laboratoire dernier cri, une bibliothèque, une salle de sport et des logements.

Dernier recruté, Dark avait reçu une chambre spartiate et un équipement de base : des vêtements (à sa taille et parfaitement ajustés), un nécessaire de toilette, un nouveau smartphone et une tablette tactile. Blair l'informa qu'il pouvait commander tout ce dont il avait besoin avec cette tablette . les gardes feraient la livraison au quai de débarquement sous six heures. S'il lui fallait quelque chose d'urgence, il suffisait de le préciser et il l'aurait par coursier en trente minutes. *Comme une pizza*, se dit Dark.

Mais ce dont il avait le plus besoin, c'était d'appeler sa fille et d'entendre sa voix. Il était malheureusement 3 heures du matin en Californie, et il ne pouvait pas la réveiller en pleine nuit.

Il se glissa donc dans le grand lit en se disant que ça ne lui ferait pas de mal de dormir un peu. Cela faisait plusieurs jours qu'il manquait de sommeil, maintenant qu'il y pensait. Depuis qu'il avait appris le premier méfait de Labyrinthe.

Cependant, il ne parvenait pas à dormir.

Son cerveau refusait de se déconnecter.

Ce serait le cas tant qu'il n'aurait pas réussi à deviner la prochaine manœuvre du tueur.

Quand Dark se lançait dans une affaire, il n'était plus guère capable de faire autre chose. C'était comme s'il était en transe, son esprit repassant en boucle les scènes qu'il avait vues – la rivière sanglante, le réveil, la montre en or, la salle d'interrogatoire détruite par l'explosion, le dessin représentant Bethany Millar –, essayant de trouver leur lien. Un pervers malsain avait déjà réfléchi sur ces mêmes objets...

Où l'avait donc mené sa réflexion ?

À quoi pensait Labyrinthe, à présent ?

Mais avant que Dark puisse assembler les pièces, le tueur frappa de nouveau.

AP NEWS

Dernière minute : Une nouvelle devinette de Labyrinthe en Afrique du Sud.

Tous les membres présents de l'Alliance globale se retrouvèrent dans la salle de réunion, l'œil encore ensommeillé, sauf Dark qui n'avait pas dormi du tout.

– Alors on part en Afrique du Sud ? demanda O'Brian.

– Nous n'allons nulle part tant que nous n'avons pas de confirmation, répondit Blair.

O'Brian explora Internet pour essayer de trouver l'origine de la rumeur. Tous convenaient qu'il était plus que probable que Labyrinthe lui-même l'ait diffusée avant de livrer son colis. Pendant ce temps, Hans Roeding préparait l'avion et chargeait les armes. Natasha surveillait les médias sud-africains de près, afin de repérer des vols suspects ou des signalements de personnes disparues qui pourraient les lancer sur une piste.

Pendant ce temps, Dark ruminait dans la pénombre de sa chambre en essayant de réunir les pièces du puzzle. De Los Angeles à Dubaï puis en Afrique du Sud... Où était la constante ? Il ne pouvait s'empêcher de penser que le tueur les manipulait à sa guise.

Il avait déjà eu affaire à des criminels qui utilisaient la géographie comme un plateau d'échecs et calculaient l'emplacement de leurs crimes comme s'ils observaient le monde d'un point de vue supérieur, quasi divin.

Labyrinthe agissait-il de même ?

Non... Il aurait utilisé un dédale. Dont il aurait occupé le centre, comme le Minotaure de la mythologie. Tous les chemins auraient mené à lui. Il aurait été ravi de voir tous les autres tituber dans les sombres couloirs, perdus, incapables de trouver l'itinéraire qu'il discernait sans peine...

En quelques heures, la rumeur fut confirmée. Une nouvelle devinette de Labyrinthe, rédigée en afrikaans, avait été livrée au poste de police de l'un des quartiers ayant les taux de criminalité les plus élevés de Johannesburg.

Natasha nota les informations diffusées par la télévision sud-africaine. Deux objets accompagnaient la devinette, mais les autorités refusaient d'en divulguer la nature à ce stade de l'enquête. Elle appela aussitôt son contact sur place.

– Je l'ai ! annonça Natasha après une brève conversation.

Elle pianota sur son clavier et le texte apparut sur l'un des trois immenses écrans plats de la salle de réunion :

JE SUIS LA PARTIE DE L'OISEAU QUI N'EST PAS DANS LE CIEL. JE PEUX NAGER DANS L'OCÉAN ET POURTANT JE RESTE SEC. QUI SUIS-JE ?

LABYRINTHE

– Quels étaient les objets ? demanda Blair.

– Je suis en train de récupérer les clichés numériques que nous envoie la police, répondit Natasha. Il s'agit d'un livre et d'un cadran solaire.

– Quel genre de livre ?

– Une édition ancienne d'un manuel scolaire anglais. Datant d'au moins un siècle et en parfait état. Apparemment, c'est le premier manuel à avoir été distribué à l'époque de la domination britannique. On l'analyse pour chercher un message caché, des explosifs ou une substance toxique.

– Les objets ne sont pas des armes, intervint Dark. Ils perdent leur temps.

Tout le monde se retourna. Dark se tenait sur le seuil, l'œil fixé sur les trois écrans où apparaissaient les images des objets.

– Nous le savons, dit Blair. Mais ils jouent la sécurité, étant donné ce qui s'est passé à L.A.

Sur le troisième écran, le téléchargement du cliché du cadran solaire était terminé.

– Vous pouvez améliorer la résolution ?

Sans répondre, Natasha zooma.

– Qu'est-ce que c'est ? demanda-t-elle. Du sang ?

– Demandez à la police sud-africaine de mettre le cadran solaire à l'extérieur, dit Dark. C'est le seul moyen de savoir le temps qu'il nous reste.

– Il aime vraiment décliner les marqueurs de temps, observa O'Brian. Une montre en or, un cadran solaire...

– Il veut qu'on sache qu'il a pensé à tout, expliqua Dark. Et qu'il sait s'adapter. Même si on le prive de technologie, il peut toujours agir, avec quelque chose d'aussi primaire qu'un vieux livre et le système de mesure de temps le plus ancien au monde.

Natasha transmit le message à la police sud-africaine. Les indications des cadrans solaires dépendent de la position géographique et peuvent varier de quelques minutes, mais ils obtinrent bientôt une réponse.

Il leur restait environ dix heures avant que Labyrinthe frappe à nouveau.

27

Dark

Blair ne perdit pas un instant pour lancer son équipe dans l'action :

– Vous partez immédiatement pour l'Afrique du Sud. Selon Dark, nous avons dix heures : le vol va en prendre la moitié. Les autorités vont nous envoyer un ensemble complet de photos et d'images 3D du contenu du dernier colis. En vol vous pourrez analyser le tout, afin d'être prêts à agir dès votre arrivée. Il nous défie de le capturer. Nous allons lui faire ce plaisir.

– C'est une erreur, répondit Dark.

– Pardon ? fit Blair.

Les trois autres membres de l'équipe le dévisagèrent. Apparemment, ils n'avaient pas l'habitude d'entendre quelqu'un contredire le tout-puissant Blair. Mais Dark n'en avait cure. Il avait passé ses dernières malheureuses années aux Affaires spéciales à suivre les ordres d'un autre au lieu de son instinct.

– Une erreur, répéta Dark. Labyrinthe pose un appât et nous nous précipitons dessus comme des souris sur du fromage. C'est comme ça que nous sommes censés attraper ce type ? En suivant son petit labyrinthe, exactement comme il l'a prévu ?

Blair sourit.

– Il nous met à l'épreuve. Il veut voir si nous pouvons atteindre son niveau intellectuel. La seule manière de coincer Labyrinthe, c'est de jouer à son petit jeu et de le devancer. Il se croit plus malin que nous, et je sais qu'il se trompe. Voici ce qui m'inquiète, insista Dark : le fait qu'il nous ait laissé assez de temps pour arriver sur place et assister à la mort de sa nouvelle victime est-il réellement une coïncidence ?

– À vous entendre, c'est intentionnel. Labyrinthe n'a aucune raison de craindre grand-chose de nous. Tout au plus, il est au courant que nous sommes des enquêteurs extérieurs quelconques appelés en renfort par la police de Dubaï. Nous opérons en secret.

– J'ai le sentiment qu'il sait exactement qui nous sommes, dit Dark. Un taré comme lui ne peut que prêter attention à ceux qui le suivent. C'est tout le but de son jeu.

– Alors on fait quoi, Dark ? s'esclaffa O'Brian. C'est quoi, ta solution ? On le laisse tuer quelqu'un d'autre ? On reste sans rien faire ?

– Non. On se concentre sur le prochain colis. Celui qu'il n'a pas encore envoyé.

– Vous avez décelé une constante ? demanda Natasha. Quelque chose qui nous a échappé ?

Tout le monde se retourna vers Dark, suspendu à ses lèvres.

– Non, pas encore.

– Vous connaissez la réponse à la devinette, n'est-ce pas ? dit Blair.

– Bien sûr, c'est une ombre.

– Donc, vous avez les morceaux du puzzle. Pourquoi ne pas travailler avec ce qu'on nous a donné ?

– Exactement pour cette raison : parce qu'on nous l'a donné. On nous a gavés. Ce n'est pas cette devinette-là qui m'intéresse. C'est la prochaine. Il a déjà tout planifié en amont, et si nous nous en tenons à la devinette du moment, nous aurons toujours un temps de retard. Les objets qu'il a envoyés ont dû être volés ou achetés il y a fort longtemps, et il a probablement une dizaine de coups d'avance sur nous.

Blair fit les cent pas dans la salle en réfléchissant.

– C'est assez juste. O'Brian, je veux que vous et Roeding meniez l'enquête en Afrique du Sud. Dark et Natasha, vous restez ici pour tenter d'élucider la prochaine étape de Labyrinthe. Voyons ce que vaut votre théorie, Dark. En même temps, il faut que vous travailliez sur le colis du moment et que vous partagiez vos conclusions avec Roeding et O'Brian. C'est d'accord ?

L'équipe acquiesça et se sépara. Alors que Dark s'apprêtait à sortir, Natasha lui barra le chemin.

– J'espère vraiment que vous savez ce que vous faites.

28

Labyrinthe

L'aimable assistante arrête Labyrinthe dans le couloir et lui demande, en posant la main sur son bras :

Je peux vous renseigner ?

Avec ce charmant accent sud-africain.

Mais oui, bien sûr que vous le pouvez, répond-il.

Labyrinthe a un visage qui inspire confiance et un comportement qui désarme les gens. C'est pourquoi la femme ne cille même pas quand il sort de la poche intérieure de sa veste un sachet en plastique scellé contenant un doigt humain. Elle entrouvre la bouche de surprise pendant qu'il lui parle :

Je m'appelle Labyrinthe et je désire faire des aveux.

Oh, mais regardez-la.

Elle connaît le nom. Elle a lu la presse et vu les informations sur le câble. Elle est rompue aux médias. Elle sait que, même si cet homme n'est pas le véritable Labyrinthe, c'est probablement un cinglé, et que cela va sans doute tourner tout aussi mal.

Alors, on n'a plus autant envie de renseigner, maintenant ?

Yeux.

Bouche.

Muscles.

Nichons.

Chatte.

Tout est tendu.

Allez, continue de respirer, petite, tu y arriveras, ce n'est pas comme si le doigt dans le sachet était le tien…

Et bien sûr que ce n'est pas le sien.

Si vous deviez relever l'empreinte de ce doigt coupé, l'analyse révélerait que c'est l'annulaire de la main coupée qui appartenait à Charles Murtha.

Labyrinthe lui dit alors :

Allons parler à ton patron.

29

Bruxelles, Belgique

L'habileté d'Alain Pantin avec les journalistes était de notoriété publique. Trey lui avait fourni plein d'astuces qui lui avaient beaucoup servi depuis sa première campagne : ne répondre que lorsque vous en avez envie, quelle que soit la question. Veillez à formuler votre opinion au moins trois fois, quelle que soit la question. Souriez, quelle que soit la question.

Depuis l'affaire Labyrinthe, Trey avait opté pour une stratégie légèrement différente : dites quelque chose d'un peu choquant, puis formulez votre opinion.

Trey avait contacté (anonymement, bien sûr) un journaliste américain du nom de Johnny Knack et laissé entendre que certains politiciens européens influents avaient un point de vue tout à fait surprenant sur la question. Knack avait demandé un nom. Trey avait glissé celui de Pantin.

Le député avait été briefé sur le passé de Knack – le journaliste avait travaillé sur une affaire impliquant deux tueurs en série et était en train d'en tirer un livre. Il importait donc d'apparaître comme anti-Labyrinthe, évidemment, tout en attirant l'attention sur le message de l'homme.

Pantin estimait s'en être bien sorti.

Jusqu'au moment où il lut l'article.

Pour entrer dans le Labyrinthe, connectez-vous à Level26.com et saisissez le mot de passe : « politique ».

TheSlab.com

Selon Alain Pantin, député européen,
« Labyrinthe montre la bonne voie ».

Alain Pantin, étoile montante du Parlement européen, déclare que le tueur et terroriste aux colis qui se fait appeler Labyrinthe montre la bonne voie.

Enfin, il est plus concis que cela. Mais on comprend qu'il ne verse aucune larme sur la mort de Charles Murtha.

« Les Américains traitent le reste du monde comme leur bac à sable privé », déclare Pantin, connu à Bruxelles pour son impeccable respect de la déontologie – ainsi que ses déclarations provocantes. « Tôt ou tard, vous allez finir par énerver celui qu'il ne fallait pas. »

Pantin tente de nuancer ses déclarations en exprimant bien sûr sa tristesse devant le décès de Murtha : « Personne ne mérite une telle mort – ni le meilleur ni le pire d'entre nous. Je préfère penser que nous pouvons trouver des solutions dans une discussion pacifique. Mais cet individu, quel qu'il soit, semble estimer que nous avons épuisé toutes les solutions de paix. Et je ne peux qu'en convenir au regard du climat actuel. »

L'an dernier, Pantin a applaudi la publication de documents de renseignements classés confidentiels ; il est même allé jusqu'à faire des dons financiers aux sites qui les hébergeaient et à leur offrir l'asile politique.

Mais un haut responsable international apportant son soutien à un tueur de policiers ?

Eh bien, ce ne serait pas la première fois.

– Knack m'a mis en pièces.

– Non, répondit Trey. Il a fait son travail. Exactement de la manière dont je l'escomptais.

– Il va falloir que vous m'expliquiez cela. Parce que ma boîte mail déborde de messages indignés qui réclament ma démission.

– Ils peuvent s'indigner tout leur soûl. Vous venez de vous faire une réputation d'esprit indépendant, d'homme qui n'a pas peur d'exprimer les opinions de ceux qui n'ont pas voix au chapitre. Oubliez ce que la presse a écrit sur vous. Observez plutôt les réactions des citoyens ordinaires.

Pantin savait à quoi il faisait allusion. L'affaire Labyrinthe avait déclenché des conversations passionnées dans le monde entier. En apparence, tout le monde condamnait ses actes terroristes et exigeait sa capture immédiate. Il y avait les habituels effets de manche et reportages à sensation à la télévision, dans le sillage de tueurs comme le Zodiaque, Unabomber et même Sqweegel.

Mais, derrière ces propos, il y en avait d'autres : un grondement plus puissant. On le constatait sur les fils de Twitter, les statuts de Facebook et dans les commentaires des vidéos de Labyrinthe postées sur YouTube.

Les gens aimaient ce que faisait Labyrinthe.

Qui il ciblait et pourquoi.

Il exauçait les vœux secrets de milliers – voire de millions – de personnes qui n'étaient pas au pouvoir, qui n'avaient pas la possibilité de s'exprimer dans un micro et aucun porte-parole.

– Si je comprends bien, déclara Pantin, je suis le premier à dire tout haut ce que tout le monde pense tout bas.

– Exactement. Et le soutien que vous allez recevoir sera immense. Les gens vont se rappeler votre nom et faire attention à vos propos. Même s'ils ne l'admettront pas au début.

Le génie de Trey, c'est qu'il pouvait vous montrer la voie tout en vous convainquant que vous l'aviez trouvée tout seul.

– Que dois-je faire, maintenant ?

– Acceptez toutes les interviews qui se présentent, condamnez le tueur, mais soulignez qu'il importe de prendre en compte ses doléances.

– Et ?

– Gardez un œil sur l'Afrique du Sud, car je pense que notre ami va nous faire une nouvelle surprise.

30
Dark

Une fois Blair parti, Roeding et O'Brian prirent l'avion. Natasha s'installa à son poste de travail – café, cigarettes turques, pastilles de menthe pour atténuer l'odeur du tabac – et entreprit de télécharger les fichiers de la police sud-africaine. Pendant ce temps, Dark retournait dans sa chambre.

– Ce sera prêt dans un instant ! lui cria Natasha.

Mais il ne releva pas. Elle n'insista pas et reprit sa tâche en prenant régulièrement une pastille de menthe. Quand Dark revint, il portait un blouson en cuir – il venait de le commander, juste pour voir si Blair tenait parole. L'homme n'avait pas plaisanté. Le blouson à sa taille était arrivé dans l'heure.

– Vous avez froid ? demanda-t-elle.

– Pas particulièrement.

– Venez voir les scans du manuel scolaire, dit-elle. Le détail et la qualité d'impression sont stupéfiants pour un livre qui date d'un siècle...

– C'est fantastique. Excellent travail, vraiment. Tenez-moi au courant, répondit Dark avant de quitter la salle.

– Attendez, qu'est-ce que vous faites ?

– Je vais arrêter Labyrinthe.

Elle le fixa un moment, interdite.

– Ce n'est pas ce que nous sommes censés faire ici ?

– Je pense avoir trouvé le prochain endroit où il va frapper.

– Oui, Johannesburg, nous le savons tous.

– Non, après. Il a déjà planifié sa prochaine menace, vous le savez, n'est-ce pas ? Il est méthodique. Il travaille là-dessus depuis des années.

– Il a prévu quelque chose après l'Afrique du Sud, aucun doute, répondit-elle sans s'émouvoir. Mais ce sera où ?

– Je vous le dirai dès que je l'aurai mis derrière les barreaux.

– Vous plaisantez ?

– Vous pouvez m'accompagner, si vous voulez. J'achèterai un autre billet sur le chemin de l'aéroport.

– Ce n'est pas comme ça qu'on procède, dit-elle. Vous n'êtes plus un loup solitaire. Vous faites partie d'une équipe. Si vous partez sans l'accord de Blair, vous êtes fichu.

– Et ça me gâcherait la journée ?

Si les ressources de Blair étaient impressionnantes, Dark savait que de l'argent, des avions et une équipe ne suffiraient pas pour capturer le monstre. Il avait besoin de procéder comme il l'avait toujours fait : en se mettant sur la même longueur d'ondes que le criminel et en suivant son instinct. S'il devait soumettre la moindre de ses intuitions à Damien Blair, autant retourner aux Affaires spéciales, sous le joug de Norman Wycoff. L'équipe n'avait aucune importance. Pour Dark, tout ce qui comptait, c'était capturer Labyrinthe. Blair pourrait lui passer un savon après.

– Alors, où pensez-vous qu'il va être ? demanda Natasha.

– Écoutez, c'est un peu dingue, mais plus j'y pense, plus ça me paraît tenir debout.

– Vous comptez me le dire, ou je dois deviner ?

– New York.

– Pourquoi pensez-vous qu'il va retourner aux États-Unis ?

– À cause des devinettes. J'ai le sentiment qu'elles ne désignent pas seulement la menace actuelle, mais aussi quelle sera la suivante. Vous vous rappelez la première ? La photographe qui fait sécher son mari ? C'était une allusion à l'actrice et à son producteur, mais aussi au cadre d'Intertrust. Un mari, Charles Murtha, littéralement suspendu pour sécher.

– C'est un peu tiré par les cheveux, mais pour la deuxième devinette ?

JE PEUX COULER MAIS JAMAIS FLOTTER
JE MURMURE SOUVENT MAIS JAMAIS JE NE PARLE
J'AI UN LIT MAIS JE NE DORS JAMAIS
J'AI UNE BOUCHE MAIS JE NE MANGE JAMAIS
QUI SUIS-JE ?

– La réponse littérale, c'est une rivière. Mais je pense qu'il fait aussi allusion à la victime. Quelqu'un qui correspond à cette description. Peut-être même tout l'opposé. Quelqu'un qui mérite d'être puni pour avoir trop parlé. Ou trop mangé. Ou s'être endormi au volant. J'ai dans l'idée que c'est quelqu'un de très en vue. Pour le moment, Labyrinthe a ciblé des célébrités et des symboles d'industries particulières.

– Avez-vous fait part de votre intuition à Roeding ou à O'Brian ?

– Vous pouvez le leur annoncer sur le chemin de l'aéroport. Mais je ne suis pas sûr que ça servira à quelque chose. Je pensais sincèrement ce que j'ai dit à Blair. Labyrinthe joue avec nous, il nous donne juste assez de temps pour en passer par ses volontés et... hop ! désolé, encore raté ! La seule manière de battre ce salaud, c'est de le devancer.

– Vous avez peut-être raison. Et comment avez-vous déduit New York à partir de la troisième devinette ?

JE SUIS LA PARTIE DE L'OISEAU QUI N'EST PAS DANS LE CIEL. JE PEUX NAGER DANS L'OCÉAN ET POURTANT JE RESTE SEC. QUI SUIS-JE ?

– Je vous le dirai si j'ai vu juste.

Après une brève hésitation, Natasha referma son portable, enroula le câble d'alimentation et emboîta le pas à Dark qui se dirigeait vers la voiture qui les attendait déjà.

– Si vous vous êtes trompé, je vous tire moi-même une balle, dit-elle tandis qu'ils fonçaient vers l'aéroport.

TRANSCRIPTION : LE JANE TALBOT SHOW

TALBOT : Bonjour, chers amis téléspectateurs. Si vous ne retrouvez pas le décor familier du *Jane Talbot Show*, ne vous inquiétez pas, c'est normal ! [Sourire.] Nous diffusons depuis un studio situé dans un lieu qui doit rester confidentiel, pour des raisons que vous comprendrez très vite. Comme vous le savez, depuis de nombreuses années, des individus accusés de crimes viennent à mon émission se rendre en personne. Ils craignent les mauvais traitements de la police, et souvent avec raison. Eh bien, aujourd'hui, nous avons de nouveau quelqu'un qui est accusé du crime le plus grave qui soit – pas ici à Johannesburg, mais aux États-Unis à Los Angeles, et à Dubaï au Moyen-Orient.

MONTAGE : Extraits de reportages sur les meurtres de Labyrinthe à Malibu et Dubaï.

TALBOT : Il se fait appeler Labyrinthe et déclare être une force du bien et non du mal.

MONTAGE : Photos des objets découverts dans les colis de Labyrinthe.

TALBOT : Et aujourd'hui, en exclusivité mondiale, Labyrinthe est avec nous, en chair et en os, dans le studio, prêt à nous expliquer ses agissements de la semaine dernière.

CUT : Labyrinthe, filmé à contre-jour, attend dans un studio faiblement éclairé.

TALBOT : Je veux que vous sachiez, vous qui nous regardez chez vous, que nous n'avons pas pris cette décision à la légère. Nous ne donnons pas asile à des criminels, nous désirons simplement faciliter leur reddition. Et l'homme qui se fait appeler Labyrinthe soutient qu'il se rendra après cette émission. Mais avant, il désire exprimer publiquement ses opinions. [Pause.] Labyrinthe, nous vous y autorisons donc.

LABYRINTHE : Merci de me recevoir, Jane Talbot. Je suis un fan de votre émission.

TALBOT : Pourquoi faites-vous tout cela ?

LABYRINTHE : Et vous, pourquoi faites-vous tout cela ?

TALBOT : Vous me demandez pourquoi je fais cette émission ?

LABYRINTHE : Oui.

TALBOT : J'essaie d'être au service du bien en ce monde. De montrer que les bonnes actions d'un individu peuvent avoir de vastes répercussions.

LABYRINTHE : Et c'est exactement ce qui me plaît chez vous et dans votre émission. Je tente de faire la même chose.

TALBOT : Mais on vous a... accusé de *tuer des gens*. Quelle que soit sa justification, le meurtre est inacceptable. Nous devons le condamner, sinon, c'est le retour à l'état sauvage.

LABYRINTHE : Je ne suis évidemment pas d'accord et j'estime que seules les actions audacieuses peuvent produire des changements d'envergure. Mais je peux comprendre votre position et je vous propose un marché. J'arrête de tuer. En votre honneur et en celui de votre émission. Peut-être vais-je pouvoir passer mon message sans répandre de sang, grâce à votre générosité.

TALBOT : Je veux être sûre d'avoir bien compris. Vous êtes disposé à arrêter de tuer et à vous rendre à la fin de cette émission ?

LABYRINTHE : Oh... [Gloussements.] Je n'ai pas parlé de me rendre.

TALBOT : Mais je ne comprends pas. Je vous offre une tribune pour vous expliquer devant des millions de téléspectateurs du monde entier.

LABYRINTHE : Des millions, Jane Talbot ? Vraiment ? On dirait que vous gonflez vos chiffres d'audience !

TALBOT : Revenons à vous, Labyrinthe.

LABYRINTHE : Dans un instant. Vous me fascinez, vraiment. Tout le travail que vous faites. Surtout pour les enfants. Vous êtes internationalement connue pour cela, n'est-ce pas ?

TALBOT : Nos téléspectateurs préféreraient que vous parliez de vous et de votre mission.

LABYRINTHE : Vous faites vraiment tout pour aider les écoles, n'est-ce pas ? Surtout ici, en Afrique du Sud. C'est une cause qui en vaut vraiment la peine.

TALBOT : Oui, je suis d'accord. Mais, encore une fois, nous ne sommes pas là pour...

LABYRINTHE : J'ai passé beaucoup de temps à étudier votre action. Plus précisément, la manière dont vous aidez ces écoles. C'est si fascinant que j'ai un moment envisagé de l'adopter moi-même. Voici ce que vous faites, et que les téléspectateurs ignorent : vous réalisez une émission sur une école en difficulté – disons ici, à Johannesburg –, puis vous sollicitez la contribution de grandes entreprises. Vous les culpabilisez, en fait, pour qu'elles fassent des donations d'ordinateurs, de manuels et autres fournitures scolaires. Ensuite vous prélevez juste assez de commissions pour que le travail ne soit finalement pas réalisé.

TALBOT : Excusez-moi, mais l'interview est terminée.

LABYRINTHE : Si vous ou quiconque de votre équipe touchez un seul bouton, la bombe sous votre fauteuil explosera et vous mourrez en direct à la télévision, Jane Talbot. C'est ce que tu veux, espèce de méprisable connasse ?

TALBOT : Qu-qu-quoi ? Qu'est-ce que vous avez fait ?

LABYRINTHE : Vous m'avez aimablement permis d'inspecter le studio avant que je donne mon accord pour cette interview. Et, ce faisant, j'ai laissé un petit cadeau sous votre fauteuil. Curieux que personne ne l'ait repéré…

TALBOT : James, coupe la diffusion immédiatement.

LABYRINTHE : James, si vous coupez, votre patronne y passe.

TALBOT : Ne faites pas ça. Je vous en supplie. Vous commettez une grave erreur.

LABYRINTHE : J'aurais pu vous dire la même chose : « Ne faites pas ça, Jane. Ne prétendez pas aider des enfants alors que vous les laissez dans leur mouise, simplement parce que cela fait grimper votre audience pour atteindre ces millions de spectateurs que vous convoitez. »

TALBOT : Non, je ne...

LABYRINTHE : Ne mentez pas à votre public, Jane, merde ! J'ai réuni toutes les preuves sur un document que vos téléspectateurs peuvent voir par eux-mêmes... eh bien, en cet instant, puisque je l'ai téléchargé sur un millier de serveurs différents. Il suffit de chercher « Jane Talbot » et « maltraitance » pour le trouver.

TALBOT : Labyrinthe, rien ne vous oblige à agir ainsi. Nous pouvons continuer à discuter. Vous m'avez promis d'arrêter vos meurtres.

LABYRINTHE : Et vous aussi avez fait tant de promesses aux enfants, n'est-ce pas ? Vous leur donniez une miette de pain tout en écrasant leurs petites faces crasseuses du talon de vos Manolo Blahnik.

TALBOT : Espèce de salaud !

LABYRINTHE : Je ne vous en veux pas personnellement. Vous n'êtes que le symptôme d'une maladie générale. Le système éducatif destiné à notre ressource la plus précieuse, les enfants, ne fonctionne pas comme il le devrait. Il est là pour servir les administrateurs, le gouvernement, en mettant l'accent sur les résultats des établissements afin d'obtenir plus de financements. Pourquoi les écoles ne sont-elles pas innovantes ? Pourquoi tout est-il calqué sur la fabrication à la chaîne ? Sur une idée de Henry Ford qui date du début du XXe siècle. L'éducation ne devrait pas être un business. Ce n'est plus de mise et cela n'aide pas nos enfants. L'éducation actuelle n'est que l'ombre de ce qu'elle devrait être.

TALBOT : Mais... je suis d'accord avec vous. J'essaie d'y remédier.

LABYRINTHE : Vous continuez à vous raccrocher à vos mensonges ? Laissons votre public décider, qu'en dites-vous ? James, j'aimerais que vous ouvriez le standard et le chat en ligne. Si vous avez téléchargé le document et que vous voulez que Jane soit punie pour ses crimes contre les enfants, faites entendre votre voix. Que votre volonté soit faite...

TALBOT : Je vous en supplie, écoutez-moi, ne faites pas cela. Quoi que vous ayez décidé, nous pouvons en discuter.

LABYRINTHE : James, nous sommes prêts ? Donnez-moi les scores des appels, James.

TALBOT : S'il vous plaît...

LABYRINTHE : Nous sommes au beau milieu de ce qui va passer à la postérité comme l'émission la plus regardée de toute l'histoire de la télévision. Vous vous en rendez compte, n'est-ce pas ? On va en parler et la regarder pour l'éternité. Ce sera encore plus spectaculaire que les premiers pas de l'homme sur la Lune. Savourez-en chaque seconde, Jane.

TALBOT : Je vous en supplie !

LABYRINTHE : Ne me supplie pas, salope ! Supplie-les. Supplie ton public. Supplie les enfants !

31
Labyrinthe

J'adore cela...

Le déclic de l'esprit humain qui rompt quand on le prend au piège et qui se rend compte qu'il n'y a aucune issue – pas de détour, pas de retour. Juste un mur.

Pauvre petite Jane Talbot, écoutez-la bafouiller et bredouiller et bégayer et ânonner. Brusquement incapable de parler correctement. Je ne suis pas le seul à savourer son malaise. Les nouvelles de mes trois premiers messages, chacun à un bout du monde, excitent les médias comme jamais depuis Unabomber ou ce clown dandy d'Assange.

Jane Talbot, je ne mentais pas : toi et moi nous allons faire l'histoire ensemble.

Arrête de regarder sous ton fauteuil.

Tu sais très bien ce qu'il y a dessous, pas besoin de te pencher.

Je te l'assure.

Déjà, les réactions sur Internet vont au-delà de toutes mes espérances.

Qui aurait imaginé que le monde se soucierait à ce point de l'éducation des pauvres enfants sud-africains ?

C'est incroyable comme le tout-venant peut s'indigner dès qu'on lui en a donné une raison.

Certains appellent à ma candidature comme Président, d'autres veulent qu'on me confie l'émission de Jane Talbot.

Je refuserais les deux, même si on me payait.

Parce qu'on ne peut pas sauver le monde si on est Jane Talbot.

On ne peut pas le sauver si on est le président des États-Unis.

Mais on peut sauver le monde si on me suit.

32

Dark

Dark et Natasha ressemblaient à n'importe quel couple ordinaire prenant l'avion pour New York. Pas de bagages, mais quelle importance pour un couple d'amoureux ? Cependant, l'homme semblait indifférent à ce voyage, tandis que la femme avait l'air de seulement comprendre qu'elle venait de commettre la plus grosse erreur de sa vie.

– Pourquoi faisons-nous cela ? demanda-t-elle.

– Je ne vous ai pas forcée à venir.

– Vous êtes sûr de votre coup ?

– L'un de mes mentors, dit Dark en souriant, celui qui m'a tout appris, était connu pour miser sur ses intuitions. La plupart du temps, il voyait juste. Cela m'agaçait tellement que j'ai fini par apprendre à miser sur les miennes aussi.

– J'aimerais bien le rencontrer pour lui flanquer une gifle, votre mentor, répliqua Natasha.

– Cela lui plairait sûrement.

Une heure plus tard, alors qu'ils volaient à dix mille mètres au-dessus de l'Atlantique, Natasha reçut un SMS de Blair. L'avion disposait du Wi-Fi et, d'après le ton de Natasha, elle s'en serait volontiers passée.

– Merde ! fit-elle.

– Qu'y a-t-il ?

– Blair sait que nous sommes en route pour les États-Unis. Et il n'est pas content. Vraiment pas.

– Ah bon ?

– Il l'a fait savoir beaucoup moins poliment que moi.

– Il nous a demandé d'enquêter. C'est ce que nous faisons.

– Vous savez comme moi ce qu'il entendait par là. J'ai été bête de vous suivre. C'est aussi un truc que vous a enseigné votre mentor ? Comment torpiller la carrière de vos collègues ?

– Blair se détendra quand nous aurons pincé ce salaud.

– Je ne pense pas qu'on va y arriver.

– Et moi qui commençais à croire que vous me faisiez confiance…

Natasha secoua la tête et laissa tomber son téléphone sur ses genoux.

– Cela n'a rien à voir avec la confiance. Labyrinthe est en direct à la télévision en train de tout avouer à Jane Talbot. En Afrique du Sud…

Hans Roeding avait chargé ses armes pendant qu'O'Brian regardait sur sa tablette le *Jane Talbot Show* diffusé en streaming sur le Net, tout en piratant le serveur qui hébergeait sa comptabilité. L'emplacement du studio avait beau être secret, si les producteurs de l'émission l'utilisaient, il y avait forcément une facture quelque part. Il n'y avait que quelques rares endroits où un comptable pouvait dissimuler une ligne de budget, et la manière de la déguiser était relativement prévisible. Ce n'était pas la première fois qu'O'Brian voyait cela.

– Tu as quelque chose ? demanda Roeding.

– Patience, mon cher ami stéroïde, patience.

– Dis-moi où je dois aller, au moins.

– Tout droit, pour l'instant. Jusqu'à ce que je te dise de tourner, mon gros.

O'Brian essayait de garder un ton léger, mais il bouillonnait intérieurement. Ce n'était pas ainsi que l'Alliance globale était censée travailler. Blair aurait dû s'en tenir à ses habitudes et leur adjoindre au moins Natasha – un troisième équipier aurait été plus qu'utile sur le terrain. Un quatrième aurait été idéal mais, pour le moment, Dark était affreusement décevant. Pourtant, Blair en avait plein la bouche de cet Américain qui devait compléter l'équipe et l'amener à un niveau supérieur. Des conneries, voilà ce que c'était ! O'Brian préférait endosser une partie du boulot plutôt que de supporter cette *prima donna*.

À l'écran, ses recherches aboutirent à trois studios disséminés dans Johannesburg. Il en écarta deux : trop vastes. Son intuition était que Labyrinthe voudrait contrôler tous les angles de la production. Il lui fallait un espace restreint.

– OK, Hans. Tourne à droite.

– À droite où ?

– Là, tout de suite ! cria O'Brian.

Son équipier braqua immédiatement tandis qu'O'Brian se cramponnait à sa tablette. Il savait bien qu'ils n'étaient pas au bout de leurs peines. Mais il ne voulait pas décourager Hans, enfin, pas tout de suite.

Ce serait tellement bien d'être l'équipe qui appréhenderait Labyrinthe. Juste eux deux.

33

Johannesburg, Afrique du Sud

Lorsque O'Brian et Roeding arrivèrent au studio, Labyrinthe était toujours en direct.

Pas question de solliciter des autorisations, de contacter la police locale ni de perdre du temps avec des absurdités de ce genre. Roeding fracassa la porte d'entrée d'un coup de pied, pistolet-mitrailleur au poing, tandis qu'O'Brian le couvrait. Le personnel de ce minuscule studio – à peine plus de trois salles d'enregistrement, la surface d'un petit restaurant – blêmit, terrifié. O'Brian savait qu'ils ne fourniraient aucune information fiable. Ils seraient trop effrayés pour être véritablement utiles, ou bien ils mentiraient, pensant se protéger, eux et leur patronne. C'est pourquoi, pendant qu'ils roulaient encore, O'Brian avait récupéré un plan du bâtiment et, d'après d'anciennes notes de production, en avait déduit dans quelle salle se trouverait Jane Talbot, et dans quelle autre serait Labyrinthe.

La stratégie ?

Ils n'en avaient aucune, à part la procédure habituelle de l'Alliance globale dans ce genre de situation hypertendue où le temps était un facteur décisif : arrêter le dingue.

Roeding se précipiterait sur Labyrinthe avant qu'il puisse déclencher sa bombe.

Si Roeding ne pouvait agir à temps, O'Brian évacuerait Jane Talbot aussi rapidement que possible.

O'Brian savait aussi qu'il leur faudrait au moins deux secondes pour isoler Labyrinthe avant qu'il frappe. D'une pression sur un bouton de son portable, il brouilla les signaux à l'intérieur et à l'extérieur grâce à une décharge de micro-ondes. *Oui*, se dit-il avec ironie, *il y a même une application pour ça*.

Puis il pénétra dans le studio.

À l'intérieur se trouvait Jane Talbot, les joues ruisselantes de larmes, l'air aussi choquée que si elle venait de sortir d'un carambolage en chaîne sur une autoroute. Elle résista à O'Brian en se cramponnant à son fauteuil. Il n'eut d'autre choix que de lui pincer un nerf à la hauteur de la clavicule pour lui paralyser les bras et la forcer à lâcher prise. Il l'entraîna dans le couloir, chancelante et hurlante, et la conduisit jusqu'à la sortie.

Entre-temps, Roeding avait maîtrisé Labyrinthe.

L'homme avait l'air étrangement normal. Séduisant même, si on ne tenait pas compte du sang et des ecchymoses sur son visage.

Au-dessus de l'Atlantique

– Ils l'ont eu, annonça Natasha. Il y a cinq minutes. Il a été capturé dans un petit studio de télévision de Johannesburg. Roeding et O'Brian l'ont arrêté et la police de Johannesburg est arrivée peu après. Ils l'emmènent ailleurs pour l'interroger. (Dark l'écoutait sans mot dire.) Vous m'avez entendu ? C'est réglé. Nous pouvons rentrer nous faire passer le savon que nous méritons.

– Non, ce n'est pas réglé.

– Comment ça ?

– Nous devons continuer.

Pourquoi ?

Il la regarda en songeant à Riggins. S'il avait un mauvais pressentiment, c'est que c'était mauvais. Combien de fois le lui avait-il répété ? Alors que Dark préférait analyser une affaire dans un bureau au calme, Riggins bouillonnait, défonçait des portes et fonçait toujours plus loin.

– Mon instinct, répondit-il.

34

En définitive, Labyrinthe avait apparemment bluffé : il n'y avait jamais eu de bombe sous le fauteuil de Jane Talbot.

Cependant, des dégâts bien pires qu'une explosion étaient survenus. Dans la frénésie des quelques heures qui suivirent, des journalistes commencèrent à examiner les preuves que Labyrinthe avait mises en ligne. À chaque minute, un nouvel élément apparaissait sur les forums ou les murs des réseaux sociaux, source d'innombrables discussions et commentaires sarcastiques. Les accusations que Labyrinthe avait proférées en direct n'étaient que le commencement. Jane Talbot était finie ; elle se mura chez elle pendant que ses avocats se mettaient au travail. Même si son émission n'était diffusée qu'en Afrique du Sud, au Royaume-Uni, en Australie, en Nouvelle-Zélande et sur quelques chaînes européennes, l'impact international était énorme. Si vous n'aviez encore jamais entendu parler de Jane Talbot, à présent vous la connaissiez.

Elle était marquée au fer rouge de l'infamie.

Pire : il n'était question que de cela sur Internet.

> Incroyable ! J'avais encore jamais entendu parler de Jane Talbot jusqu'à maintenant, mais... quelle saloperie.
> *Il y a 3 minutes*

> Quelqu'un d'autre que moi a remarqué qu'il a promis de ne pas la tuer et qu'il ne l'a pas fait ?
> *Il y a 2 minutes*

Il aurait dû. J'aurais adoré voir ça.
Il y a 2 minutes

Je pensais vraiment que ça finirait comme ça, mais en fait non. Peut-être qu'il a un cœur ?
Il y a 1 minute

EntertheLabyrinth Labyrinth
Elle est pire que morte : tout le monde sait maintenant que c'est une menteuse. Aidez-moi à en dénoncer d'autres.
Il y a 1 minute

Labyrinthe fut amené au QG de la police de Johannesburg par une unité militaire d'intervention antiterroriste et une équipe de déminage. Les leçons de Los Angeles n'avaient pas été oubliées. On ne pouvait faire confiance au tueur, qui était capable d'avoir absorbé les mêmes explosifs que ceux qu'il avait fait avaler au sans-abri. Au lieu d'une cellule ordinaire, il fut amené dans un parking de véhicules de police préalablement évacué et dont les murs étaient en béton armé, sans fenêtres, loin de tout bâtiment civil. Des médecins accompagnés de spécialistes des explosifs le déshabillèrent et l'examinèrent entièrement, analyses de sang et IRM comprises, pour vérifier qu'il n'avait aucune substance explosive sur lui.

Il n'y avait rien.

Labyrinthe resta coi pendant tout ce temps.

Alors qu'il s'était montré disert dans le studio, l'homme refusait de parler ou de demander un avocat. Il fit signe qu'on lui apporte de quoi écrire. On lui fournit un crayon mal taillé et une feuille sur laquelle il écrivit :

JE VEUX BLAIR

Personne ne sut de quoi il parlait, hormis le chef de la police de Johannesburg qui avait été mis en relation avec l'Alliance globale depuis la livraison du colis sud-africain. L'homme voulait parler à Damien Blair.

Quand ils eurent atterri à JFK, Natasha annonça la nouvelle à Dark.

– Blair part pour Johannesburg s'entretenir avec le suspect. Il veut que l'équipe soit réunie le plus vite possible. Nous devons nous rendre là-bas immédiatement, des billets nous attendent au comptoir d'embarquement. Tout est pardonné si nous obéissons tout de suite.

– Pourquoi se presser ? demanda Dark. Blair est convaincu qu'il tient son homme. Que pouvons-nous faire de plus ?

– Blair ne sait pas s'il s'agit du vrai Labyrinthe. Dans un cas comme dans l'autre, ce type ne travaille peut-être pas seul. D'autres menaces planent peut-être encore, et le faire parler est notre seule chance.

– Bon courage. Moi, je reste. Parce qu'un autre colis va être livré à New York, si ce n'est déjà fait.

Elle le dévisagea comme pour lire dans ses pensées.

– Pourquoi en êtes-vous si sûr ?

– Vous avez entendu ce que Labyrinthe a déclaré lors de l'émission ? « L'éducation ne devrait pas être un business. » C'est par ces mots qu'il nous annonce son prochain coup. Il va frapper en plein cœur du monde des affaires.

La déconfiture publique de Jane Talbot avait achevé de convaincre Dark. Pour le moment, Labyrinthe s'était attaqué à l'industrie du divertissement, puis à l'industrie pétrolière. Avec Jane Talbot, il s'en était pris aux médias et au système éducatif – d'une pierre deux coups, pour un exploit qui faisait déjà les gros titres dans le monde entier.

L'industrie suivante, la plus évidente des cibles : les finances. Labyrinthe allait tenter de les frapper en plein cœur.

– Qu'est-ce qui vous a fait penser à New York dans la devinette ?

– L'imagerie. Les oiseaux qui volent, l'ombre sur l'eau. Ce qui m'est venu à l'esprit constamment, c'était le 11 septembre, la dernière fois où quelqu'un s'est attaqué au poumon financier du monde.

– Et si vous vous trompiez ? Il y a beaucoup d'autres centres financiers dans le monde, en dehors de New York.

– Mais songez aux cibles de Labyrinthe jusqu'à maintenant. Il fait une fixation sur les États-Unis – ou sur ce qu'il perçoit comme l'Empire américain. Il n'a cessé de répéter à Talbot le mot « business », et ce n'était pas par hasard. Quel est le cœur de l'Empire américain ? Wall Street.

– Alors pourquoi attaquer Jane Talbot en Afrique du Sud ?

– C'était la cible idéale. Labyrinthe a découvert qu'elle cachait quelque chose. Il veut que nous pensions qu'il ne vise que les coupables, n'oubliez pas. Les gens ne vont pas prendre son train en marche s'il s'attaque à des innocents.

– Poursuivez toutes les ombres que vous voulez, moi je pars pour Johannesburg. Nous avons un suspect en détention. Même si ce n'est pas Labyrinthe, il est clair qu'il a des liens avec lui. C'est notre meilleure chance.

– Je vais aller manger un morceau. Et une bière me ferait un bien fou, là.

Elle le fixa un moment, puis elle finit par le suivre jusqu'à un bar où les voyageurs épuisés pouvaient s'étourdir suffisamment pour supporter de longs trajets.

Dark commanda deux bières. Natasha déclara qu'elle n'en buvait jamais. Il répliqua qu'il la boirait pour elle. Le bar était presque vide : c'était le matin, et seuls les voyageurs les plus endurcis pouvaient vouloir boire de l'alcool à cette heure.

– Pourquoi ai-je l'impression que vous en savez plus que vous ne voulez bien le dire ? demanda-t-elle.

– Vous croyez que je suis Labyrinthe ?

– Non. Vous êtes encore plus énigmatique que lui.

– Merci.

Je ne blague pas. Vous avez l'air tellement certain que Labyrinthe va frapper ici, à New York, mais votre raisonnement ne paraît pas vraiment logique.

Il but une longue gorgée et s'adossa à son siège.

– Blair voit Labyrinthe comme son ennemi suprême. À l'époque des Affaires spéciales, nous avions créé une catégorie pour les tueurs exceptionnellement cruels, inhumains et pervers.

– Les fameux tueurs de niveau 26.

– Tout à fait. Je sais ce que c'est d'affronter le pire. Je sais aussi que c'est facile de suivre ces monstres dans les tréfonds des ténèbres, là où on ne voit plus rien. Cela m'est arrivé il y a des années.

– Vous pensez que c'est le cas pour Blair ?

– Je sais que c'est ce qui lui arrive. Il nourrit une obsession pour ce tueur et cela m'est très familier.

– Vous savez, dit-elle en souriant, il était incroyablement enthousiaste à l'idée de vous avoir dans l'équipe. Il ne parlait que de vous depuis des semaines.

– Je suis juste le nouveau. Et la lune de miel est terminée.

– Non, ce n'est pas ça. Je suis dans l'Alliance depuis le tout début, et Blair n'a jamais été comme cela avec les autres. Il vous considère comme quelqu'un qui lui ressemble. Et il était soulagé que vous soyez sur le lieu du premier crime de Labyrinthe.

– Il m'aime bien, il m'aime vraiment bien.

– Là, vous vous comportez comme un imbécile, se rembrunit-elle.

Dark fit mine d'être blessé, puis il but une autre gorgée de bière. Natasha lui rappelait Constance Brielle, son ancienne équipière aux Affaires spéciales. Elle savait négocier avec les gens aussi habilement qu'analyser des indices. Il se demanda si elle l'avait accompagné pour lui faire plaisir ou pour pouvoir informer Blair qu'il fallait le virer de l'Alliance.

– Qu'en pensez-vous ? demanda-t-il. Blair a-t-il encore la tête froide ?

Elle se détourna un moment, puis :

– Je crois qu'il se concentre sur la traque de Labyrinthe depuis longtemps, dit-elle diplomatiquement.

– Alors vous allez rester à New York et m'aider à attraper ce type ?

– Et vous, vous allez arrêter de boire de la bière à 9 heures du matin ?

– Je suis resté à l'heure de la Californie. C'est-à-dire 6 heures.

– C'est encore pire. Venez. Il y a une planque de l'Alliance en ville.

– Ah bon ?

– Nous en avons partout. Vous n'aurez plus besoin de payer des chambres d'hôtel.

Natasha lui prit sa bière et la posa sur la table. Puis elle lui essuya la lèvre supérieure, lui sourit et proposa :

– On y va ?

35

Bruxelles, Belgique

Alain Pantin passa en revue toutes les réactions qu'il avait pu trouver sur les vidéos de Labyrinthe. Les répercussions du dernier attentat étaient stupéfiantes. Sans doute parce que ce n'était pas un attentat violent : Jane Talbot avait été publiquement dénoncée.

Et ceux qui hésitaient encore jusqu'ici à épouser la cause de Labyrinthe n'émettaient plus aucune réserve.

Les forums étaient remplis de messages sur Labyrinthe et Jane Talbot, la majorité exprimant plus d'indignation envers cette dernière qu'envers le tueur. « Oui, nous savions déjà que c'était un méchant, mais Jane Talbot ? » semblait être le thème récurrent.

Dans Johannesburg, des pillards pro-Labyrinthe se déchaînaient et fracassaient à coups de pierres les vitrines de diverses entreprises et institutions que Jane Talbot avait soutenues au cours des années. Les graffitis étaient limpides : JANE = MENTEUSE.

Et, partout dans le monde, des tagueurs reproduisaient les derniers messages de Labyrinthe sur les murs des banques et des bâtiments officiels :

JE VOUS
AIDERAI
À SORTIR
DU LABYRINTHE

Et :

LE MONDE
PEUT ENCORE
ÊTRE SAUVÉ

Trey ne l'avait pas laissé souffler une minute. Pantin avait délaissé ses fonctions pour se consacrer aux médias, accordant des interviews sur Labyrinthe à la presse, aux chaînes de télévision et aux radios.

Le message était désormais : dénoncer les menteurs.

Pantin déclara donc à un journaliste de CNN : « Non, je n'ai pas besoin de prendre quelqu'un en otage pour le forcer à avouer ses méfaits. Nous devons rétablir de la responsabilité et de la transparence dans tous les domaines. Je parle du gouvernement, des médias, de l'éducation, des affaires. »

Il annonça au *Guardian* : « Les temps sont durs pour les personnalités publiques qui veulent dissimuler quelque chose. Certes, les actes de Labyrinthe sont lamentables. Mais cela fait réfléchir aux questions de responsabilité et de transparence, non ? Au besoin d'une moralité plus stricte chez ceux qui prétendent nous gouverner. »

À la fin de la journée, il était tellement sonné par cet enchaînement d'interviews qu'il commença à imaginer qu'il rencontrerait un jour Labyrinthe, qu'il lui serrerait la main, le convaincrait peut-être de se rendre et de se réhabiliter plus tard avec une série de conférences...

Arrête, se dit-il. *On parle d'un assassin, là.*

Mais un tueur qui avait donné un nouveau souffle à sa carrière politique. On ne pouvait pas l'oublier.

Alors qu'il contemplait le parc Léopold, encore tout excité de sa journée, une alerte apparut sur son smartphone.

AP MONDE
Dernière minute : Labyrinthe aurait été capturé en Afrique du Sud.

36

Johannesburg, Afrique du Sud

Les spécialistes en explosifs proposèrent à Damien Blair un gilet de protection en Kevlar, mais il refusa. Il demanda à être amené directement sur le lieu de détention de Labyrinthe – le parking, humide et désaffecté. Alors qu'il descendait le couloir violemment éclairé, Blair informa calmement mais fermement ses accompagnateurs qu'il comptait bien parler au suspect en tête à tête. Pas de gardes, pas de policiers. Certains allaient protester, mais leur chef les calma. C'était un politicien qui connaissait les soutiens de l'Alliance globale et savait qu'il n'était pas conseillé de se les mettre à dos. Il ordonna à ses hommes de laisser toute latitude à Blair pour procéder exactement comme il le souhaitait.

Blair entra dans la salle, entendit la porte se verrouiller derrière lui ; il s'avança vers la civière où le prisonnier était attaché par trois séries d'entraves. Elle avait été redressée à quarante-cinq degrés. Sans un mot, il s'approcha, saisit le menton du prisonnier et fit tourner sa tête d'un côté puis de l'autre, avant de le fixer droit dans les yeux.

– Vous regardez les tréfonds de mon âme, Damien Blair ?

– Vous n'êtes pas Labyrinthe, répondit celui-ci.

– Bien sûr que si. Mais vous, êtes-vous le vrai Damien Blair ? Ils n'ont pas envoyé une doublure, j'espère. Ce serait une grande déception, j'attends de vous rencontrer depuis si longtemps… On ne voit pas souvent votre joli minois dans les journaux. En fait, on ne le voit jamais. Où est le reste de votre équipe ? Votre… Alliance globale ?

– Dites-moi tout sur Labyrinthe.

– Je suis Labyrinthe.

– Absolument pas. C'est votre seule et dernière chance de conclure un marché.

– On ne peut pas discuter un petit peu ? Tailler le bout de gras, comme on dit ?

– Je crois que vous ne comprenez pas votre situation, dit Blair en sortant un Glock de sa poche intérieure et en le braquant sur le cœur de l'homme. Mon organisation est l'une des rares agences policières internationales qui aient le pouvoir d'agir. Interpol ? Ils peuvent enquêter et faire des recommandations. Nous sommes différents. Nous enquêtons et nous éliminons les menaces. Des dizaines de pays nous accordent trois choses : le financement, la confidentialité et l'autonomie. On nous fait confiance.

– C'est bien, c'est vraiment bien.

– Et ça veut dire que je pourrais vous descendre sur-le-champ sans que personne ne bronche.

– Vous me traquez depuis des années. Vous n'allez pas me tuer maintenant. Vous voulez forcément des réponses. Des explications, une logique. Vous voulez que je vous dise où tous les cadavres sont ent...

Blair baissa l'arme, presque nonchalamment, comme s'il ne cherchait même pas à viser, et appuya sur la détente. La détonation résonna dans le parking, suivie du hurlement de Labyrinthe. Assourdissant. Pitoyable. Stupéfait. Blair avait finalement visé. Et avec précision. La balle avait déchiré le tendon d'Achille du prisonnier, dont le pied s'était replié vers le haut, comme si toute sa jambe allait s'enrouler sur elle-même.

– Je vais vous débiter en morceaux, balle par balle, annonça Blair. Le tendon, c'était une mise en appétit.

– Non ! cria l'homme. Ce n'est pas possible. Vous êtes un flic.

– Non, absolument pas, dit Blair en posant le canon de l'arme sur le bas-ventre du prisonnier.

– Je vous en supplie !

– Où est-il ? demanda Blair. La prochaine balle emportera ce qui fait de vous un homme.

– Je ne sais pas, je ne sais pas, je vous jure, mon Dieu ! Je ne sais pas !

L'homme finit bien entendu par parler. Et il ne se fit pas prier, quand on lui eut administré des analgésiques.

Il continua de prétendre qu'il était Labyrinthe, seul nom qu'il ait jamais connu, jurant sur la vie de sa mère (dont il ne se souvenait pas non plus) et suppliant qu'on le croie. Il n'était au courant d'aucun autre attentat – jamais il n'aurait tué qui que ce soit ! Ne comprenaient-ils pas ? Blair, qui savait percer les gens, se surprit à croire le prisonnier. L'homme était sincèrement convaincu d'être un vengeur qui se faisait appeler « Labyrinthe ».

Il a été conditionné, pensa Blair. *À tel point qu'il a complètement oublié qui il était vraiment.*

Cependant, quand une identification d'empreintes donna le nom d'Anthony Biretta et que Blair prononça le nom à haute voix, il vit la certitude voler en éclats dans les yeux de l'homme. Oui, ce nom lui était familier. Pourquoi l'était-il ? L'homme secoua la tête, comme s'il essayait de remettre son cerveau en place. Pourquoi ce nom lui était-il familier ?

Petit à petit, toute son histoire allait refaire surface, mais Blair la devinait déjà. Biretta était probablement un acteur en herbe à qui l'on avait donné le rôle de sa vie. Labyrinthe avait dû passer beaucoup de temps avec lui – des mois, peut-être des années, pour qu'il réussisse cette unique représentation.

Mais, durant tout ce temps, le véritable Labyrinthe n'avait jamais montré son visage ni dévoilé où il habitait, comment il se comportait, ni même sa véritable voix. Dans l'esprit fracassé d'Anthony Biretta, il ne restait que quelques fragments de son ancienne existence. Pour lui, y revenir serait comme sortir d'un long rêve avec l'idée affreuse que sa vraie vie, celle dont il était convaincu qu'elle était une réalité tangible, était contenue dans ce songe. Et qu'il ne pourrait jamais y revenir.

– Soignez sa jambe, ordonna Blair en ressortant.

37
Dark

Manhattan, New York

Le quartier du One Police Plaza était bouclé depuis le 11 septembre, au grand dam des habitants. La police déclarait qu'il aurait été trop facile de pénétrer dans la large rue à quatre voies de Park Row avec une camionnette remplie de bombes artisanales, et d'anéantir ainsi le siège de la police new-yorkaise. Les riverains se plaignaient de ce que les embouteillages, déjà pénibles, étaient devenus un cauchemar sans fin, sans parler de l'impression de vivre dans une zone démilitarisée.

Les barricades n'empêchaient pas les coursiers de passer, bien sûr. En particulier l'un d'eux, chauve, avec une barbe broussailleuse qui lui descendait jusqu'au ventre. Il s'arrêta devant le One Police Plaza, cadenassa son vélo, puis courut vers l'entrée – où il fut immédiatement intercepté par une équipe d'inspection des colis récemment mise en place. L'explosion qui s'était produite à L.A. avait secoué les polices du monde entier, et le maire de New York refusait de prendre le moindre risque. Le coursier chauve, dont le tee-shirt proclamait SERPENT DES BLÉS D'ALABAMA, sembla décontenancé... jusqu'au moment où le policier regarda le nom et l'adresse de l'expéditeur (Bryan Heilt) et où l'équipe plaqua l'homme au sol, un Glock sur la nuque, un autre dans les reins, et lui passa les menottes avant qu'il ait eu le temps de reprendre son souffle.

L'équipe de sécurité avait été briefée : tout ce qui pouvait évoquer de près ou de loin un colis de ce malade de Labyrinthe, il fallait se jeter dessus et laisser les avocats s'en débrouiller ensuite.

Et Bryan Heilt faisait partie de la liste d'anagrammes possibles du nom Labyrinthe. Signal rouge immédiat. Enfoiré.

Le colis fut immédiatement transporté par des gardes armés jusqu'à un hangar de la police près du pont de Brooklyn pour y être inspecté.

M. Serpent des Blés ne put que ravaler le sang qui coulait de son nez pendant qu'on mettait sens dessus dessous son pauvre appartement, dans l'espoir d'y trouver un lien avec l'expéditeur.

Dark et Natasha découvrirent la planque de l'Alliance globale dans West Village. L'endroit était bien agencé, moderne, avec plusieurs chambres et un grand salon. Il était pourvu de la technologie dernier cri, avec écrans plats et ordinateurs en grand nombre. Tout comme dans l'avion, il semblait que le QG de l'Alliance globale pouvait être installé n'importe où, selon les besoins de Blair. Alors que Natasha allumait le réseau informatique, Dark – sous le coup du décalage horaire après tous ces vols – estima qu'une douche lui ferait le plus grand bien.

– Je vais... euh... prendre une douche, annonça-t-il.

– OK.

Elle sourit et le suivit du regard pendant qu'il se mettait en quête de la salle de bains.

Dark ôta ses vêtements et régla la douche sur la température la plus chaude supportable. Il s'attarda un moment sous le puissant jet dans la vaste cabine, le temps de laisser l'eau faire son effet. Il fut surpris de découvrir que, lorsqu'il cessait de penser à Labyrinthe, c'était à Natasha qu'il songeait, et qu'il ne pouvait effacer son regard de son esprit. Ce n'était pas qu'il avait renoncé aux femmes depuis la mort de son épouse, mais il n'avait pas non plus cherché à rencontrer quelqu'un. Sa vie, c'était son travail et sa fille Sibby. Mais là, comme tout homme normal, il pensait à la femme incroyablement belle dans le salon et se demandait ce qu'elle faisait. Il tentait d'en faire abstraction quand il entendit la porte de la douche coulisser.

Il se retourna et vit Natasha se glisser dans la cabine, entièrement nue. Il dut se frotter les yeux pour s'assurer qu'il ne rêvait pas. Elle s'approcha et posa les mains sur sa poitrine.

– Je croyais que je t'agaçais, s'étonna Dark.

– C'est le cas, répliqua-t-elle en faisant glisser sa main plus bas. Tu m'agaces terriblement, continua-t-elle en l'embrassant dans le cou.

– Alors pourquoi tu es là ?

– Tu préférerais que je n'y sois pas ? demanda-t-elle en lui mordillant l'oreille. Il te faut une autre raison en dehors du fait que nous sommes tous deux au même endroit ?

Dark n'en avait pas besoin. Il la plaqua contre le carrelage tiède. Natasha étouffa un cri et le poussa contre la paroi opposée pour assouvir sa vengeance : ses hanches se collèrent aux siennes avec une violence qui ne fit qu'exciter Dark davantage.

Mais il ne se laissa pas faire et reprit le dessus avant de décider qu'ils étaient assez propres comme ça, qu'il y avait des lits dans la maison et que ce serait dommage de ne pas en profiter.

Alors qu'ils étaient encore allongés, leurs respirations haletantes trouant le silence, Dark demeurait sous le coup de la surprise... Une agréable surprise. Natasha s'étira langoureusement et se colla contre lui.

– Je..., bafouilla Dark avant d'éclater de rire.

Elle lui fit un éblouissant sourire, puis le sortit de son embarras.

– Ce n'est pas facile de... rencontrer quelqu'un dans notre métier, dit-elle. Nous avons tous des envies.

– Alors ce n'était que pour assouvir la tienne ?

Elle hésita.

– Tu es un type bien. Je t'apprécie.

– Mais... ?

– Mais faisons en sorte que ce soit la dernière fois, OK ?

Elle se leva et ramassa ses vêtements.

– Oh, avant d'oublier..., lança-t-elle avec un sourire, tu m'agaces toujours !

Dark allait répliquer quand leurs téléphones bipèrent simultanément.

NEW YORK POST

Dernière minute : Selon des sources internes, la police de New York aurait reçu un colis de Labyrinthe. La municipalité redoute un attentat.

– Je t'en prie, épargne-moi les « je-te-l'avais-bien-dit », le prévint Natasha en emportant ses vêtements.

Elle ne les enfila pas immédiatement, saisissant son portable pour envoyer un SMS.

– J'envoie un message à l'une de mes sources à la police de New York, expliqua-t-elle.

Dark, en s'habillant, se demanda sans honte s'ils auraient recommencé s'ils n'avaient pas reçu de message.

– C'est vrai, annonça-t-elle.

– Quand est arrivé le colis ?

– Il y a dix minutes.

– Et c'est déjà dans les médias ! Labyrinthe tuyaute les journalistes pour être sûr que personne ne manque ses messages.

– Allons-y. Je préviendrai mon contact dans la police en chemin.

– Tu ferais bien de t'habiller, dit Dark en faisant mine de baisser chastement les yeux.

– La suite plus tard, promit-elle.

Après un trajet en taxi, ils entrèrent au QG de la police où les experts scientifiques avaient mis sur pied un poste de travail improvisé. Tout le monde était encore sur le qui-vive après l'attentat de L.A. Natasha fit rapidement les présentations et demanda à voir le contenu du colis. Un technicien montra à Dark la dernière devinette, scellée dans un sachet plastique.

MON CORPS S'AMINCIT JOLIMENT
IL ME MANQUE UN ŒIL POUR ÊTRE ENTIÈRE
ON JUGERAIT D'APRÈS MON ALLURE
QUE JE SUIS LA PLUS GRANDE GUERRIÈRE DE TOUS LES TEMPS
CAR UNE FOIS QUE L'ON M'A INSPECTÉE
ON NE TROUVE RIEN D'AUTRE QUE DE L'ACIER
POURTANT JE N'AI JAMAIS TUÉ D'HOMME
MAIS JE RÉPANDS SOUVENT LE SANG DES FEMMES
QUI SUIS-JE ?

Dark acquiesça et tendit la feuille à Natasha.

– Qu'y avait-il d'autre ?

– Un très vieux modèle d'ordinateur portable. Le genre de truc que je n'ai pas vu depuis l'école primaire.

Le technicien désigna l'appareil posé sur une table qui, à vue d'œil, datait d'une bonne vingtaine d'années. On aurait dit une énorme dalle de plastique.

– Le pire, c'est que le délai est très court, précisa le technicien en soulevant le capot pour révéler l'écran et une horloge à affichage digital qui décomptait :

2:28:41... 2:28:40... 2:28:39...

– Quelle était l'heure de départ ? demanda Dark.

– Trois heures pile.

Labyrinthe leur accordait un délai encore plus mince pour empêcher son prochain méfait. Dark en fut troublé. Les autres fois, il avait été relativement généreux. Plus on donnait de temps à la police pour résoudre l'énigme, plus c'était amusant. Pourquoi était-il si pingre cette fois-ci ?

Parce qu'il sait que tu es tout près. Il a réduit le délai pour que ce soit intéressant.

– Quel était le troisième objet ? demanda Dark.

– Un document légal des années 1840. Nous avons deux experts universitaires qui viennent l'examiner, mais, apparemment, c'est un texte qui prétend que la municipalité de New York a payé quelques milliers de dollars – c'est-à-dire beaucoup à l'époque – en échange de la protection d'un gang, les Knife Boys. Les experts ont déclaré que le nom leur paraissait authentique, mais qu'ils n'avaient jamais entendu parler de cette transaction.

Dark resta songeur. De l'argent en échange de protection. Un gouvernement dont on dénonçait le comportement. Une devinette qui parlait de dames qui saignent. Un document des années 1840 et un ordinateur portable vieux de vingt ans. Quel était le lien ?

Natasha s'approcha, la devinette à la main.

– Tu connais la réponse ? demanda-t-il.

– À l'école, j'ai dû apprendre la couture, dit-elle. Et rien ne pique mieux qu'une aiguille. La question est : qui Labyrinthe compte-t-il piquer dans un peu moins de trois heures ?

– S'il continue selon ses habitudes, il va trouver quelqu'un dans le monde de la finance coupable d'un méfait. Nous avons besoin d'une liste des personnalités de Wall Street qui ont gagné une quantité obscène d'argent grâce à une opération louche.

– Génial ! La liste des victimes potentielles compte des milliers de gens, à présent.

– Nous pouvons faire un tri. Pense aux quatre premières victimes. Toutes avaient des secrets que Labyrinthe a dévoilés. L'actrice et le producteur, coupables d'inceste. Le pétrolier, coupable de nuire à la planète. Jane Talbot, ses détournements d'argent. Ce sera quelqu'un qui n'a pas encore été pris. Peut-être que des enquêtes sont en cours, ce qui expliquerait que Labyrinthe ait pu être mis au courant et choisir sa victime. Mais la majorité des gens n'en sont pas informés.

– Je vais demander à O'Brian d'analyser les dossiers de la Commission des opérations boursières. Comment faire le tri, sinon ?

– Labyrinthe adore la célébrité. Il choisit ses victimes parce qu'elles feront des exemples grandioses. Il espère que les gens l'acclameront parce qu'ils détesteront aussi la victime et seront heureux de la voir souffrir. Ce sera donc une personne en vue. Pas forcément connue du grand public, mais l'équivalent d'une star à Wall Street.

– Quelque chose continue de me tracasser dans cette devinette, dit Natasha.

– Quoi donc ?

– Le passage sur les hommes qui ne sont jamais tués et sur le sang des femmes qui est répandu. Peut-être que celui que nous cherchons est un homme à femmes.

– Possible. Ou le contraire. Un vertueux qui dissimule ses perversités. Et Labyrinthe a décidé de les dévoiler.

38
Labyrinthe

Montrez-moi un homme sans vice et je vous montrerai un menteur.

Shane Corbett est un menteur.

Il est fier de lui parce qu'il ne boit jamais.

Il ne fume pas.

Il ne prend pas de drogue.

Il ne fréquente pas les putes.

Il ne regarde pas de porno sur le Net.

Il ne mange pas de cochonneries.

Il ne truande pas le fisc.

Cependant...

Shane Corbett a un vice.

Il est simplement très doué pour le cacher à tout le monde.

Mais pas à moi.

Je peux extorquer les secrets de n'importe qui.

Je suis assis à une table près de l'entrée du restaurant, seul, devant un café au lait, quand Shane Corbett entre, son parapluie noir sous le bras, un téléphone blanc extra-plat à la main. Il a l'air pressé. Il est là pour un déjeuner d'affaires important. Je le sais parce que c'est moi qui ai organisé ce déjeuner grâce à l'une de mes nombreuses fausses identités.

J'ai appelé et pris la réservation.

J'ai choisi la table – celle qui est la plus difficile à avoir.

Et, il y a quelques minutes, je suis passé près de cette table et j'ai versé un liquide indétectable dans le verre à eau de Shane Corbett.

Shane Corbett, qui n'a aucun vice, est un fanatique de l'eau. Il en boit de manière compulsive, comme si elle pouvait évacuer tout le mal qui corrompt son âme.

Ha !

On conduit Shane Corbett à sa table et il s'installe à la place prévue. (Il déteste tourner le dos à l'entrée dans les restaurants.) Après avoir confié son parapluie à la serveuse sans même lui accorder un regard, il lisse un faux pli sur la nappe de ses longs doigts manucurés et consulte nerveusement sa montre.

Puis il boit une longue gorgée d'eau.

Même un tout petit peu aurait suffi.

Si j'avais eu l'intention de commettre un simple meurtre, j'aurais pu le supprimer en cet instant.

Mais j'ai quelque chose de bien précis en tête pour Shane Corbett, l'homme qui n'a aucun vice.

Regardez-le.

Une main devant la bouche, comme pour réprimer un hoquet.

Non, pas un hoquet.

Bien pire.

Le grondement dans son ventre se fait plus insistant, à présent. La panique se lit sur son visage...

Il n'est pas sûr d'y arriver.

Il bondit de la table, bouscule les autres clients au passage, fait tomber des verres et des couverts, mais il s'en moque : tout ce qui compte pour lui, c'est d'arriver aux toilettes au plus vite.

Je pose ma tasse, me lève, lisse mon pantalon et vais le rejoindre nonchalamment.

Dès que j'ouvre la porte des toilettes, j'entends les vomissements. Un homme d'affaires se lave les mains, faisant mine de ne pas avoir remarqué les sons rauques. Je hausse les épaules, fais un signe de tête vers l'homme d'affaires et lui lance :

Décidément, certains devraient laisser tomber les bloody mary.

Il me rend un sourire poli, s'essuie les mains et sort des toilettes.

Je dis alors, très fort :

Allez, Charley, je te ramène dans ta chambre !

Puis j'ouvre la porte de la troisième cabine. Shane Corbett s'y étrangle dans son vomi, de la bave lui coule des lèvres. Il ne me connaît pas, mais il est déjà loin, et ferait confiance à n'importe qui dans l'espoir d'alléger ses souffrances. Il m'est si facile de le guider vers le lavabo, d'essuyer sa bouche tremblante, de le soutenir pendant qu'il traverse le lobby, de le diriger vers l'ascenceur.

Je lui dis :

Nous allons bien nous occuper de toi.

Et les portes de l'ascenseur se referment.

Pour entrer dans le Labyrinthe, connectez-vous à Level26.com et saisissez le mot de passe : « vengeance ».

39

Labyrinthe

Je quitte la chambre d'hôtel, laisse la porte se refermer avec un léger déclic derrière moi. Je vérifie que Shane Corbett ne s'est pas répandu sur les manches de ma veste. Ni sang, ni vomissures ou autres.

J'ai gardé mes distances tout le temps, mais les dames étaient très motivées.

Les choses ont un peu dérapé, je dois l'admettre.

Ce qui est compréhensible, du point de vue des dames.

Car voyez-vous, Shane Corbett a un vice. Il l'a depuis l'école primaire et cela l'a suivi durant toutes ses études. Maintenant qu'il a des quantités d'argent à brûler, il peut se permettre de s'y livrer sans que personne soit au courant.

À part moi.

Et les femmes qu'il a anéanties.

J'ai travaillé avec ces femmes pendant un bon moment.

Quelques mois, en fait, par périodes.

Il n'a pas été difficile de les trouver et elles sont rapidement devenues des amies. Leurs esprits se sont ouverts à moi volontairement, presque avec empressement, parce que leur assurance avait été mise en pièces à un très jeune âge, les rendant impressionnables et les amenant à constamment rechercher ceux qui prétendent les protéger. En réalité, elles finissent toujours par échouer avec l'opposé : des types qui profitent de leurs faiblesses et en font des marionnettes.

Je ne les exploite pas.

Je leur rappelle la force qu'elles ont eue autrefois.

Leur envie de vivre et non leur désir d'en finir.

Et maintenant, après tous ces mois, elles sont prêtes.

Prêtes à demander des comptes.

Les femmes réunies dans cette chambre avaient toutes les raisons de se taire et de refouler leurs souvenirs.

Les parents.

Les avocats.

L'argent que les avocats avaient donné à leurs parents pour acheter leur silence.

À mesure qu'elles avançaient en âge, elles les chassaient de plus en plus loin, mais ils étaient toujours en elles, ils les rongeaient et, une fois par mois, quelque chose venait leur rappeler avec insistance leur unique rendez-vous avec Shane Corbett.

Enfouis cela au plus profond.

Refoule-le.

Je les ai aidées à faire remonter leurs souvenirs.

Je leur ai appris à s'en servir et à les canaliser dans une fureur sans mélange.

J'ai payé leurs billets d'avion, notes d'hôtel et frais divers.

Elles étaient prêtes.

Ce n'était pas personnel, Shane Corbett. Des tas d'autres gens dans ton domaine professionnel ont des vices similaires. Est-ce un hasard si les hommes les plus vils et les plus corrompus dirigent les industries les plus viles et les plus corrompues ? Une industrie qui ne devrait surtout pas être confiée à des intérêts privés ?

Mais réjouis-toi, Shane Corbett, car j'ai fait de toi une partie de la solution. Ç'a peut-être fait un peu mal mais, au final, le monde n'en est que meilleur. Tu n'es plus là pour le voir... mais tu peux mourir en sachant c'est toi qui as posé la première pierre.

40
Dark

– Je crois que j'ai un candidat, dit Natasha.

Elle était restée penchée sur sa tablette-téléphone pendant une demi-heure tandis que Dark continuait d'étudier la devinette et les indices. Il vint lire par-dessus son épaule les informations de la carte grise d'un certain Shane Wesley Corbett, vingt-huit ans, qui possédait un penthouse dans l'Upper East Side, ainsi qu'une immense maison à Scarsdale. Plein de morgue, séduisant, sportif, bien mis.

– Qui est-ce ?

– Le correspondant de la Réserve fédérale américaine pour Wall Street – il a œuvré à la recapitalisation d'une entreprise qui a falsifié sa comptabilité et coûté des milliards de dollars à l'État et aux investisseurs. Mais comme une faillite complète aurait été une catastrophe pour l'économie, la Fed n'a pas eu d'autre choix que de l'aider. C'est Corbett qui a conclu le marché. Son nom n'a jamais été rendu public. Les seules personnes qui le connaissent sont du milieu et, bien sûr, mon contact à la Commission des opérations boursières.

– Labyrinthe est doué pour dénicher les petits secrets des gens, observa Dark. Mais ça ne me paraît pas assez sale. Merde, il doit y avoir des dizaines de salauds qui ont le même profil !

– Attends, Corbett a un autre secret.

Avec l'aide d'O'Brian, Natasha avait découvert que Corbett avait également un casier judiciaire remontant à l'époque où il était au lycée. Son dossier était scellé par ordre du tribunal, mais cela n'arrêta pas Natasha. Quand l'Alliance globale formulait des demandes, rien ne restait confidentiel bien longtemps.

– Vingt-sept viols sur mineures, dit-elle. Tu avais raison concernant les secrets bien gardés.

– Et Labyrinthe était aussi au courant de ça. Bon sang ! Peut-on savoir qui d'autre a consulté ces dossiers ?

– O'Brian est sur le coup. Il continue son enquête dans l'avion qui le ramène d'Afrique du Sud.

– Trouvons vite où est Corbett.

– Un des éléments de la devinette prend maintenant tout son sens.

– Quoi donc ?

– Il y était question du sang des dames. Eh bien, selon les témoignages des victimes, Corbett avait un penchant pour les vierges. Un quasi-fétichisme. Il ne violait que des vierges, et jamais la même deux fois. Une victime a raconté que ça l'excitait de regarder son pénis après le viol, quand il était encore couvert du sang de sa victime.

41
Dark

Un coup de fil à sa secrétaire – assorti de la menace d'une arrestation immédiate – permit de savoir que Corbett s'était rendu à un déjeuner. Il devait retrouver un client potentiel à l'Epoch Hotel, juste en face du site du World Trade Center. Dark et Natasha s'y rendirent en taxi, et une hôtesse perplexe leur déclara que, oui, M. Corbett était effectivement venu – d'ailleurs, elle avait encore son parapluie – mais qu'il avait disparu avant même d'avoir commandé.

– Nous n'avons presque plus de temps, Dark, le prévint Natasha. Où est-il allé ?

– Il est forcément quelque part dans l'hôtel.

Dark se précipita à la réception, montra à l'employé le badge de l'Alliance globale sur son portable, puis passa derrière le comptoir et s'installa devant l'ordinateur. Il aurait bien aimé qu'O'Brian soit là : c'était lui, le spécialiste de l'informatique.

– Je peux vous aider ? demanda le réceptionniste.

– Oui. Notez-vous les clients qui demandent à ne pas être dérangés ?

– Les femmes de chambre sont sans doute au courant. Elles ont cela sur leurs fiches.

Quelques minutes plus tard, la chef gouvernante leur tendit une liste des chambres qui n'avaient pas été encore nettoyées. En supposant que Labyrinthe avait choisi la plus grande disponible, Dark et Natasha restreignirent leur recherche aux suites en commençant par le dernier étage, frappant à certaines, enfonçant la porte d'autres, trouvant tantôt un endroit désert, tantôt un occupant ahuri.

– Il se peut qu'il l'ait emmené ailleurs ? demanda Natasha.

– Possible, mais dans ce cas, pourquoi lui donner rendez-vous dans un hôtel ?

La fouille se poursuivait quand le téléphone de Natasha bipa. Elle sortit la tablette de son sac et regarda l'écran.

– Il y a déjà une nouvelle vidéo en ligne.

Séquence d'ouverture : une photo de Shane Corbett tirée de l'album de son lycée. Une voix annonce : « Voici l'homme responsable de l'économie américaine. » Cut. *Corbett dans une chambre d'hôtel, face à trois femmes en furie. « Shane Corbett. Un homme soumis au désir. Celui de l'argent. Des possessions matérielles. Et même du bien le plus intime de tous. »*

Cut. *Une femme, blonde, une vingtaine d'années, taillade la paume ouverte de Corbett. Du sang commence à couler tandis qu'il hurle.*

« Shane Corbett pensait pouvoir tout prendre... »

Cut. *Une autre femme, brune, poignarde Corbett dans le dos avec une flûte à champagne cassée. Corbett tombe à genoux en suppliant et en tremblant.*

« Voyez la corruption du monde des affaires. Il est plus facile pour un homme riche de passer par le chas d'une aiguille que d'entrer dans le royaume des cieux. Les politiciens vous ont trahis... vendus à des hommes comme Shane Corbett... »

Dark et Natasha regardaient la vidéo dans le couloir du trente-sixième étage, quand un détail attira leur attention.

– Regarde la pendule digitale sur la table de chevet, dit Dark. La vidéo a été tournée il y a seulement quelques minutes.

– Il l'a téléchargée depuis sa caméra, assura Natasha. Il a dû enregistrer d'avance la photo, mais il tourne le reste pratiquement en direct.

Les femmes, réfléchit Dark, *doivent être celles qu'il avait violées au lycée. Celles qui avaient promis le silence en échange d'argent*. Labyrinthe les avait retrouvées Dieu sait comment, tout comme il avait déniché ses coursiers et autres sbires. Il les avait conditionnées et amenées dans cet hôtel, où elles pourraient assouvir leur vengeance sur Corbett pendant que Labyrinthe filmerait.

Mais où étaient-elles ?

Corbett était-il toujours en vie ? Et pourrait-il identifier Labyrinthe ?

– Regarde, dit Natasha en mettant sur pause.

En arrière-plan, on distinguait la silhouette d'un bâtiment. Le chantier de la Freedom Tower, en face de l'hôtel : cela indiquait que la suite était orientée vers l'ouest. Et bien que le soleil brillât par la fenêtre, floutant presque tous les détails, on distinguait des poutrelles et des planchers en construction. Il était donc possible de situer la chambre.

– Laisse-moi voir un instant, demanda Dark.

Natasha lui tendit sa tablette. Dark donna un coup de pied dans la première porte venue, traversa la chambre jusqu'à la fenêtre devant ses occupants ébahis qui se livraient à des activités que l'on pourrait qualifier de bibliques.

– Désolée, s'excusa Natasha en le suivant à toute allure.

Dark écarta les rideaux, jeta un regard au chantier, le compara à l'image de la tablette.

– Mais qui êtes-vous ? Qu'est-ce que vous faites ici ? J'appelle la sécurité ! s'énerva le client.

Natasha essaya de le calmer.

– Nous sommes de la police, il y a un problème, restez où vous êtes.

– La police ? Vous ne pouvez pas défoncer la porte comme ça ! Nous sommes en Amérique !

– Je sais où ils sont, coupa Dark en prenant Natasha par le bras.

– VOUS N'AVEZ PAS LE DROIT !

Ils étaient deux étages plus haut et trois chambres plus loin dans le couloir. Dark enfonça la porte et dégaina son arme, mais il était trop tard. Shane Corbett gisait sur le sol, perdant son sang par de multiples plaies, la plus sévère étant une large entaille au bas-ventre. Dark s'agenouilla pour vérifier son pouls, mais c'était inutile. L'homme sentait la mort. Des éclaboussures de sang maculaient la moquette, et sur le lit trois femmes étaient allongées, contemplant le chantier d'un regard vague.

Natasha courut vers la plus proche, la blonde, saisit la flûte brisée qu'elle tenait encore à la main et lui demanda :

– Où est-il ?

– Il est mort.

– Non, l'homme qui vous a amenées ici. Où est-il ?

– Je suis venue ici la reprendre.

– Écoutez-moi. Un homme vous a amenée ici. Il vous a fait entrer avec les autres dans cette chambre. Où est-il allé ?

Dark savait que c'était inutile. Quand Labyrinthe utilisait un comparse, il embrouillait son esprit et ses souvenirs. Il le désorientait au point qu'il se croyait dans une autre réalité, un univers que Labyrinthe contrôlait.

Ils l'avaient manqué de peu. Mais, comme d'habitude, Labyrinthe s'était gardé juste assez de temps pour pouvoir s'échapper.

À condition, bien sûr, que ce soit réellement lui qui ait filmé la mise à mort de Shane Corbett dans cette chambre.

Le monstre pouvait très bien se trouver à des milliers de kilomètres, occupé à préparer son prochain colis

42

Bruxelles, Belgique

Quelques secondes après que le téléphone eut sonné, Alain Pantin se rendit compte qu'il s'était endormi dans son bureau.

Il avait veillé très tard, à surfer sur les vidéos de Labyrinthe et à se préparer pour la série d'interviews du lendemain. Les internautes commençaient à mettre en ligne des sites très sophistiqués consacrés à Labyrinthe ; un article de Wikipédia donnait déjà la liste de ses victimes, assortie de documents qui « prouvaient » leur culpabilité. D'autres sites développaient des trouvailles « philosophiques » d'après ses vidéos de YouTube. D'autres encore tentaient de deviner l'identité de Labyrinthe, et Pantin avait été plus qu'amusé de voir son nom figurer parmi ceux des candidats potentiels.

À midi, après une épuisante succession d'interviews, il était revenu dans son bureau. Il s'était enfoncé dans son fauteuil et... s'était tout bonnement assoupi.

Jusqu'à cet appel de Trey.

– Vous avez une réservation sur un vol qui part dans deux heures.

– Ah ? Et où suis-je censé aller ?

– À Édimbourg. Vous intervenez au sommet WoMU de ce week-end. Vous me remercierez plus tard.

– Je veux vous remercier tout de suite. J'ai presque envie de vous embrasser.

Une intervention à la World Minds United – un *think tank* planétaire très en vue qui devait s'ouvrir le lendemain en Écosse ? C'était énorme ! Pantin n'avait jamais pu y assister, et encore moins y parler. Le monde entier aurait les yeux tournés vers Édimbourg. Des carrières politiques étaient nées dans ce genre de manifestation.

– Écoutez, je ne vous recommande pas de parler ouvertement de Labyrinthe, en l'occurrence… vous avez déjà officiellement condamné ses agissements et il n'est pas nécessaire de le rabâcher.

– Alors je fais quoi ?

– Profitez de cette tribune internationale. Tout le monde prétend vouloir écouter le reste du monde, mais en réalité l'orateur américain s'efforcera de dominer la conférence. Vous avez là une chance unique d'attirer sur vous les projecteurs et de communiquer sur vos projets.

– Je ne sais pas quoi dire…

– Ne dites rien. Annulez toutes les autres interviews et préparez votre discours sur le chemin de l'aéroport.

L'adrénaline balaya toute fatigue. Pantin se leva, s'étira longuement. Le sommeil, c'était dépassé. Quand on dort trop, on manque l'occasion de gouverner ce fichu monde.

43
Riggins

Quantico, Virginie / Manhattan

Toutes ces années avaient passé et Tom Riggins faisait toujours la même chose. Courir sur les scènes de crime. Ne pas dormir assez. Ne pas manger correctement. Avaler des pansements gastriques. Enquêter tout en pensant à son prochain verre. Se demander où étaient passées toutes ces années et pourquoi il continuait à faire tout cela.

Dès que la nouvelle du dernier assassinat de Labyrinthe éclata, Riggins se fit réserver une place dans le train pour New York. Par la route, on ne savait jamais quand on arriverait. Le chemin de fer était le moyen le plus rapide.

Cela dit, les Affaires spéciales n'avaient aucune raison officielle de se mêler de cette affaire – le FBI et Interpol l'avaient clairement stipulé, un ancien collègue de Riggins lui ayant même dit d'aller se faire voir. Ses demandes de déplacement à Dubaï et en Afrique du Sud ? Refusées. Les Affaires spéciales n'étaient pas les bienvenues.

Mais ça n'avait jamais retenu Riggins jusque-là.

Il prit donc le Metroliner jusqu'à Penn Station puis un taxi jusqu'à l'Epoch, où la police avait déjà bouclé le secteur. Riggins se rappelait l'hôtel à l'époque du 11 septembre.

L'établissement de luxe avait été achevé quelques semaines avant les attentats. Il était resté debout, mais tout le reste du quartier avait été rasé et reconstruit. De l'autre côté de la rue, le chantier de la Freedom Tower était bien avancé et atteignait déjà une belle hauteur. *Il était temps*, songea Riggins.

En entrant dans l'hôtel, il présenta son badge des Affaires spéciales et avait presque atteint le milieu du hall quand il aperçut Dark.

– Steve Dark !

– Riggins ?

La consternation se peignit sur le visage de Dark, comme si Riggins était un maître d'école qui venait de le pincer en train d'écrire des gros mots sur un mur.

– Eh bien, Dark, je suis un peu surpris de te trouver ici. J'ai toujours cru que tu détestais New York.

Riggins remarqua la belle brune qui l'accompagnait. Il était évident qu'ils étaient ensemble. Elle jeta un coup d'œil à Riggins, eut une moue réprobatrice et se retourna.

– Tu ne comptes pas me présenter ton amie ?

– Ce n'est pas le bon moment, Riggins. Nous devons partir.

La dernière fois qu'ils s'étaient vus, sur les lieux d'un autre crime, Riggins et Dark avaient fait la paix avec embarras. Le genre de trêve qui peut voler en éclats à tout moment. Et celui-ci semblait être arrivé.

Ainsi, son ancien protégé, Steve Dark, travaillait sur l'affaire Labyrinthe... Josh Banner lui avait dit que Dark travaillait sur l'attentat à la bombe de L.A. et le double meurtre de Malibu, mais Riggins pensait que c'était en dilettante. Mais là, il était à New York quelques heures après le crime. Il n'était pas venu ici sur un coup de tête. Il avait su que quelque chose se préparait.

– J'en déduis que tu continues de bosser en free-lance, dit Riggins. Toujours pour la salope pas claire contre qui je t'ai mis en garde ?

– Non.

– Alors pour qui ? C'est un secret d'État ou quoi ?

– Sérieusement, Riggins, je ne raconte pas de salades, on a un avion à prendre, répliqua Dark en le plantant là.

La belle brune anonyme lui emboîta le pas.

– Bon, alors on se voit sur la prochaine scène de crime, lui cria tout de même Riggins, en se demandant pourquoi il s'acharnait encore, après tant d'années.

44
Labyrinthe

J'ai une longue liste de choses à faire mais rien qui puisse s'effectuer à distance – et c'est une trop belle occasion pour y résister.

Cela fait un moment que je n'ai pas filé quelqu'un spontanément.

J'adore ça.

J'ai décidé de le suivre alors que j'étais assis dans le confortable hall de l'Epoch, à regarder tous ces policiers essayer de comprendre les détails de mon « crime ».

Deux enquêteurs en particulier m'intéressent. Ils ne sont pas de la police de New York, ni du FBI, ni d'Interpol, ni d'ailleurs. Pas le profil habituel. En repensant à mon deuxième exploit, à Dubaï, je me rends compte qu'ils y étaient aussi. Ils doivent appartenir à une autre agence.

Se pourrait-il que ce soit... l'unité secrète de Blair ?

Pendant que je réfléchis, un type du FBI – on les repère à leurs costumes mal coupés, à leur posture voûtée, aux chaussures, enfin, à tout ce qui trahit le bonhomme au bout du rouleau – s'approche d'eux et dit :

Steve Dark.

Eh bien, merci, monsieur du FBI. C'est gentil de me permettre de mettre un visage sur ce nom. J'ai lu des tas de choses sur Dark. Un individu extrêmement perturbé.

Et à son tour, Dark me donne le nom du type du FBI : Riggins.

Et une simple recherche sur mon smartphone me révèle son identité : agent Tom Riggins.

Leur rencontre n'est pas très cordiale. Il doit y avoir une sale histoire là-dessous. On dirait un père et son fils prodigue.

L'espace d'une seconde, j'hésite à tirer à pile ou face : suivre Dark ou Riggins ?

Mon intuition me souffle : Riggins. Si Dark me traque, ce serait bien d'en apprendre le plus possible sur lui.

Peut-être que je peux le convaincre...

Alors, quand tout le monde part...

... je le suis.

Un taxi dépose l'agent Tom Riggins à Penn Station, où il prend un train pour Washington.

Dans le train, je m'installe une rangée derrière lui, et de l'autre côté, si bien que je peux non seulement voir son profil et ses expressions faciales, mais aussi ce qu'il lit et qui il appelle.

Cela dit, il n'appelle personne.

Il reste assis à se morfondre.

De temps en temps, il ferme les yeux, se masse les tempes.

La jolie brune à côté de moi qui sent le romarin essaie de me baratiner – sans doute que mon costume, ma coupe de cheveux et ma montre ont éveillé son intérêt. C'est d'ailleurs leur fonction. C'est mon costume d'agneau.

Je bavarde donc un peu, parle sans m'engager, juste poliment, de tout et de rien.

Pendant ce temps je surveille Riggins.

Romarin me demande :

Qu'est-ce que vous faites dans la vie ?

Je réponds en souriant :

Je suis dans les assurances.

Tout en me disant : *je n'aurais qu'à me pencher et à te murmurer à l'oreille pour que, dès la deuxième phrase, tu entres en titubant dans le Labyrinthe, qu'à la troisième tu sois complètement perdue, et qu'arrivée à Washington tu sois entièrement à moi, espèce de sale pute, prête à faire ce que je te dirais à qui je te dirais. Nous pourrions passer une longue soirée consacrée à la dégradation et à l'autodestruction.*

Et je suis tenté, croyez-moi. On a beau s'être donné comme mission de sauver le monde, on a tout de même besoin de se détendre de temps en temps.

Mais c'est Tom Riggins qui m'intéresse.

Oui, c'est lui qui m'accordera le plus de plaisir ce soir.

Tom Riggins descend à Union Station, où il a laissé sa voiture – une berline sans intérêt, typique du FBI.

N'ayant pas de voiture, je ne peux le filer immédiatement.

Mais j'ai un appareil de localisation de la taille d'un timbre-poste que je colle sur la carrosserie, ce qui me laissera le temps de me renseigner sur le système de sécurité du domicile de Riggins.

Surprise – il n'y en a quasiment pas. Une banale alarme qui peut être désactivée par un simple coup de fil, où je prétends que je suis le gestionnaire de la copropriété et que je dois vérifier la plomberie de Tom Riggins. J'adopte un ton autoritaire et un peu las. On me croit.

Quand j'arrive une demi-heure plus tard à bord d'un véhicule volé, l'agent Riggins se prépare pour la nuit.

Il est là, à contempler le vide. Regardez-moi ça. Pitoyable. Il a passé presque toute sa vie à traquer des monstres, et tout ce qui lui reste c'est un grand vide dans son âme.

Comme une preuve de mes théories.

Tom Riggins va prendre dans son réfrigérateur de la crème glacée rance qu'il verse dans une grande tasse où il ajoute du scotch de mauvaise qualité avant de retourner dans son salon.

Je profite de cette diversion et j'enfonce la porte d'un coup de pied, puisque l'alarme ne retentira pas. Dans ma main gauche, un Taser. Les pointes fendent l'air et s'enfoncent dans la poitrine de Tom Riggins. J'appuie sur la détente. Un crépitement et il se retrouve à genoux, répandant le contenu de sa tasse sur la moquette minable qu'il n'a pas nettoyée depuis le jour de son emménagement. Je referme la porte derrière moi, car nous allons avoir besoin d'un peu d'intimité, Tom Riggins et moi...

Regardez-le ramper sur le sol, les fils toujours fichés dans sa poitrine, les doigts crispés, essayant de...

Oh, il doit avoir une arme cachée dans la pièce.

Tom Riggins, le dernier des coriaces.

Mais nous n'avons pas de temps à perdre avec ça. J'ai un avion à prendre demain matin, et comme j'ai dans l'idée que la nuit sera longue je décide de m'y mettre. Du bout de mes chaussures à 1 500 dollars, je retourne Tom Riggins sur le dos, pose un genou sur sa poitrine et lui fais une injection.

Je lui demande :

Tu veux savoir ce qui est arrivé à Shane Corbett ?

Il essaie de pousser un juron mais ne parvient même pas à le penser.

La drogue a déjà produit son effet et il a du mal à faire quoi que ce soit.

Je continue :

Bientôt tu vas le savoir.

Il grogne.

Et tu vas tout me dire sur Steve Dark.

45
Dark

Au-dessus de l'Atlantique

– Tu peux me dire à quoi cela rimait ?

– C'est un peu compliqué, répondit Dark après un silence.

Natasha et Dark traversaient de nouveau l'Atlantique. Damien Blair avait ravalé sa colère en apprenant que Steve Dark avait vu juste : Labyrinthe avait frappé à New York et ils l'avaient manqué de quelques minutes. Natasha avait regardé Dark fouiner sur le lieu du crime. C'était la première fois depuis des jours qu'elle le voyait reprendre vie. Quelque chose de primitif s'était réveillé en lui. Elle dut se répéter qu'elle aussi travaillait sur cette affaire en liaison avec la police de New York et le FBI, mais elle eut du mal à détacher son attention de Dark et de son évidente passion pour la traque. C'était un spectacle fascinant.

Tout avait changé dès l'instant où Dark avait vu l'agent Tom Riggins dans le hall : son ancien mentor – l'homme qui avait le premier décelé cette étincelle en lui puis convaincu d'entrer très jeune aux Affaires spéciales. Natasha avait lu le dossier à l'Alliance globale.

– Je comprends, continua-t-elle. J'ai aussi mes propres problèmes d'image du père.

– Ce n'est pas vraiment ce que j'appellerais une « image du père », nia Dark.

Natasha connaissait pourtant la vérité. La famille de Dark avait été massacrée. Et personne ne savait qui étaient ses parents biologiques. Tom Riggins était ce qu'il y avait de plus approchant de la famille.

Elle n'insista pas. Mieux valait se concentrer sur Labyrinthe. Elle voulait que la flamme brûle de nouveau chez Dark. Quand Damien Blair avait annoncé sa venue dans l'équipe, elle avait sérieusement douté – comme tous les autres. Un type lessivé. Un loup solitaire. Incontrôlable. Émotionnellement et sans doute psychologiquement amoché. Pas vraiment la recrue idéale.

Mais maintenant, elle avait vu l'étincelle qu'avait perçue Blair. Et elle savait qu'elle pouvait la refaire jaillir.

Elle posa sa main sur la sienne. Dark la regarda à peine, perdu dans ses réflexions sur Riggins. Soudain, il la vit vraiment. Ce fut comme s'il se rendait brusquement compte qu'ils étaient dans un jet privé affrété par l'Alliance globale, seuls, et qu'ils avaient encore beaucoup de temps devant eux avant l'atterrissage. Elle attendit un peu, puis elle l'embrassa.

Quelques heures plus tard, alors qu'ils entraient dans l'espace aérien français, Dark expliqua à Natasha pourquoi il pensait que Labyrinthe allait frapper en Écosse.

Le mot « politicien » dans la vidéo lui avait mis la puce à l'oreille.

Dans deux jours, Édimbourg accueillerait le sommet du WoMU – World Minds United. Les médias ne parlaient que de cela depuis des mois. Ce super *think tank* avait pour but de résoudre rien de moins que les problèmes d'inégalité dans le monde. Et tout serait diffusé en streaming sur Internet.

– C'est une tribune énorme, expliqua Dark. Labyrinthe ne pourra pas résister à une telle tentation. En fait, c'est peut-être ce à quoi il se prépare depuis le début.

– Tu crois que ce n'est qu'un tueur avide de publicité ? Qu'il fait tout ça pour qu'on parle de lui ?

– Tu vois une autre raison ? Je ne crois pas que cela l'excite de tuer. Les meurtres sont accessoires. C'est le message qui compte le plus. Il a même dit à Jane Talbot qu'il en avait fini avec les meurtres. Rappelle-toi qu'il a dit ça en direct à la télévision. C'était ça, la clé.

– Ça prouve simplement que Labyrinthe ment, objecta Natasha.

– Pas du tout ! Il n'a pas tué Shane Corbett. Il a trouvé d'autres gens pour le faire à sa place. Des femmes qui avaient de bonnes raisons de vouloir le faire souffrir. Labyrinthe ne s'est pas sali les mains. Il a juste donné à des victimes la possibilité de se venger elles-mêmes.

– Alors qui est le prochain que Labyrinthe va faire souffrir ?

46

Dark

QG de l'Alliance globale, Paris

Au siège de l'Alliance, Blair ne se répandit pas en félicitations auprès de Dark. Oui, il avait eu une bonne intuition, Labyrinthe avait frappé à New York et il était de plus en plus probable qu'il allait aussi frapper à Édimbourg.

Pour tout dire, Blair resta de marbre. Il digéra tous les détails, mais ne fit aucun commentaire. Quand Dark eut terminé, Blair hocha la tête et retourna dans son bureau.

L'équipe resta silencieuse un moment avant qu'O'Brian prenne enfin la parole.

– Hé, te vexe pas. Le grand chef a des tas de soucis. Il est obsédé par ce mec depuis des années.

– C'est ce que je ne comprends pas, répondit Dark. Labyrinthe n'est apparu que récemment. Je peux concevoir qu'on se prépare à l'apparition d'un cinglé comme Labyrinthe, mais on dirait que Blair attendait ce type-là en particulier depuis toujours.

– Eh bien, je suis la plus ancienne de vous tous dans l'équipe, intervint Natasha. Nous avons ciblé quantité de menaces dont personne n'avait conscience – et, je l'espère, dont personne ne saura jamais rien. Chaque fois, Blair compare l'affaire en cours au scénario de cauchemar qu'il a en tête. Chaque fois, cela n'a rien à voir. J'ignore pourquoi, mais si Blair pense que Labyrinthe est le scénario de cauchemar, je ne vais pas chercher plus loin.

– Ça ne change rien à notre tactique, dit O'Brian. Méchant, très méchant, super méchant, on les élimine de toute façon.

Dark se leva. Il savait que ses coéquipiers avaient raison, mais il manquait une pièce au puzzle.

– Où vas-tu ? demanda Natasha.

– Je reviens tout de suite.

Blair était à son bureau, dos à la porte, et contemplait les photos encadrées sur son mur. Famille, collègues, peu importait à Dark. Il ne cherchait pas à le connaître intimement, il voulait seulement que Damien Blair lui réserve un vol de retour vers L.A. Et s'il refusait, tant pis. Dark sortirait de sa vie encore plus vite que prévu.

– Qu'est-ce qui se passe ? demanda Dark. (Blair continuait de fixer le mur.) Vous m'avez entendu ? (Toujours rien.) Pourquoi vous nous cachez quelque chose concernant Labyrinthe ?

– J'étais justement en train de réfléchir à la manière dont j'allais vous dire que j'avais eu tort et que j'aurais dû vous faire confiance, dit enfin Blair en faisant pivoter son fauteuil. J'ai tenu à vous engager dans l'équipe pour exploiter vos intuitions. Vous me rappelez les meilleurs agents avec lesquels j'ai travaillé au fil du temps. Malheureusement, ce sont ceux-là mêmes qui n'ont jamais manqué de me frustrer. Parce que les meilleurs sont des loups solitaires. Je me demande pourquoi je suis attiré par ce genre d'individus...

Dark ne trouva rien à répondre et préféra laisser Blair suivre le fil de ses pensées.

– Ce que j'essaie de vous dire, reprit Blair, c'est que j'ai déjà eu des problèmes avec des loups solitaires ; c'est pour cela que j'étais décidé à vous mater dès le début. Mais j'ai beau chercher des défauts à votre théorie concernant New York et l'éventualité d'un attentat à Édimbourg... je ne trouve rien.

Vous êtes plus doué que moi pour vous mettre sur la longueur d'ondes de ce prédateur.

– Nous avons simplement des méthodes différentes.

– Exactement. Et à partir de maintenant, nous allons suivre vos directives, Dark. Rien ne compte pour moi, hormis capturer Labyrinthe. Nous allons partir pour Édimbourg et suivre vos instructions.

Dark hocha la tête, mais il n'était pas venu dans ce bureau pour piquer la place de Blair. Au contraire, il avait même pensé à démissionner.

– Pourquoi pensez-vous que Labyrinthe est le bon ? demanda-t-il après un moment de réflexion.

– Le bon ?

– Vous m'avez très bien compris. La menace pour laquelle vous vous préparez depuis longtemps.

– Il y a peu, vous m'avez dit que vous aviez pris l'avion pour New York à cause d'une intuition. Parce que vous y croyiez. Je vous demande de me croire, à présent.

Quelques minutes après que Dark eut quitté son bureau, Blair prit son portable et regarda à nouveau le SMS qu'il avait reçu une heure auparavant.

SAVEZ-VOUS que vous avez engagé un monstre ?

Le message était accompagné d'un lien. Blair avait cliqué dessus après une longue hésitation. Depuis le double meurtre de Los Angeles, Labyrinthe le défiait avec des messages personnels. Blair ignorait comment il avait déniché son numéro, puisqu'il ne figurait sur aucun annuaire et était impossible à repérer pour quiconque, membres de l'Alliance globale compris. De plus, après chacun des SMS de Labyrinthe – c'était le quatrième –, Blair se débarrassait de son téléphone et en achetait un neuf.

Le lien était une nouveauté. Labyrinthe avait-il trouvé quelque manière diabolique d'infecter son téléphone et, par ce biais, le système informatique de l'Alliance globale ?

Non.

En fait, le lien déclencha le téléchargement d'un petit fichier PDF. Un rapport d'analyse ADN marqué CONFIDENTIEL.

Blair avait lu le rapport et, de plus en plus horrifié, avait réuni les pièces du puzzle.

À présent, il se demandait s'il ne venait pas de commettre la deuxième plus grosse erreur de sa vie, ou si les deux allaient s'annuler.

47
Dark

Édimbourg, Écosse

Le colis arriva deux jours plus tard, le matin du sommet du WoMU, exactement comme l'avait prévu Dark.

Pas de drôle de coursier, cette fois, ni de livreur SDF. Le colis arriva par voie postale express depuis une adresse londonienne – qui se révéla par la suite n'être qu'un emplacement commercial inoccupé. Dark et le reste de l'équipe assistèrent à son ouverture par des experts de la police scientifique et à l'inventaire du contenu. Ils étaient placés derrière une épaisse paroi de Plexiglas blindé – par mesure de protection, évidemment, mais cela agaçait Dark. Il tenta de rappeler à la police écossaise que Labyrinthe n'avait fait exploser aucun de ses colis, mais seulement le livreur du premier. Les policiers se contentèrent de hocher la tête et continuèrent leur tâche avec des gestes précautionneux et d'une insupportable lenteur.

– Qu'ils arrêtent de lambiner et qu'ils ouvrent ce fichu colis ! s'énerva Dark.

– C'est la procédure, dit Natasha en fixant le policier écossais.

– On perd du temps.

Finalement, les policiers sortirent la nouvelle devinette. Même écriture en capitales, cette fois sur papier à en-tête d'un membre du Congrès américain. On projeta l'image scannée sur un écran plat.

UN HOMME VOUS DÉCLARE : « TOUT CE QUE JE DIS EST UN MENSONGE. » MENT-IL OU DIT-IL LA VÉRITÉ ?

LABYRINTHE

– Super, encore une petite énigme tordue, plaisanta O'Brian.

– N'oublie pas que la devinette n'en représente qu'une partie, dit Dark. Voyons ce qu'il a mis d'autre dans son colis.

La police sortit tout d'abord un parchemin jauni, incroyablement fragile, protégé par une pochette en plastique. Puis un chronomètre digital – plastique noir, marque courante, rien de remarquable au premier abord. Les Écossais continuaient d'opérer au ralenti, alors que rien n'avait explosé.

– J'en ai marre ! s'agaça Dark. Il faut que j'aille voir de près. Quand commence le sommet ?

– Dans une heure, répondit Natasha.

La porte restant close malgré ses frappements répétés, Dark soupira, recula et donna un coup de pied sous la poignée. Le bois se fendit et éclata. Il pénétra dans la salle, écarta les experts en tenue de protection et prit le chronomètre au bout de la pince du robot qui l'avait extrait du colis.

– Moins de cinq heures, annonça-t-il.

Une experte en documents historiques de l'université d'Édimbourg fut dépêchée au poste de police de Saint Leonard's Street. La femme cligna des paupières comme si elle se réveillait d'une sieste de cinq ans, mais authentifia le document comme datant de la fin des années 1780, en se hâtant d'ajouter que cette version de la Constitution ne pouvait pas exister.

– Pourquoi ? demanda Dark.

– Eh bien, selon une légende urbaine qui court dans le milieu des historiens, il y a eu une première version bien plus radicale de la Constitution américaine débattue par les pères fondateurs, expliqua-t-elle. Une version qui donnait beaucoup plus de pouvoir à l'exécutif, les citoyens ordinaires ne jouissant que de très peu des droits qui leur ont été accordés par la suite. On raconte qu'elle contenait un paragraphe instaurant l'esclavage, au lieu de l'approbation tacite de la version finale. C'est de toute évidence une invention des théoriciens du complot, tout comme ce document.

– Mais le papier et l'encre correspondent ?

– Eh bien… oui. Mais c'est absolument impossible !

Si un tel document existait, Dark le savait, il se vendrait sans aucun doute des millions de dollars sur le marché noir le plus secret. Pourtant, Labyrinthe avait trouvé un moyen de se le procurer. Et il l'avait expédié, sans assurance, par colis postal. Presque nonchalamment. C'était tout aussi important que le message lui-même, se dit Dark. Le criminel voulait leur faire comprendre qu'il disposait de moyens financiers illimités et qu'il pouvait tout se permettre.

Même toucher au cœur de ce que l'Amérique avait de plus cher.

La police s'efforça de dissimuler à la presse les détails du colis de Labyrinthe. Mais les journalistes semblaient déjà au courant : des tuyaux anonymes leur avaient fait prendre le mors aux dents. Ils étaient massés devant la porte du poste de police quand Dark et l'équipe sortirent.

– Il les informe, dit Dark. Il fait monter les enchères. Cela ne l'amuse que si tout le monde sait ce qu'il mijote.

Ils traversèrent la rue et gagnèrent le van noir qui avait été amené de Paris. Entièrement équipé d'ordinateurs, détecteurs de dispositifs d'écoute, armes, laboratoire d'expertise, et de tout ce dont l'équipe pouvait avoir besoin. Comme toujours avec Blair, on ne regardait pas à la dépense.

– Nous avons vu les indices, avertit O'Brian. Nous avons un exemplaire de la Constitution, un chrono et une devinette.

– Je ne sais encore rien.

– Oh, arrête, tu dois bien avoir une petite idée. Quelque chose de saugrenu. L'inattendu, c'est ta spécialité, non ?

– Deckland, la ferme ! lui ordonna Natasha. Nous allons avoir besoin d'aide, de toute façon. Blair est déjà sur place.

– Ah bon ? s'étonna Dark.

– C'est son milieu, n'oublie pas. Les aristocrates, les privilégiés, ces gens-là. Il va faire du relationnel et humer l'air du temps.

– Je croyais qu'il ne venait jamais sur le terrain.

– Apparemment, il a changé d'avis, dit Natasha.

– Allons-y, les coupa O'Brian. Je prends le volant, j'ai encore des nausées après la course que m'a fait subir Roeding à Johannesburg.

– J'y vais à moto, annonça Dark.

– Comment ça, à moto ? demanda Natasha.

– Au cas où tu en douterais encore, répondit-il avec un sourire, oui, on peut tout commander sur le petit site de Blair.

En l'occurrence, c'était une Ducati Desmosedici GP12. Moteur V4 à refroidissement liquide, modèle de course, et absolument pas autorisé en dehors des circuits.

Il attendit que les autres soient montés dans le van, puis il démarra pleins gaz et fila devant eux. O'Brian sourit en lui faisant un doigt d'honneur et en s'exclamant : « Génial ! » En tout cas, c'est ce que Dark crut avoir entendu.

Car, franchement, tout était allé très vite.

48
Dark

Pour un sommet censé amorcer une ère nouvelle d'entente mondiale, le niveau de sécurité était dément.

Et pas seulement à cause de la menace de Labyrinthe. La sécurité avait été planifiée longtemps à l'avance. Les pays participants avaient accepté une stricte politique d'interdiction des armes à feu. Aussi, même les vigiles à l'intérieur du bâtiment n'avaient rien d'autre que des Taser, des bombes lacrymogènes et des matraques. Les badges que Blair avait donnés à son équipe leur permirent de franchir le périmètre de sécurité du Parlement écossais ; ils furent néanmoins soigneusement palpés avant de pouvoir entrer dans le bâtiment principal.

Chaque entrée, si modeste fût-elle, était munie de scanners corporels intégraux dernier cri et de détecteurs ultrasensibles repérant toute trace d'explosifs, poudre, agents chimiques ou biologiques – et même substances radioactives. Blair avait reçu toute une documentation puis briefé l'équipe, mais ils ne pensaient pas que les files d'attente seraient aussi longues.

– Encore du temps perdu, râla Dark.

– Si nous avons du mal à entrer, Labyrinthe en aura aussi, observa Natasha.

– Tu crois vraiment ça ? Il est déjà là. Lui ou l'une de ses marionnettes. Et l'arme qu'il a choisie est probablement sur les lieux depuis longtemps aussi. Peut-être même depuis l'époque de la construction de cette horreur.

– Impossible, dit Natasha. Des agents passent les lieux au peigne fin depuis des jours. C'est blanc comme neige.

– Autant que peut l'être un bâtiment qui abrite des politiciens, murmura O'Brian.

– Attention, tu commences à parler comme lui, là, l'avertit Dark.

– Eh bien, je pourrais bien être d'accord avec cet attentat. Tuez-les tous ! voilà ce que je pense.

L'Irlandais prononça ces mots alors qu'ils arrivaient au contrôle. Le vigile les toisa avec un regard soupçonneux, malgré leurs badges.

– Désolé, fit O'Brian.

Ils n'étaient que tous les trois. Hans Roeding, qui refusait d'être désarmé, avait préféré rester dans le van garé dans la rue près du palais de Holyrood. Blair avait réussi à obtenir une autorisation de stationner dans le périmètre de sécurité. Si la traque de Labyrinthe devait se poursuivre à l'extérieur, il fallait que Roeding soit en mesure de le neutraliser immédiatement.

À l'intérieur, O'Brian se posta dans un coin avec son portable pour surveiller ce qui se disait sur les chats à propos du WoMU. Labyrinthe aimait appâter ses fans : il y avait des chances qu'il ait laissé un indice par mégarde.

Dark et Natasha étaient chargés de scruter le hall principal du Parlement : des milliers de mètres carrés de dangers potentiels.

– Que penses-tu de la devinette ? demanda-t-elle.

– L'homme qui te dit que tout ce qu'il raconte est mensonge ? Eh bien, il ment. Même s'il ment quand il prétend que tout ce qu'il dit est un mensonge, certaines de ses paroles peuvent être un mensonge. C'est le cas.

– Je te crois sur parole. Quel est le rapport avec la menace, alors ? Étant donné que la méthode employée est toujours cachée dans la devinette.

– Je te le dirai quand je le verrai.

WoMU était présenté comme un forum international où l'on pouvait débattre sans risques de représailles de gouvernements hostiles. Échanger des idées destinées à améliorer le sort de l'humanité. Aucune n'était trop grandiose ou trop modeste – on accordait à toutes la même valeur. Et surtout, les organisateurs promettaient qu'un plan d'action serait communiqué à tous les gouvernements du monde.

Dark trouvait que c'était une bien belle idée, mais ce n'était pas ce qui le préoccupait pour le moment.

Tout ce qui comptait, c'était que Labyrinthe considérait ce forum comme la tribune parfaite. Il était là, quelque part. Lui-même ou l'un de ses avatars.

Dark et Natasha avaient beau fouiller les lieux, ils ne trouvèrent aucune faille dans la sécurité.

Pas de cachette possible pour un tueur.

Toutes les personnes présentes dans le bâtiment avaient passé les contrôles.

Il y avait un détecteur de poudre et de radiations.

À peine dix personnes dans l'auditorium.

Et des vigiles partout.

Dark fut forcé d'en convenir : la sécurité était optimale.

Malgré tout, un doute le rongeait. Quelque chose clochait...

49
Dark

Après quelques heures de discours, plaidoiries et parfois diatribes incohérentes, le moment que tout le monde attendait arriva enfin : les questions aux dirigeants internationaux. Le premier à s'y soumettre fut Edah Ayres, le puissant sénateur américain. Grisonnant et barbu, il monta à la tribune et remercia le public.

Soudain, les médias s'agitèrent. Dans la zone réservée à la presse, cameramen, photographes et journalistes levèrent le nez. Avec un peu de chance, ils pourraient prendre le sénateur en flagrant délit de lapsus ou de mensonge, ce qui permettrait d'alimenter les infos pendant les prochaines vingt-quatre à quarante-huit heures. Idéalement.

– Merci de me recevoir parmi vous, commença le sénateur. Je suis honoré d'être en votre compagnie dans ce magnifique pays.

Dark et Natasha s'étaient placés au fond de l'hémicycle pour avoir une vue d'ensemble dégagée. O'Brian était dans la section presse, au cas où la marionnette de Labyrinthe se serait mêlée aux journalistes.

– Je n'en reviens pas, souffla Natasha en montrant sa tablette à Dark.

Une vidéo montrait ce que toute l'assistance pouvait voir de ses propres yeux : le sénateur en train de s'adresser aux délégués. Mais le site Web proposait un « plus » aux internautes. Un détecteur de mensonges superposé à l'image.

Alors que le sénateur Ayres parlait, un unique mot en rouge, en Helvetica gras, corps 72 apparut à l'écran :

MENTEUR

Le petit cadran en bas à droite de l'image passa également dans le rouge.

– D'où est-ce que ça vient ? demanda Dark. Où est ce site ? C'est peut-être une parodie ?

– Non, c'est un vrai site, dit Natasha en passant à un autre.

Ils virent le même détecteur de mensonges. Ainsi que sur un autre site d'informations en ligne réputé.

– Comment il fait ? demanda Dark.

Bien entendu, le sénateur, loin de se douter que ses paroles étaient passées au crible, continuait son petit laïus.

– Nous nous engageons à faire en sorte que le monde entier puisse connaître la liberté.

À l'écran, dans un corps encore plus gros :

MENTEUR

Entre-temps, certains journalistes et cameramen se rendirent compte de ce qui se passait. Des murmures s'élevèrent, les gens se mirent à téléphoner. Ayres jeta un bref coup d'œil dans les rangs des médias, intrigué par ce brouhaha, mais, se rappelant rapidement où il était et ce qu'il était venu faire, il sourit de plus belle et poursuivit :

– Et notre combat pour la liberté consiste en partie à garantir l'accès à l'eau et à la nourriture pour tous. Plus de trente-cinq mille personnes meurent chaque année de maladies liées à la malnutrition, et c'est pourquoi mon administration se bat depuis le début pour mieux comprendre les causes et les conséquences de la famine...

MENTEUR

Toute la salle s'était passé le mot : la ruche médiatique moderne était en effervescence. Des délégués échangèrent des regards décontenancés. Des cameramen, refusant de détourner leurs objectifs, commencèrent à vérifier que tous leurs branchements étaient corrects. Puis les assistants du sénateur eurent vent de ce qui se passait et une meute de jeunes gens en costumes anthracite commencèrent à se faufiler, courbés en deux, jusqu'à la tribune pour faire taire l'orateur le plus discrètement possible.

– Merde ! fit Dark. C'est en route.

– Quoi ? Tu as vu quelque chose ? demanda Natasha.

– Non, je le sens.

Et sur ces mots, Dark dévala l'allée centrale, mû par une sensation de danger imminent qui lui nouait le ventre.

Il était à mi-chemin quand l'explosion retentit, résonnant contre les murs de la salle.

Et la tête du sénateur Edah Ayres disparut dans une gerbe ensanglantée.

50

Alain Pantin assista à l'attentat depuis un côté de la salle et n'en crut pas ses yeux. Un assassinat ? En direct, sous son nez ?

Mon Dieu !

Quand il était étudiant en histoire, Pantin se demandait toujours ce que cela faisait d'être le témoin d'un moment historique – une victoire militaire, un discours marquant, un attentat terroriste. Maintenant qu'il se retrouvait aux premières loges, et non pas bien à l'abri devant un écran de télévision, il était glacé et paralysé.

Ce pauvre bonhomme là-bas, à la tribune, la tête ruisselante d'un sang si rouge qu'il avait l'air irréel. Qui titubait en arrière, toujours debout, les mains tremblantes, même pas capable de tomber et de mourir dignement. C'était un spectacle d'horreur. Le psychopathe avait attendu que le monde entier regarde le congrès, puis il l'avait transformé en snuff movie...

Le téléphone de Pantin vibra. Trey.

– Ne paniquez pas, dit celui-ci. C'est extrêmement important.

– Vous êtes en train de regarder ? demanda Pantin à mi-voix.

Il avait la chair de poule.

– Respirez. Gardez la tête froide. Et écoutez-moi.

– Écouter quoi ? Mais bon Dieu, Trey, est-ce que vous avez vu ?

– Alain, le monde veut savoir ce qu'il faut penser de ce dernier attentat et ça va être à vous de le lui expliquer.

– Mais je ne comprends pas ce qui se passe, Trey. Comment voulez-vous que je l'explique au reste du monde ?

– Concentrez-vous sur la raison pour laquelle Labyrinthe s'en est pris à Ayres. Il ne s'attaque qu'aux gens qui dissimulent quelque chose. Le monde sera rassuré de savoir que le sénateur n'était en rien différent de toutes les autres victimes. Lui aussi avait quelque chose à se reprocher.

– Bon sang, mon vieux... Vous voulez que je salisse un homme qui vient d'être assassiné ? Qu'il meure une seconde fois ?

– Vous n'avez pas à porter la moindre accusation. Condamnez ces agissements déplorables, demandez à Labyrinthe de formuler publiquement ses doléances. Restez concentré sur le message, et non sur l'acte.

Pantin hésita. Le chaos envahissait la salle. Tandis que certains se précipitaient vers le podium, d'autres cherchaient où pouvait se terrer l'assassin.

– Ne renoncez pas maintenant, continua Trey. Vous êtes l'homme le plus tenace que je connaisse. C'est pour ça que je vous ai soutenu. Ça n'en a peut-être pas l'air maintenant, mais ce soir sera votre moment.

– OK, céda Pantin avant de ranger son téléphone dans sa poche.

Il respira un bon coup, rajusta sa cravate, essuya du bout de l'index la sueur qui perlait à son front, puis descendit vers la tribune, vers la marée de journalistes qui se battaient pour s'emparer de l'événement.

Le monde veut savoir ce qui s'est passé.

Je dois le lui expliquer.

51

Après un assassinat – réussi ou non –, un certain pourcentage de témoins se précipitent pour se mettre à l'abri, préoccupés avant tout par leur propre survie. Mais une majorité surprenante se jette dans l'action. C'était le cas à présent. La sécurité ainsi que des ambassadeurs et d'autres personnalités commencèrent à s'interpeller et à chercher le tireur.

Dark savait qu'il n'y en avait pas. Pas au sens traditionnel, en tout cas. Le tireur était Labyrinthe, mais il avait opéré à distance.

Mais d'où ?

Et comment, dans une salle où même les vigiles n'avaient rien de plus puissant qu'un Taser ?

Dark balaya l'auditorium du regard en suivant la trajectoire qu'avait dû suivre le projectile. S'il avait eu plus de temps, il aurait pu utiliser un laser pour déterminer l'origine exacte du tir. Mais il n'en avait pas. Chaque seconde qui passait signifiait que Labyrinthe se rapprochait de la victime suivante.

– Dark !

Natasha l'avait rejoint en courant et lui montrait sa tablette. Un nouveau message était superposé à l'image de la salle bouleversée :

JE TE TEINS, SÉNATEUR !

– Qu'est-ce que ça veut dire ? l'interrogea-t-elle. D'habitude, Labyrinthe ne fait pas de fautes de frappe.

Un vigile avait rejoint le sénateur Ayres et l'entraînait vers la sortie. L'homme politique agitait les bras. Il souffrait, mais il n'était pas mort. Loin de là. Dark se fraya un passage dans la foule pour y voir de plus près. Le sang qui maculait le visage du sénateur... n'était absolument pas du sang.

JE TE TEINS, SENATEUR !

Labyrinthe n'avait pas fait de faute de frappe. Et il avait tenu la promesse faite à Jane Talbot. Il n'avait tué personne depuis son apparition à la télévision en Afrique du Sud. Au lieu de cela, il avait fait en sorte qu'un jet de teinture rouge éclabousse le sénateur menteur en plein visage devant des millions de spectateurs. Et quand ces images seraient relayées par d'autres sites, ils seraient des millions de fois plus nombreux encore.

Le politicien avait été marqué sinon au fer, du moins au rouge.

FIL DE L'AP

Dernière minute : Le sénateur Ayres victime d'un attentat à la teinture rouge lors d'un sommet en Écosse. Il serait blessé, mais dans un état stable.

CNN

Dernière minute : Labyrinthe s'exprime en direct.

En quelques secondes, tous les médias avaient été piratés.

Un homme, plongé dans une pénombre suffisante pour dissimuler son identité, apparut sur tous les écrans.

Des murmures parcoururent la salle. Des cris de panique fusèrent.

La silhouette s'avança dans la lumière et révéla son visage.

Le masque était une blague : un moulage du visage de Richard Nixon, comme en portent les enfants à Halloween ou les braqueurs de banques.

– Le gouvernement repose sur des menteurs et ce sont eux qui nous dirigent, dit-il d'une voix électroniquement déformée. Des politiciens qui sont là pour s'en mettre plein les poches au lieu d'aider le peuple. Des politiciens qui mentent sur tout. Je veux une société libre de toute politique. Que les bénéfices soient répartis équitablement entre tous et non pas réservés aux riches.

Dark fixa l'image. C'était fini, les vidéos gentiment téléchargées sur le Net. Labyrinthe s'adressait désormais au monde, parce qu'il savait que le monde était prêt à l'écouter. L'apparition dans l'émission de Jane Talbot avait été une répétition. Là aussi, c'était une répétition. Il s'avançait dans la lumière. Il narguait le monde. Il donnait à chacun matière à spéculer, méditer, s'extasier.

Quel est ton vrai visage ? se demanda Dark. *Quand vas-tu nous le montrer ? Quand il sera beaucoup trop tard ?*

Il continua à observer son attitude et eut le sentiment troublant que ce n'était pas une marionnette ou une doublure. C'était Labyrinthe en personne.

Il était toujours là, à Édimbourg.

Meek_One – M.J. Meakker
Je vois rouge, là. Dernière minute : le sénateur Ayres a été attaqué à la teinture rouge à la conférence en Écosse. État grave, mais pas préoccupant.
Il y a 3 minutes

AbleElba9 – Patrice Walker
Je sais pas si je dois rire ou me cacher sous mon lit.
Il y a 2 minutes

Dock728 – Jack Dougherty
Eh bien au moins, il ne l'a pas tué. Il avait promis à Jane Talbot, tu sais.
Il y a 2 minutes

EntertheLabyrinth – Labyrinth
@dock728 les politiciens nous mentent. Je ne mens PAS.
Il y a 1 minute

52

Dark

O'Brian ramassait les fragments de la caméra qui avait explosé quand Dark et Natasha le rejoignirent dans la section presse. Accroupi, il examinait à mains nues les morceaux de métal et de plastique dégoulinants de teinture rouge.

– Dis-moi que tu as trouvé quelque chose, Deckland ! lança Dark.

– Oui, je crois bien. Aïe ! s'écria-t-il en retirant précipitamment sa main. Merde ! Ce truc est carrément fondu !

– Qu'est-ce que c'est ?

– Eh bien, il sera difficile de laver le rouge de la honte sur le visage de notre bon vieux sénateur. Mais je crois que nous pouvons retrouver Labyrinthe grâce au mécanisme de déclenchement sans fil. Il fallait qu'il puisse le faire à distance et, d'après l'allure de ce composant à moitié fondu, il ne peut pas être bien loin.

– Alors tu peux le repérer ?

– Je peux essayer. Si je réussis à ranimer ce petit machin et à rétablir un signal, il pourrait nous conduire à notre ami Labyrinthe.

– J'y vais, dit Dark en touchant son oreillette. Tiens-moi au courant en route.

– Je viens avec toi, intervint Natasha.

– Non, il faut que tu remontes la piste des fils d'actualité. Labyrinthe n'a pas simplement téléchargé anonymement une vidéo, cette fois. Il a piraté les principaux réseaux d'information. Peut-être que nous pourrons remonter jusqu'à lui grâce à cela. Je suis sûr que les chaînes de télé essaient déjà de trouver d'où il émettait.

– Fais attention à toi, murmura-t-elle en lui effleurant la joue.

– Je vais mettre fin à cette comédie. Ce soir.

Dark se fraya un chemin dans la foule en présentant son badge sur son téléphone aussi souvent que nécessaire, et en poussant les gens quand cela ne suffisait pas. Il parvint enfin à sortir du bâtiment, courut jusqu'au van dont Hans Roeding, le voyant arriver, baissa sa vitre.

– Où on va ? demanda l'ancien soldat.

Dark ne voulait pas s'encombrer. Il devait pouvoir se mouvoir facilement et rapidement. C'est pour cette raison qu'il avait refusé que Natasha l'accompagne.

– J'ai une intuition. Reste là au cas où je me serais trompé.

– Je peux te filer un coup de main ?

– Oui. En restant ici.

Roeding se contenta de grommeler. Le soldat avait été formé à suivre les ordres, même s'il détestait celui qui les lui donnait. Et Blair avait été très clair : c'était Dark qui dirigeait cette opération.

– Il me faut une arme, demanda Dark.

Roeding fronça les sourcils, mais sortit un Glock 19 de sa boîte à gants. Il savait que ce semi-automatique, trop léger à son goût, était l'arme préférée de Dark. Pendant que celui-ci la glissait dans sa ceinture, il vit Roeding sortir une autre arme – un Derringer luisant qu'il lui tendit.

– Pour quoi faire ?

– J'ai toujours une arme de rechange. Tu devrais en faire autant.

– OK. Merci.

– De rien.

Dark glissa l'autre arme dans son dos.

EVENING MAIL

Dernière minute : Le sénateur américain est dans un état stable, mais les médecins redoutent que la teinture ait causé une cécité permanente et soit indélébile.

THE GUARDIAN

Dernière minute : Le député européen Alain Pantin déclare que les attaques de Labyrinthe ne cesseront peut-être pas tant qu'un « véritable dialogue » n'aura pas été établi et exige la tenue d'un nouveau forum.

Quelques instants plus tard, sur sa Ducati flambant neuve, Dark fonçait vers Canongate, la rue la plus ancienne d'Édimbourg. S'il la suivait jusqu'au bout, il arriverait au pied du château. Le sol était humide et l'air brumeux. Dark sentait les roues déraper sur la chaussée. Mais pouvoir conduire lui-même une moto était si agréable, après avoir été trimballé d'avions en taxis et en vans pendant des jours ! Il n'y avait rien de pire que de devoir se reposer sur autrui quand on voyageait.

Je suis comme toi, Labyrinthe.

Tu es du genre à voyager par tes propres moyens, n'est-ce pas ? Impossible à repérer. Capable de franchir les frontières sans peine. Tu es expert dans l'art de voyager. Sans quoi, tu ne commettrais pas tes attentats partout dans le monde. Tu es à l'aise n'importe où. Peut-être que tu as toujours vécu comme cela. Peut-être que tu es un ancien militaire, ou un ancien de la sécurité, ou un diplomate. Quelqu'un qui a toujours été en déplacement.

– Tu m'entends, Dark ? grésilla la voix d'O'Brian dans l'oreillette.

– Oui.

– OK, je te vois. Il semble que les signaux proviennent d'en haut de la rue, presque à côté du château.

La moto remontait la voie à toute vitesse. Il y avait des gens partout – sur les trottoirs, la chaussée, sans parler des autres véhicules. Le WoMU avait été le prétexte d'innombrables fêtes et soirées. L'Écosse était au centre de l'attention du monde entier en ce moment, et les Écossais en profitaient. L'attentat contre le sénateur avait évidemment jeté un certain froid sur les festivités.

– Arrête-toi, tu es tout près.

Dark se gara et vérifia son Glock.

– Dis-moi où je vais.

De ce côté de la rue s'élevaient des immeubles de trois étages, plusieurs fois centenaires. À ses débuts, Édimbourg avait manifestement décidé de s'étendre verticalement – et sur les quelques étages que permettait l'architecture de l'époque. Puis, quand la ville avait manqué de place, on avait commencé à creuser et donné naissance à un étourdissant réseau en sous-sol. Comme à Paris. Dark n'avait jamais vu autant de labyrinthes que ces derniers temps.

Il se rendit brusquement compte que c'était éminemment logique : si Labyrinthe voulait se cacher, ce serait forcément dans un dédale souterrain.

– OK, reprit O'Brian, je me sers de ton portable pour capter ta position et je suis le signal émis par la caméra.

– Dis-moi simplement où aller, dit Dark.

– Tu as une entrée sur ta droite ?

Il y en avait une. Un porche voûté avec une pancarte indiquant BUCHAN'S CLOSE. Une grille en interdisait l'accès presque jusqu'en haut.

– Passe par là.

– C'est fermé.

– Trouve le moyen de passer. Il n'y a pas d'autre entrée, à moins d'effectuer un grand détour par l'autre côté du pâté de maisons. Et il te faudrait escalader un mur de quinze mètres de haut.

Dark sortit son Glock, le braqua sur le cadenas et la chaîne, mais hésita. Une détonation pouvait alerter Labyrinthe s'il était à l'intérieur. Il rengaina son arme, examina la gouttière qui descendait le long de la façade et vérifia sa solidité. Elle semblait pouvoir supporter son poids. Rapidement, il grimpa le long du tuyau, arriva au sommet de la grille et l'enjamba avant de sauter dans l'obscurité en sortant son Glock.

– J'ai une meilleure réception du signal, annonça O'Brian. Il vient du toit.

– Reçu.

Dark savait que Labyrinthe ne serait pas sur le toit, ni même dans les étages. Il serait en bas. Au sein d'un dédale de pièces en sous-sol. Quelque part dans d'étroits couloirs souterrains.

Tenant son arme à deux mains, Dark descendit l'escalier en tendant l'oreille.

Les monstres adorent les sous-sols.

53
Labyrinthe

On vous marquait, dans le temps.

Si vous étiez un criminel.

Selon la loi anglo-saxonne, les vagabonds et les gitans étaient marqués au fer rouge d'un grand *V* indélébile sur la poitrine. Ceux qui avaient été mêlés à des rixes et à des bagarres, d'un *F*. Les esclaves, d'un *S*. Quant aux voleurs, ils étaient marqués aux joues afin que tout le monde sache qu'ils n'étaient pas dignes de confiance.

Il n'y a pas si longtemps, deux siècles à peine, les soldats déserteurs ou déloyaux étaient marqués au fer ou tatoués des lettres *BC – bad character* (mauvais sujet).

Le sénateur Ayres méritait d'être marqué.

J'aurais pu lui brûler le visage. Mais nous sommes au XXIe siècle, après tout.

Certains estimeront sans doute que c'était un geste cruel.

Cela changera quand je publierai en ligne la véritable biographie de notre bon sénateur, celle que son bureau ne distribue pas, celle que je compile depuis dix ans, sur ses prétendus efforts humanitaires pour éradiquer les maladies et la famine, sur les millions de dollars qu'il a récoltés...

Et sur l'usage qu'il en fait…

Une splendide demeure de la banlieue résidentielle d'O'Fallon, à Saint Louis, dans le Missouri...

Une résidence secondaire près de Myrtle Beach.

Une table toujours abondamment garnie pour régaler en permanence famille, maîtresses et amis.

Aimez-vous prendre le soleil à la plage, mon cher sénateur ?

Eh bien, je vous ai évité d'avoir à faire cet effort, n'est-ce pas ? Un coup de soleil sublimera votre visage pour le reste de votre vie.

Je surveille la fébrile agitation qui règne dans les médias, ravi que le message se répande.

Quand j'entends un bruit.

Dans le couloir.

Furtif.

Mais je l'entends.

Je me retourne...

Pour entrer dans le Labyrinthe, connectez-vous à Level26.com et saisissez le mot de passe : « entrer ».

54

Dark

Non.
Impossible.
Pas lui.
Pas ici.

Tout était arrivé comme dans un épais brouillard – la poursuite, les balles de Dark qui avaient manqué Labyrinthe...

Non seulement manqué, mais semblé passer au travers.

Dark n'avait jamais vu un suspect se déplacer aussi vite. Et il avait failli ne pas voir la silhouette revêtue d'une robe de bure se précipiter sur lui et le frapper en pleine poitrine avec une force et à une vitesse incroyables.

C'est à cet instant qu'il reconnut le masque de Labyrinthe.

Le masque pointu que portaient les médecins médiévaux auprès des victimes de la peste.

En forme de bec de corbeau, noir, grotesque – mais où perçaient deux yeux trop humains.

Dark eut à peine le temps de l'entrevoir que le combat reprit, puis la poursuite. Il faillit tomber à genoux, mais s'efforça de reprendre son souffle.

Pense à l'oxygène, à l'adrénaline. Tu auras mal plus tard. Bouge-toi. Le monstre s'enfuit...

Dark le suivit dans l'escalier malgré la douleur lancinante qui lui déchirait le ventre, étage après étage, jusqu'à ce qu'il arrive enfin au dernier où...

Quelque chose s'empara de lui.

Lui fit faire volte-face.

Dark cribla le visage de son agresseur de coups de poing. Son bras semblait doué d'une vie propre et frappait mécaniquement, animé d'une seule idée : terrasser définitivement Labyrinthe.

C'est alors que le masque de corbeau se brisa sous ses coups et révéla… un autre masque.

55

Labyrinthe

Oh, Steve Dark.

Depuis que je t'ai croisé à New York, j'avais le sentiment que nous nous retrouverions.

Et on ne rencontre pas quelqu'un sans lui apporter un petit cadeau.

Alors j'ai fait quelques recherches sur ton univers...

Et, oh, tu n'imagineras pas ce que j'ai déniché.

J'ai eu du mal à me retenir.

J'ai failli te l'envoyer directement.

Mais je me suis dit qu'il valait mieux attendre.

Je savais que tu finirais par arriver.

Et tu es venu.

Tu m'as trouvé.

Tu peux être fier de cela, au moins.

Personne ne m'a jamais regardé dans les yeux ni n'a réussi à voir à quoi je ressemble vraiment.

Ni même à se faire une idée.

Tu es entré et tu as atteint le centre du labyrinthe comme une brave petite souris, n'est-ce pas ?

Tu as fait bien plus d'efforts que Damien Blair.

Il m'a fallu un petit moment pour trouver le bon modèle, celui que Tom Riggins m'avait décrit, mais cela en valait la peine.

Le masque.

Du latex noir avec des zips à la place de la bouche et sur le sommet du crâne.

Des orifices pour les yeux, pour que celui qui le porte puisse voir parfaitement.

Il fallait le graisser à l'intérieur et cela allait salir mes cheveux.

Mais ça en valait la peine.

Oh, l'expression sur le visage de Steve Dark.

Fracasser le visage de ton tout dernier ennemi, puis découvrir dessous celui de ton ennemi juré.

Sqweegel.

Je n'ai même pas à prononcer un mot.

Le choc te paralyse temporairement. C'est le visage que tu vois dans tes cauchemars, n'est-ce pas, Steve Dark ? Tom Riggins le voit aussi. Constamment. Il ne te le dit jamais, mais ce visage est sa plus grande terreur. Il a peur de se réveiller au beau milieu de la nuit et de le découvrir penché sur lui, et plus encore de reconnaître tes yeux par les orifices, et ta bouche, déformée par un rictus malsain.

Tom Riggins a peur de cela parce qu'il connaît la vérité sur toi, Steve Dark. Il sait quel sang coule dans tes veines.

Je le sais moi aussi.

Et toi ?

Non.

Je ne crois pas.

Le magnifique moment de paralysie de Steve Dark, c'est tout ce qu'il me faut. J'ai choisi cet endroit précis. Je l'ai amené à cet emplacement du labyrinthe parce que je savais que ce serait à mon avantage. Et Steve Dark m'y a suivi tête baissée, comme tous les autres.

Tout le monde a un secret qui peut être arraché aux tréfonds de sa personne et brandi, ruisselant de sang, pour être exposé en pleine lumière.

Le secret de Dark est plus grandiose et plus hideux que tous les autres.

J'ai choisi cet endroit à cause de la fenêtre située derrière Steve Dark.

Le visage de Sqweegel le pétrifie un instant.

Je n'ai dès lors aucune peine à le défenestrer.

Pas entièrement.

Je le tiens encore par ses bras ensanglantés, je le regarde se tortiller et tournoyer, essayer de se libérer de mon emprise, agiter les jambes pour tenter de trouver un point d'appui.

Mais il est en mon pouvoir, désormais.

Et j'ai son deuxième cadeau.

Je le tiens toujours d'une main et, de l'autre, je fais glisser le zip de ma bouche.

Et je lui dis :

Sept allèles sur onze.

56

Dark

Sept allèles sur onze ?

Cela ne voulait rien dire. Rien de tout cela ne tenait debout. Pourquoi Labyrinthe le laissait-il suspendu à cette fenêtre, quatre étages au-dessus du granit des rues d'Édimbourg ? Pourquoi ne l'avait-il pas tout simplement tué ? Dark chercha un point d'appui du bout du pied, afin de pouvoir entraîner ce salopard dans sa chute.

L'homme qui portait le masque de Sqweegel continuait sa litanie :

– Sept allèles sur onze, Steve Dark. Sais-tu ce que cela signifie ?

– Je t'emmerde.

– Cela signifie qu'il y en a assez pour que les profils génétiques correspondent, Steve Dark.

Dark avait des connaissances en génétique. Mais qu'est-ce que cette ordure essayait de lui faire comprendre ? C'était un moment sacrément mal choisi pour lui faire un cours magistral sur l'analyse d'ADN.

Puis il se rappela l'autre arme – le Derringer que Hans Roeding lui avait donné. Glissé dans sa ceinture, contre ses reins. Il en sentait le poids.

– Tom Riggins a procédé à l'analyse, continua Labyrinthe. Il me l'a dit. Il a recueilli un échantillon sous les ongles du cadavre de ta femme et il l'a analysé.

Ne l'écoute pas. Libère simplement ton bras. Libère-le d'un coup, passe la main dans ton dos, empare-toi du pistolet, mets-le en joue et fais exploser sa saloperie de sale gueule gainée de latex...

– Tom Riggins t'a dit que Sqweegel était un mystère. Mais figure-toi que Tom Riggins a menti effrontément. Il a trouvé une concordance. Sept allèles sur onze.

Dark libéra brusquement sa main et sentit un éclat de verre s'enfoncer dans son avant-bras.

Ne fais pas attention à l'entaille profonde. Oublie la douleur cuisante. Concentre-toi sur l'arme.

– Où vas-tu ? demanda Labyrinthe. Tu ne veux pas savoir à qui cela correspondait, Steve Dark ? Sept allèles sur onze ?

N'écoute pas.

Dark arracha l'arme de sa ceinture.

– À toi, Steve Dark.

Dark braqua l'arme sur le visage de Labyrinthe et répliqua : « Va te faire foutre ! » avant d'appuyer sur la détente.

Le psychopathe le lâcha et Dark plongea vers le sol, son arme toujours levée, se demandant pourquoi la balle n'avait pas fracassé le crâne de cette ordure. Il tira de nouveau, encore et encore – *les balles passaient au travers comme si c'était un spectre ou quoi ?* – puis il s'écrasa sur le sol.

57
Dark

Hans Roeding fut le premier sur les lieux et trouva Dark inconscient sur le trottoir auprès de Buchan's Close. Il chercha son pouls. Il battait distinctement, mais Dark ne réagissait pas. Roeding prit le Derringer encore chaud qu'il tenait dans la main.

Quand O'Brian et Natasha le rejoignirent un instant plus tard, Roeding avait déjà fracassé la grille pour entrer et leur signalait que Labyrinthe – si c'était bien lui qui avait attaqué Dark – restait introuvable. Blair contacta la police pour déclencher une chasse à l'homme dans les rues d'Édimbourg et envoyer des équipes dans les gares, les aéroports et sur tous les accès routiers, mais Labyrinthe était un maître en la matière. Sans doute avait-il prévu plusieurs portes de sortie et choisi celle qui lui convenait le mieux. De plus, ils n'avaient aucun signalement. Et quand bien même, il y avait de grandes chances pour que Labyrinthe ait déjà modifié son apparence.

Natasha se proposa pour accompagner Dark jusqu'à l'hôpital de la Pitié-Salpêtrière à Paris. S'il reprenait conscience, il pourrait lui décrire Labyrinthe.

Assise sur le banc de l'hélicoptère, elle contempla son visage. Sous les paupières, ses yeux bougeaient rapidement, si vite qu'elle eut peur qu'il fasse une attaque cérébrale. Il avait le visage contusionné et ensanglanté. Dark n'était pas seulement tombé de quatre étages – il avait lutté contre Labyrinthe.

Évidemment !

Le domaine d'expertise de Natasha Garçon n'était pas la police scientifique, loin de là, mais elle avait suffisamment travaillé sur le terrain pour savoir comment prélever des échantillons. Elle chercha dans la trousse de secours un scalpel, des pinces, de la gaze stérile et des sachets. Puis elle souleva la main gauche de Dark et préleva un échantillon.

Labyrinthe n'avait jamais laissé aucune trace analysable, mais peut-être que Dark l'avait poussé suffisamment à bout pour qu'il commette une erreur.

Les doigts de Dark tressaillirent. Elle eut l'impression que c'était seulement la veille qu'il l'avait caressée. Et en même temps, cela lui paraissait une éternité.

58
Riggins

Quantico, Virginie

Le lendemain matin de l'agression, Tom Riggins se réveilla et fixa le plafond, se demandant s'il ne devait pas tout simplement se tirer une balle pour régler tout cela une fois pour toutes. Ou se mettre à boire tout de suite pour atténuer la douleur qui le parcourait de la tête aux pieds. Mais oui, boire. Exactement ce qu'il fallait à son esprit fracassé.

Le fait qu'il ne soit pas mort était en soi un miracle.

Mais qu'est-ce qui s'était vraiment passé ?

Sa mémoire lui paraissait comme une télévision qui zappe de chaîne en chaîne toutes les deux secondes sans laisser le temps de saisir la moindre image. Les comas éthyliques, il connaissait, mais il n'avait jamais connu quelque chose de ce genre. Il avait l'impression qu'on lui avait fendu le crâne en deux et raclé la cervelle avec un couteau de boucher pour ne rien y laisser.

Mais ce qui lui faisait le plus mal, c'était la vérité.

Il s'était laissé prendre comme cible.

C'était précisément ce contre quoi il mettait en garde toutes les nouvelles recrues des Affaires spéciales : s'ouvrir, révéler quelque chose sur soi-même, donner à la proie une raison d'inverser les rôles et de se mettre à vous traquer. Une foutue erreur de bleu. Comme si Riggins avait eu besoin d'une preuve supplémentaire que sa carrière était finie, qu'il était au bout du rouleau et bon à jeter…

Il se releva de la moquette sale, gagna la cuisine d'un pas incertain, ouvrit le robinet, se baissa, prit un peu d'eau froide dans le creux de ses mains, se rinça la bouche et cracha. Il avait la langue râpeuse. Cet enfoiré lui avait refilé un truc costaud. Une espèce de sérum de vérité, parce que Riggins se souvenait d'avoir parlé. Beaucoup. Sans s'arrêter. Et pourtant, il n'était pas du genre bavard.

Cela commençait à lui revenir. Son agresseur – si c'était ce dingue de Labyrinthe – lui avait posé des questions sur Steve Dark.

Des millions de questions.

Bon Dieu, qu'avait-il dit ?

D'accord, il avait été drogué. Mais ce n'était pas tout. Il y avait cette manière dont Labyrinthe vous claquait la cervelle, un coup d'un côté, un coup de l'autre. Pas vraiment de la torture, mais une thérapie extrêmement brutale. La drogue vous empêchait tout simplement de la fermer et de faire la sourde oreille.

Riggins allait dans la salle de bains quand le téléphone sonna. Il rebroussa chemin pour décrocher.

– Agent Riggins ? demanda une voix de femme.

– De la part de qui ?

– Je m'appelle Natasha Garçon. Nous nous sommes croisés à New York, à l'Epoch Hotel.

– Ah oui. Je crois qu'on n'a pas vraiment été présentés. Qu'est-ce qu'il y a ? Il va bien ?

– Non, pas du tout. Il a fait une chute à Édimbourg.

– Une quoi ? Où ça ?

– Il est toujours inconscient. J'ai juste... pensé qu'il fallait vous prévenir. Dark m'a dit qu'il n'avait pas de famille en dehors de vous. Et de sa fille.

Même après les événements des douze dernières heures, Riggins fut sincèrement surpris d'entendre que Dark pouvait parler de lui comme d'un membre de sa famille.

Et tout aussi surpris de se retrouver à attendre le dernier vol en partance pour Paris. Pas d'ordre officiel ni d'approbation du FBI. Il payait de sa poche un aller simple qui coûtait un bras. Assis au bar du terminal, il descendait les verres de bourbon à mesure que le barman les servait. Il avait pour principe de se soûler avant de prendre l'avion, car il estimait qu'il n'y avait rien de pire que de voler. En attendant l'embarquement, il appela Constance.

– Il faut que vous trouviez ce qu'est l'Alliance globale.

– Riggins ? Mon Dieu...

– Et qui est une certaine Natasha. Vous pouvez me rendre ce service ? Je sais, vous êtes occupée, mais...

– J'imagine qu'elle n'a pas de nom de famille ? soupira Constance.

– Qu'est-ce que vous croyez ? Gar... quelque chose. Garcès ? Garcin ? Elle l'a prononcé trop vite... Mais si vous trouvez l'Alliance globale, vous la trouverez.

– Où êtes-vous, Riggins ?

– J'essaie d'être à la hauteur, mais je vais sûrement aggraver la situation. En d'autres termes, comme d'habitude. Je vous rappelle dans sept heures.

59
Riggins

Paris, France

Le vol pour la France ne fut rien à côté du trajet jusqu'à la chambre de Dark à la Pitié-Salpêtrière. *Merde,* se dit Riggins, *déjà que j'arrive à peine à prononcer le nom de l'hôpital.* Après avoir débarqué, il avait appelé Natasha Garçon – qui fut surprise d'apprendre qu'il avait fait tout ce chemin. Cependant, elle était parvenue à le mettre sur la liste des visiteurs autorisés. Le contrôle de sécurité fut plus approfondi que sa dernière coloscopie. Et même après cela, on l'accompagna jusqu'à la chambre, arme au poing, prêt à tirer au cas où il filerait comme un pet. Peu importait qu'il travaille pour le FBI. Peu importait la distance qu'il avait parcourue pour voir ce patient. Ils étaient employés par cette fameuse Alliance globale, et ils étaient payés pour ne prendre aucun risque.

– Vous embauchez pas, des fois ? demanda-t-il.

Il ne reçut aucune réponse. Riggins remarqua qu'ils portaient de sacrés gilets pare-balles sous leurs treillis noirs et gris, et qu'ils avaient des SIG Sauer et des MK23 MOD calibre 45 avec silencieux et visée laser.

– Bon, d'accord.

Quand ils furent arrivés devant la chambre de Dark, Riggins eut droit à une autre palpation – « Non, mais vous rigolez, les mecs ? » – avant de pouvoir y pénétrer. Riggins trouva que c'était se donner beaucoup de mal pour ce qui allait sûrement être décevant. Garçon lui avait dit que Dark était toujours inconscient et il s'attendait à passer près de huit heures au chevet de Dark dans la pénombre en pestant de ne pas pouvoir fumer.

Mais le lit de Dark était relevé, même s'il avait encore une perfusion dans le bras. Il avait des cernes noirs sous les yeux. Riggins ne l'avait jamais vu aussi épuisé et mal en point. Mais au moins il avait repris connaissance. Et ça, c'était énorme.

– Riggins, murmura Dark.

– Salut. Tu es réveillé !

– Oui. Natasha m'a dit que tu allais peut-être venir, alors j'ai pensé qu'il valait mieux sortir du coma, sinon je serais obligé de t'entendre radoter dans mon subconscient.

– Je vais probablement radoter quand même, dit Riggins avec un sourire forcé.

– Je m'en doutais.

– Alors, qu'est-ce qui s'est passé ? Et c'est quoi cette Alliance globale avec qui tu as signé ?

Dark lui raconta les grandes lignes – comment il avait été recruté, la traque de Labyrinthe, leur lutte à Édimbourg. Riggins écouta le récit de leur affrontement. Les balles qui semblaient lui passer au travers. Sa vitesse et sa force surnaturelles. Riggins se mordit la langue. Il se rappelait son agresseur, sa force étonnante et ses mouvements furtifs. Impossible de riposter correctement. Ce salopard lui était tombé dessus comme un fauve. L'avait piqué. Et lui avait fendu le cerveau en deux...

– Il m'attendait, expliqua Dark. Moi, personnellement. Parce que sous son premier masque, il portait une réplique du masque de Sqweegel.

Riggins se figea instantanément.

– Tu rigoles. Comment il a pu... ?

– On ne parlait que de Sqweegel dans les médias il y a cinq ans. Ce n'était pas très difficile de trouver ça dans mon passé. Mais sa manière de parler... C'était comme s'il savait beaucoup plus de choses que ce qui a été publié dans la presse.

– Hum…, fit Riggins.

Les pensées se bousculaient dans son esprit. Les souvenirs épars de son agression commençaient à prendre tout leur sens. Oh, que oui ! L'agression. Il se rappelait presque tout, à présent. *Tu vas tout me dire sur Steve Dark.* Merde, qu'est-ce qu'il avait bien pu raconter à ce salaud ?

– Le plus bizarre, continua celui-ci, c'est qu'il ne voulait pas me tuer. Il m'a lâché faute de mieux, parce que je m'apprêtais à lui faire sauter la cervelle. C'est comme s'il avait voulu m'embrouiller l'esprit, me détourner de ma tâche.

– Pourquoi ?

– Parce que je ne suis pas une cible pour lui. Il me prenait suffisamment au sérieux pour vouloir me neutraliser, mais ne voulait pas se fatiguer à me tuer. Il est extrêmement précis avec ses proies, et tout autant dans les explications qu'il fournit aux médias. C'est ça, le truc de ce type, Riggins. Il est différent des autres malades et pervers qu'on a traqués pendant des années. Regarde ceux auxquels il s'en est pris jusqu'à maintenant. Tous garantissaient de faire les gros titres.

– Ce n'est pas le premier psychopathe qu'on poursuit et qui aime lire ses exploits dans la presse, observa Riggins.

– Mais pas comme celui-là. Il est plus porté à l'idéologie qu'au meurtre. Il ne tue même pas toutes ses cibles. C'est ce qui m'inquiète. Un tueur de niveau 26 sème les victimes sur une piste qui mène à quelque chose de grandiose. La question, c'est : vers quoi nous entraîne Labyrinthe ?

– Pas la moindre idée, reconnut Riggins.

Il n'écoutait qu'à moitié, trop occupé à reconstituer le puzzle de son agression tandis que l'horreur et la honte l'envahissaient. Pendant presque six ans, Riggins avait enfoui au plus profond de son esprit un affreux secret sur Steve Dark et l'avait recelé. Labyrinthe le lui avait-il extorqué avec son sérum de vérité et ses questions ?

– Tu sais, ça me fait plaisir que tu sois venu, dit Dark. Ça compte beaucoup pour moi.

– Qu'est-ce qu'il t'a raconté ? répondit Riggins. Tu m'as dit qu'il savait sur Sqweegel des trucs qui n'étaient pas parus dans la presse.

Dark resta silencieux un moment avant de répondre :

– C'est sans importance.

Riggins serra le poing tellement fort qu'il enfonça ses ongles dans sa paume. Merde. Labyrinthe est au courant. Il sait, et il a dit la vérité à Dark pour avoir un avantage tactique. Et maintenant, Dark le sait...

Le secret que Tom Riggins avait juré de toujours dissimuler à celui qu'il considérait comme son fils.

Sqweegel, leur ennemi juré, l'homme qui avait massacré la famille adoptive de Dark et sa bien-aimée épouse Sibby, était de sa famille…

Comment cela allait-il l'affecter ? Riggins osait à peine regarder Dark dans les yeux de peur de se trahir. La culpabilité. La honte.

– Riggins…, souffla Dark.

– Oui ?

– Regarde-moi. (Riggins leva les yeux.) Je vais me remettre. Je suis salement amoché et il m'a bien embrouillé l'esprit, mais je survivrai. Tu crois que je vais péter un plomb ?

– Oui. Non. Pardon. Écoute, je suis juste crevé et j'ai la gueule de bois. Tu me connais : impossible de prendre l'avion à jeun.

– Eh bien, prends du café. Parce que j'ai un service à te demander.

Riggins fut de nouveau surpris. Dark s'était fait un point d'honneur de préciser à Riggins qu'il n'aurait plus jamais besoin de lui.

– Qu'est-ce qu'il te faut ?

– Retrouve Natasha et aide le reste de l'équipe à pincer ce salaud.

– Quoi ? Tu veux que moi je bosse avec ta super équipe ? Tu rigoles ?

– Ils ont tout : armes, argent, ordinateurs, laissez-passer. Mais ils n'ont plus de chasseur d'hommes. Il leur faut quelqu'un qui a l'expérience des tueurs de niveau 26. Ils ont besoin de toi.

– Hé, c'est toi qu'ils ont engagé. Pas ton ancien chef qu'on va bientôt remiser au garage !

– Riggins, je n'ai même pas encore essayé de marcher jusqu'aux toilettes. Et quand j'y serai arrivé, j'ai l'impression que je vais pisser pas mal de sang. En attendant, ce Labyrinthe va continuer d'envoyer ses petits colis et d'avancer vers quelque chose que... eh bien, franchement, qui m'inquiète à mort. Je me sentirais nettement mieux en sachant que tu es dans le coup.

Riggins l'écouta. Il y avait de quoi être flatté : l'élève complimentait le maître. Mais la honte et la culpabilité prirent le dessus.

– OK, je vais vous filer un coup de main, se contenta-t-il de répondre.

THE GUARDIAN

Dernière minute : Une nouvelle menace de Labyrinthe aurait été livrée au Vatican.

NEW YORK TIMES

Exclusif : Alain Pantin appelle à arrêter Labyrinthe avec non pas des armes mais des idées.

60

TRANSCRIPTION : CORMAC JOHNSON HOUR, CNN

CORMAC JOHNSON : Nous interviewons ce soir par satellite le député européen Alain Pantin, un homme qui est devenu, pour le meilleur ou pour le pire, le porte-parole de Labyrinthe. Jusqu'il y a quelques semaines, personne n'avait encore entendu parler de lui. Ce n'était que l'un des sept cents et quelques membres du Parlement européen inconnus du grand public. Jusqu'au moment où Labyrinthe a commencé à envoyer des lettres et des colis contenant des indices et – semblerait-il – à tuer des personnalités en exigeant des changements. J'ai demandé à M. Pantin de nous expliquer pourquoi il avait accroché sa carrière politique au wagon d'un psychopathe et pourquoi il pense que les diatribes de Labyrinthe valent la peine d'être écoutées. Bienvenue, monsieur Pantin.

ALAIN PANTIN : Je vous remercie. Je suis un fan de votre émission depuis longtemps, mais je dois vous corriger sur un point : je ne suis pas le porte-parole de Labyrinthe. Je ne l'ai jamais rencontré en personne, et je ne le représente en aucune manière.

JOHNSON : Mais vous écoutez les messages de Labyrinthe et vous les répercutez.

PANTIN : Si je suis en complet désaccord avec les méthodes de Labyrinthe, je reconnais une valeur à ses messages. Ce n'est pas parce que c'est un criminel qui vous prévient que la maison est en feu que la maison ne brûle pas.

JOHNSON : Mais la grande question demeure : devons-nous fonder nos décisions politiques et économiques sur les désirs d'un monstre ?

Est-ce une manière de mener les affaires du monde ? Allez-vous établir votre programme sur les élucubrations d'un fou furieux ?

PANTIN : Labyrinthe a attiré notre attention sur une quantité de problèmes mondiaux que nous ne devrions pas tolérer et sur lesquels, d'une certaine façon, nous fermons les yeux. Nous élisons des candidats qui servent leurs intérêts personnels ou ceux du plus offrant. J'en ai assez. Vous devriez en avoir assez, vous aussi.

JOHNSON : Vous vous représentez cette année, n'est-ce pas ?

PANTIN : En effet. Et durant ma campagne, je n'oublierai pas un instant la raison pour laquelle je le fais, c'est-à-dire la défense des intérêts de mes électeurs. Pas seulement les riches ou les plus influents. Et si l'agression du sénateur Ayres était un acte scandaleux, songez aux accusations qui sont apparues dans les jours qui ont suivi le WoMU. Voulons-nous qu'un homme aussi compromis moralement soit le porte-parole du plus grand nombre ?

JOHNSON : Il ne s'agit que d'allégations, pas de faits prouvés.

PANTIN : Ne jouons pas sur les mots. C'est de cela que les gens ont assez. Ils sont las que les tribunaux ne les défendent pas, las de voir des P-DG, des hommes qui ont réduit à néant la vie d'autres hommes avec leurs escroqueries, être simplement réprimandés et subir une peine de prison symbolique dans une cellule confortable. Les populations en ont marre. Il n'y a qu'à voir les manifestations qui éclatent partout dans le monde. Les citoyens ont commencé à remettre en question leurs dirigeants et à exiger des comptes. Regardez la vague d'insurrections au Proche et au Moyen-Orient, à Londres, en Espagne ou en Grèce.

À L'ÉCRAN : Images de manifestations dans le monde entier. De nombreux participants brandissent des pancartes citant les messages et les idées de Labyrinthe.

JOHNSON : Selon vous, pourquoi Labyrinthe semble avoir tant de supporters ? La police est persuadée qu'il n'est rien de plus qu'un tueur en série.

PANTIN : Je crois que les gens voient en Labyrinthe... un porte-parole. Ils voient quelqu'un qui, enfin, prend fait et cause pour eux.

Beaucoup se sentent impuissants et constatent que Labyrinthe agit. Il impose un dialogue que la plupart des dirigeants préfèrent éviter. Il donne une voix à tous ceux qui ne peuvent se faire entendre. Les citoyens sont fatigués de la corruption. Moi, je le suis. *[Regard caméra.]* Pas vous ?

JOHNSON : Merci, monsieur Pantin. Juste après la pause, nous reviendrons pour les questions des téléspectateurs. Et d'après ce que me dit la régie, je crois qu'ils ont beaucoup à dire. Nous aimerions également inviter Labyrinthe à s'exprimer lui-même. Si vous nous regardez, appelez-nous.

PANTIN : Si Labyrinthe nous regarde, je l'encourage à prendre un peu de repos. Laissons les peuples façonner eux-mêmes leur destinée.

JOHNSON : À dans un instant.

61

QG de l'Alliance globale, Paris

Ce ne fut pas un unique colis cette fois.

Il y en eut cinq.

Tous furent livrés en fin d'après-midi, heure idéale pour que la nouvelle soit injectée dans le cycle des médias. Annonce sur le Web, flash info sur le câble et les chaînes d'information en continu et, enfin, articles développés dans la presse le lendemain matin. Après l'attentat du WoMU trois jours plus tôt en Écosse, les médias étaient remontés comme jamais. Ils n'attendaient pas simplement un nouveau colis, ils étaient à l'affût.

Nouvelle folie de Labyrinthe

Cinq responsables religieux visés

EXCLUSIF – Le terroriste qui se fait appeler Labyrinthe s'est trouvé une nouvelle cible : les religions. Selon nos informations, des dirigeants des cinq principales religions du monde – christianisme, islam, judaïsme, hindouisme et bouddhisme – auraient reçu chacun une devinette accompagnée de deux objets, l'un étant un petit coucou artisanal d'excellente facture.

Les autorités ont refusé d'indiquer si un délai était donné, comme de divulguer la teneur de la devinette et quel était le deuxième objet.

Les colis de Labyrinthe contiennent généralement une devinette et deux objets, l'ensemble permettant d'en déduire l'identité de sa prochaine victime.

Blair réunit l'équipe de l'Alliance globale dans la salle de réunion et présenta les scans des contenus des cinq colis, tout comme le faisaient les autorités ailleurs dans le monde : le corps de gendarmerie du Vatican ; la police d'Arabie saoudite, la police indienne d'Allahabad, la police de la région indo-tibétaine et la police israélienne.

– La rumeur concernant les coucous est fondée, déclara Blair. Il semble qu'il s'agisse de pendules de la Forêt-Noire du XVIIIe siècle, toutes soigneusement restaurées et en parfait état de marche, alors qu'on estime leur durée de vie originelle comme n'excédant pas une trentaine d'années.

– Encore des antiquités, observa Natasha. Juste pour nous montrer à quel point il est habile. Ou riche.

– Combien de temps avant que le petit oiseau sorte ? demanda O'Brian en mâchonnant un cure-dents.

– Très peu : quatre heures.

– Merde !

– Quoi d'autre ? demanda Natasha.

– Chaque colis contient un objet religieux.

– Du genre croix ou Bible ? s'enquit Roeding.

– Non, répondit Blair. Il s'agit de reliques, c'est-à-dire de restes d'un saint ou d'une personnalité religieuse.

– Si vous pensez vraiment ça, vous ne devez pas avoir été élevé dans la religion catholique, s'esclaffa O'Brian. Un jour, on a exposé la relique d'un saint obscur dans l'église de mon village. Je devais avoir dans les huit ans, et j'étais excité comme une puce. Jusqu'au moment où j'ai regardé par la vitre toute sale et vu une espèce de vieille crotte. Totalement dégueulasse.

– Merci pour cette précision inutile, O'Brian, dit Blair. Nous avons donc plusieurs cibles réparties en Asie et en Europe.

– Quelle est la devinette ? demanda Natasha.

Blair la lut à haute voix :

JE SUIS PLUS PUISSANT QUE DIEU. JE SUIS PLUS MALÉFIQUE QUE LE DIABLE. LES PAUVRES ME POSSÈDENT. LES RICHES ME CONVOITENT. SI VOUS ME MANGEZ, VOUS MOURREZ. QUI SUIS-JE ?

LABYRINTHE

– Ça fout les jetons, non ? fit O'Brian.

– Nous devons partir du principe qu'il ne travaille pas seul, continua Blair sans relever. Même Labyrinthe ne peut pas être dans cinq endroits à la fois. J'estime que c'est une bonne nouvelle. S'il a un réseau, nous sommes en droit de penser qu'il y a des maillons faibles et nous devons choisir les quatre plus...

Un bruit résonna à l'autre bout du couloir. Instinctivement, Roeding dégaina son pistolet et le braqua vers le bout de la salle.

Tom Riggins apparut sur le seuil, les mains en l'air, flanqué de deux gardes de l'Alliance globale – les mêmes qui l'avaient accompagné jusqu'à la chambre d'hôpital de Steve Dark.

– Ne tirez pas, dit-il.

62

– Vous n'avez pas le droit de vous trouver ici, annonça sèchement Blair. Raccompagnez-le.

Riggins baissa les mains, brusquement gêné.

– Merci de votre accueil chaleureux. Je suis vraiment touché. Écoutez, Steve Dark m'a envoyé. Je fais partie des Affaires spéciales et...

– Nous savons qui vous êtes, agent Riggins. Cela ne change rien.

– Dark a repris conscience ? intervint Natasha. Il va bien ?

– Oui, il est réveillé, mais pas en état de bouger. Je crois que je peux vous aider – si vous me laissez faire, ajouta Riggins en désignant les gardes. Je ne serais pas là s'il n'avait pas donné ordre à ces deux-là de me conduire dans votre petite planque.

– Oh, il me plaît, ce bonhomme. Vraiment, dit O'Brian avec un sourire en se renversant dans son fauteuil.

– Qu'est-ce qui vous fait croire que vous pouvez être utile ? interrogea Blair.

– Vous traquez un mec qu'on appelle chez nous un tueur de niveau 26. Le genre qui sort de toutes les classifications en termes de compétences et d'ingéniosité, bref, la saloperie maléfique absolue. Donc, vous tous dans cette salle... je suis curieux : combien d'entre vous ont personnellement capturé un tueur de niveau 26. Alors ? Qu'est-ce que vous en dites ?

– Agent Riggins, nous n'étiquetons pas les gens, répondit Blair.

– Vous, c'est Damien ? Et vous, vous êtes O'Brian, c'est bien ça ? Dark m'a parlé de vous. Il pensait qu'on s'entendrait bien. Natasha, on s'est déjà vus. Et vous, vous devez être Hans Roeding. C'est ce que je me suis dit quand vous m'avez fusillé du regard. Alors, Hans ? On s'est déjà payé un tueur de niveau 26 ?

Personne ne pipa mot.

– Écoutez, vous vouliez que Dark fasse partie de votre petit groupe, n'est-ce pas ? insista Riggins. (Ils hochèrent la tête.) C'est moi qui l'ai formé.

Quand Riggins eut été mis au courant de la devinette et du contenu des colis, il ne put s'empêcher de s'attaquer au problème comme un policier. Il pensa aux cinq lieux de crime potentiels et aux cinq objets volés – les reliques. Comme l'avait dit Dark, ce dingue cherchait à faire parler de lui. Il ne voulait pas qu'on l'arrête, il voulait qu'on reconnaisse son influence. Était-ce une coïncidence si les membres de l'Alliance globale étaient au nombre de cinq, en comptant Blair ? Voulait-il les séparer et les envoyer enquêter sur les cinq lieux de crime ?

– Vous êtes cinq et il y a eu cinq colis, observa Riggins.

– Où voulez-vous en venir ? demanda Blair.

– Labyrinthe en savait long sur Dark. Quand ils se sont affrontés, c'était personnel. Il faut donc supposer qu'il en sait long sur vous tous aussi. Sur vos compétences comme sur vos faiblesses.

– C'est impossible, dit O'Brian. Très peu de gens connaissent notre existence, et encore moins nos identités. C'est vrai, c'est la clé de voûte, le fait qu'on opère en secret pour que personne ne nous voie venir. Sinon, je vote pour qu'on quitte ces foutues catacombes pour emménager dans un penthouse.

– L'agent Riggins voit juste, admit Blair. S'il savait des choses sur Dark, nous devons en déduire qu'il connaît également nos identités.

– Je parie qu'il était sur place lors de certains des attentats, pour ne pas dire tous, continua Riggins. C'est très fréquent, les psychopathes qui traînent dans les parages pour regarder les policiers à l'œuvre. Ça les excite. Il n'est pas improbable qu'il vous ait tous repérés depuis longtemps.

Un frisson le parcourut alors qu'il prononçait ces paroles : il venait de comprendre comment Labyrinthe l'avait découvert, lui. À New York, lors du meurtre de Shane Corbett. Bon sang ! Il était dans le hall avec Steve Dark et Natasha Garçon. Et quelque part, dans la même pièce, se trouvait Labyrinthe.

– Oublions cela pour le moment, dit Blair. Selon Dark, la clé pour capturer Labyrinthe est de prédire la prochaine étape. Des idées ?

– Il s'amuse avec vous, expliqua Riggins. Il veut que vous suiviez ses règles et que vous parcouriez le monde en suivant les miettes de pain qu'il a semées. C'est pourquoi je crois que ces cinq colis ont été conçus spécialement pour vous. Peut-être qu'il veut vous faire perdre votre temps. Ou vous séparer pour vous éliminer l'un après l'autre.

– Bon sang, quand on vous entend, on voit vraiment que vous avez formé Steve Dark.

– Comment devons-nous agir, alors ? demanda Natasha. Avez-vous une idée de ce qu'il va faire, au-delà de la menace actuelle ?

– D'après Dark, il l'annonce dans la devinette. Alors ? Vous avez trouvé une réponse ?

– J'ai eu une éducation catholique, vous savez, dit O'Brian, alors pour moi c'est facile. La réponse, c'est : rien. Parce que rien n'est plus puissant que Dieu, rien n'est plus maléfique que le diable. Les pauvres ? Ils n'ont rien. Les riches ? Ils n'ont besoin de rien. Et quand on ne mange rien, on meurt.

– Pas mal, fit Riggins.

– Alors cela veut dire qu'on ne fait rien ? demanda Blair.

– Non. Vous contactez les cinq polices qui ont les colis et vous les laissez enquêter. Vous leur dites de suivre les indices – à commencer par les reliques volées – exactement comme vous l'auriez fait vous-même. Et nous allons tous réfléchir à ce qu'il compte nous balancer par la suite.

– Vous pensez vraiment qu'il voulait nous séparer et nous envoyer à des endroits différents du monde ? demanda Natasha.

– C'est exactement ce qu'il cherche, conclut Riggins. Et il va être surpris quand on le pincera avant qu'il ait pu exécuter son prochain petit numéro.

Dans l'heure qui suivit, les rapports commencèrent à parvenir des lieux saints, à commencer par Rome.

Les victimes étaient déjà mortes depuis des semaines, selon les premières conclusions des légistes.

– Au moins, il n'a pas menti à Jane Talbot, dit O'Brian. Il n'a pas tué depuis la promesse qu'il lui a faite en direct à la télévision.

– Ah oui, génial ! fit Riggins. Sacré bonhomme.

Dans chaque cas, les reliques avaient été volées dans des lieux consacrés précis. À Rome, Labyrinthe avait pillé le sanctuaire Santi Vincenzo e Anastasio a Trevi, lieu de repos des cœurs embaumés de vingt-cinq papes du Moyen Âge. Quand on a ouvert la sépulture, on a trouvé le cadavre d'un homme, Lucas Gregory, un Américain qui prétendait être le « véritable pape », le descendant d'une lignée secrète de papes remontant à saint Pierre. Personne ne l'avait pris au sérieux, surtout après avoir constaté que ses innombrables prédictions d'apocalypse – le moment où Dieu rappellerait ses fidèles auprès de Lui en abandonnant les damnés – s'étaient révélées fantaisistes. Quatre autres victimes ont été découvertes dans des circonstances semblables.

– Ils ne menaçaient personne, s'étonna Natasha. Pourquoi les avoir visés ?

– Quelle était la cause du décès ? demanda Riggins.

– Ils seraient morts de faim, dit Blair. En d'autres termes, morts d'avoir mangé… rien.

– Ces fanatiques religieux n'offraient rien et ils n'ont rien reçu en retour, expliqua Riggins.

63
Dark

Dark émergea d'un brouillard de rêves absurdes et vit qu'on avait laissé son repas sur un plateau. Il ignorait si c'était le matin ou le soir. Il souleva la cloche : des œufs brouillés, un toast et une petite enveloppe crème posée sur le dessus d'un récipient en plastique vide. Il décacheta l'enveloppe d'une main incertaine et en sortit une carte couverte d'une écriture familière.

JE SUIS PASSÉ
TU DORMAIS
À PLUS TARD

LABYRINTHE

Seules cinq personnes savaient que Dark se trouvait dans cet hôpital, sous la protection du gouvernement français. Les quatre membres de l'Alliance globale – Blair, Natasha, O'Brian et Roeding – ainsi que Riggins.

C'est une autre devinette, pensa Dark. Avec Labyrinthe, il fallait toujours chercher le sens caché dans les mots.

En l'occurrence, le sens caché était parfaitement clair.

Je fais partie de ton équipe.

Du moins, c'était ce que Labyrinthe voulait que Dark croie, n'est-ce pas ? Labyrinthe pouvait probablement dénicher une liste des hôpitaux supposés « secrets ». Ensuite, un pot-de-vin à l'ancienne permettait de repérer celui qui abritait Dark et d'y pénétrer. Ce dernier était bien placé pour savoir qu'aucun endroit au monde n'était totalement sûr.

Le message était clair. L'attention de Labyrinthe se tournait à présent vers l'équipe. Les autres membres de l'Alliance globale avaient sans doute reçu un mot du même genre. Labyrinthe tentait de semer le doute dans la seule organisation équipée pour l'arrêter. L'Alliance globale était entrée en lice et il avait hâte de l'affronter.

Dark repoussa le plateau. Il n'avait pas faim et l'odeur des œufs brouillés lui donnait la nausée. Et puis le monstre avait pu empoisonner le plat – il aurait d'ailleurs pu très facilement le tuer pendant qu'il dormait, pour le coup.

C'est alors qu'il aperçut l'autre enveloppe qui dépassait de sous l'assiette.

Celle-là était d'un blanc immaculé.

Il l'ouvrit et en sortit une feuille de papier. Il reconnut immédiatement un formulaire d'analyse sanguine des Affaires spéciales. En revanche, le nom inscrit en haut le pétrifia…

Sqweegel.

Quand il avait arraché son masque durant leur affrontement final, Dark avait été surpris en voyant le véritable visage de Sqweegel. Il était parfaitement... ordinaire. Des yeux noirs inexpressifs. Un crâne rasé. Un front étroit sans sourcils. Des dents gâtées. Une vilaine peau. Un geek devenu adulte. Un gosse victime de maltraitance.

Son frère…

L'analyse sanguine le confirmait : sept allèles sur onze correspondaient à l'ADN de Steve Dark.

Labyrinthe n'avait pas bluffé. Et il voulait que Dark le sache.

Mais il y avait quelque chose d'encore pire en bas de la feuille. Un détail qui aurait échappé à la plupart des gens, car ils n'avaient pas l'habitude de remplir ce genre de formulaire. Mais pour Dark, ce détail était lourd de signification.

Les initiales : T.R.

Tom.

Riggins.

Rien, lui avait dit Riggins six ans auparavant. *Pas de concordance. Cette ordure sortait vraiment de nulle part.*

Pourtant l'analyse avait été effectuée par Tom.

Il savait.

64

Dark

– Toc-toc, fit Riggins, flanqué de deux gardes.

Dark l'attendait, assis dans son lit.

Natasha l'avait briefé sur les meurtres de cinq fondamentalistes religieux – qui s'étaient révélés être tous des hérétiques exclus des cinq religions visées. Ils avaient été capturés et enfermés dans des cryptes, des tombeaux ou des sépultures au moment où Labyrinthe avait volé les reliques. Enfermés et condamnés à mourir de faim. Il était évident que Labyrinthe avait tué ces hommes longtemps avant d'envoyer son premier colis au QG de la police de Los Angeles. Natasha lui avait également annoncé que Riggins faisait maintenant partie de l'équipe et voulait discuter un peu plus de la devinette avec lui.

– Dis-lui que j'ai hâte, avait répondu Dark.

– Tu es sûr que ça va ? avait-elle demandé, percevant une étrange aigreur dans sa voix.

À présent, Riggins était là, avec une tablette tactile. Dark n'avait qu'une envie : se jeter sur son ancien chef et le plaquer contre le mur.

– Tu as une sale mine, remarqua Riggins. Ça va ?

– Tu étais au courant.

– Hein ? De quoi ?

– Tu le savais depuis des années, murmura Dark.

Quand Riggins comprit de quoi il parlait, il s'effondra littéralement. Décomposé, il se traîna jusqu'à un fauteuil et s'y laissa tomber, la tête renversée en arrière, se cachant le visage dans ses mains.

– Oui, je savais, admit-il après un moment.

– Pourquoi tu n'as rien dit ?

Riggins se redressa et le regarda.

– Tu venais de perdre Sibby. Qu'est-ce que tu voulais ? Que j'en rajoute une couche en t'assenant que l'analyse de sang concluait que tu étais de la même famille que cette saloperie de pervers ? Non, je ne pouvais pas te faire ça. Tu ne méritais pas d'entendre un truc pareil après tout ce que tu avais subi. Alors j'ai décidé de veiller sur toi.

– Au cas où je reprendrais l'affaire familiale ?

– Non. J'ai toujours su qu'il y avait une frontière, si mince soit-elle, entre eux et nous. Entre la raison et le chaos, entre le bien et le mal, le yin et le yang, appelle ça comme tu voudras. Il faut un esprit particulier pour être dans ce domaine, d'un côté comme de l'autre. Tu as choisi la voie du bien, et c'est tout ce qui compte.

Dark resta songeur. Il avait souvent pensé la même chose. Ce qui faisait le meilleur chasseur d'hommes faisait aussi le pire psychopathe. Mais cela, c'était la théorie. Là, il était question de sa vie. De sa famille. De sa fille.

– Comment Labyrinthe l'a su ?

Riggins laissa échapper un soupir et lui raconta son agression de la semaine précédente. Qu'il soupçonnait la présence de Labyrinthe dans le hall de l'Epoch Hotel et qu'il avait dû les observer. Puis qu'il avait dû le suivre jusqu'à Washington, découvrir où il habitait et...

– Et quoi ? Vous avez pris un verre ensemble et tu lui as sorti : « Tiens, tu vas jamais le croire, c'est le truc le plus dingue que... »

– Ce connard m'a extorqué mes pensées, le coupa Riggins. Je ne sais pas ce qu'il m'a injecté, mais je n'arrivais plus à m'arrêter, je racontais tout ce qui me passait par la tête. Et il jouait avec moi et me questionnait pour que je lui dise tout ce qu'il voulait. Si j'avais eu l'usage de mes mains, je l'aurais étranglé.

– Tu as pu voir son visage, au moins ?

– Non.

Ils restèrent silencieux un moment.

– Tu comptes rester muet ? demanda finalement Riggins. Écoute, s'il y a une chose dont je suis sûr, c'est que le sang n'est pas la clé de tout. Ce sont les actes qui comptent.

– C'est bien joli, répliqua Dark, mais tu n'en penses pas un mot. Je crois qu'il vaut mieux que tu retournes à Washington. Tu es aussi compromis que moi.

– Steve, écoute, quoi que...

– Tu ne m'as pas entendu ? Fous le camp, maintenant !

Une expression peinée voila le visage de Riggins. Il ouvrit la bouche mais se ravisa. Il déposa la tablette sur le lit de Dark et s'en alla sans un mot.

Après avoir fixé longuement le vide, Dark prit la tablette et l'alluma. C'était un modèle identique à celui de Natasha, déjà ouvert sur une page du navigateur : la dernière vidéo de Labyrinthe.

Tandis que défilaient des images de différentes religions et conflits, jusqu'à celles des tours du World Trade Center en train de s'écrouler, sa voix commentait :

Plus de guerres ont été menées au nom de Dieu que pour d'autres raisons. Les hommes se détruisent principalement au nom de la religion. Plutôt que d'estimer que notre dieu est le meilleur, nous devons adopter une divinité que tout le monde adore. Nous devons tous vénérer le même dieu. Et les mêmes lois s'appliqueront à tous...

65

Dark

Quand Dark se leva de son lit d'hôpital, un frisson glacé l'étourdit. Chaque cellule de son corps lui criait : « Rallonge-toi. Tu n'es pas en état ! » Chaque muscle de son dos réclamait du repos.

Mais il n'avait pas le choix. Il devait capturer ce salaud au plus vite.

Labyrinthe semblait retirer du plaisir à connaître les secrets les plus intimes et les plus inavouables de chacun. Dark en déduisait qu'il devait posséder le plus intime et le plus inavouable de tous les secrets.

Il suffisait qu'il trouve l'identité véritable de cet homme – pas celle de ses avatars, marionnettes et doublures. Il lui fallait l'homme derrière le masque.

Et grâce à Riggins, Dark disposait d'une image de plus en plus nette de l'individu.

Il repensa à l'agression de Riggins, qui lui avait fait comprendre que Labyrinthe était capable de contrôler les gens et de leur extorquer leurs secrets. C'était une constante dans toute l'affaire, depuis le sans-abri albanais de L.A. jusqu'à la doublure qu'il avait utilisée en Afrique du Sud et aux femmes violées par Shane Corbett.

Labyrinthe ne recrutait pas de loyaux disciples comme un gourou terroriste. Il utilisait un mélange de drogues et d'hypnose pour leur laver le cerveau, façon *Candidat mandchou*. Labyrinthe n'avait passé que quelques heures avec Riggins, mais cela lui avait suffi pour lui soutirer le secret qu'il protégeait le plus. En passant plus de temps avec sa cible, des semaines ou même des mois, Labyrinthe semblait en mesure d'effacer entièrement son identité ou de la conditionner pour des tâches particulières.

Labyrinthe était à New York, peut-être pour s'assurer que le conditionnement des femmes victimes de viol tenait bon. En outre, il voulait filmer le meurtre de Shane Corbett en direct. Cela signifiait qu'il avait été dans le hall au moment où Dark et Natasha s'y trouvaient avec Riggins. Il les avait épiés et avait choisi de suivre Riggins jusque chez lui.

Pourquoi n'avait-il pas suivi Dark ou Natasha ? Peut-être qu'il n'en avait pas besoin. Peut-être que le message disait vrai : Labyrinthe était déjà « un membre de l'équipe ».

Il avait choisi de suivre Riggins parce que celui-ci pouvait lui fournir autre chose – un accès à l'esprit de Steve Dark. Une faiblesse. Un secret à exploiter.

Là encore, il ne pouvait pas confier la tâche à un tiers. Il devait être présent.

Dark s'apprêtait à appeler Natasha, mais se ravisa. Il refusait de se l'avouer, mais le message de Labyrinthe avait déclenché en lui une certaine paranoïa. À qui pouvait-il faire confiance dans l'équipe, s'il y avait ne fût-ce qu'une lointaine possibilité que l'un des membres soit un allié de Labyrinthe ? Ou même Labyrinthe lui-même ?

Il préféra appeler directement un de ses contacts à la police de New York. Sur toutes les scènes de crime, la police note les noms des témoins. Si Labyrinthe se trouvait sur place, quelqu'un lui avait parlé, avait relevé son nom – même si c'était une fausse identité.

Ce serait toujours ça.

66

Labyrinthe

Scotland Yard, Grande-Bretagne

Mon petit livreur n'a pas fait trois pas vers l'entrée qu'une meute d'agents de l'antiterrorisme enragés lui ont déjà arraché son colis des mains.

Mon petit livreur, dérouté, se met à pleurer.

Les agents n'ont pas l'air de s'en préoccuper – ils veulent que le colis soit mis en lieu sûr, protégé et examiné.

Je ne peux pas leur en vouloir.

Le colis est enveloppé dans du kraft et on dirait qu'il contient un bébé.

Mon petit livreur pleurniche :

Qu'est-ce que j'ai fait, qu'est-ce que j'ai fait ?

Mais évidemment, après ce qui s'est passé à New York et à Los Angeles, ils se soucient peu de le lui expliquer, pas plus qu'ils ne s'inquiètent de son bien-être.

Mais il renverse la situation.

Exactement comme je l'ai conditionné.

D'abord les larmes, puis les jérémiades, puis, comme je le lui ai ordonné...

Un calme total.

Un petit sourire, même.

Les larmes, si abondantes il y a quelques secondes, semblent s'évaporer dans le vent.

Mon petit livreur dit :

Laissez-moi parler.

Les agents sont stupéfaits. Ils demandent :

Quoi ?

Mon petit livreur répond :

Il me l'a fait apprendre par cœur.

Les agents répètent :

Quoi ?

Mon petit livreur répond :

La devinette.

Et voici ce qu'il leur récite, tandis qu'ils se précipitent pour noter au fur et à mesure :

ON ANNONCE À UN PRISONNIER : « SI TU MENS, NOUS TE PENDRONS. SI TU DIS LA VÉRITÉ, NOUS TE FUSILLERONS. » QUE PEUT-IL DIRE AFIN DE SAUVER SA PEAU ?

LABYRINTHE

À l'intérieur du colis, la police découvrira bientôt mes cadeaux.

Il n'y a pas de bébé, ni aucun autre être vivant à l'intérieur.

Un sablier géant, rempli d'assez de sable pour environ trois heures.

Et un tout petit morceau de papier avec la lettre « L » imprimée dessus.

Ce ne devrait pas être trop difficile à élucider.

Mon petit livreur ferme alors les yeux et son sourire se fige, exactement comme je le lui ai appris.

Il a fait du bon travail.

Je suis de l'autre côté de la rue et je le vois.

Il sourit, persuadé que je vais le récompenser quand tout sera terminé. Comme tous les gentils garçons, il ne cherche qu'à faire plaisir à son maître.

Dark Revelation

J'ai trouvé ce petit livreur en train de se prostituer à Brixton pour payer sa drogue.

Je lui ai montré une vie meilleure.

Appris comment jouer la comédie.

Comment mentir avec conviction.

Je ne lui ai pas menti non plus.

Il continuera à jouir d'une vie meilleure, et cela commencera dans trois heures.

67

Après l'interview de Cormac Johnson, Alain Pantin constata que sa cote de popularité montait plus que jamais. Son attaché de presse était submergé de demandes d'interviews des médias du monde entier, télévision comme presse. Certes, les attentats de Labyrinthe continuaient, mais c'était comme si le public était dressé à attendre l'analyse qu'en faisait chaque fois Alain Pantin, et le message qu'ils véhiculaient.

Chaque interview commençait de la même manière. La condamnation publique : « Ce qu'il a fait à ce financier américain – et à ces pauvres femmes – était tout simplement odieux, vous en convenez, monsieur Pantin ? »

Suivi d'une rapide mise en cause de la victime : « Si les allégations se révèlent exactes, cependant, certains pourraient estimer que Shane Corbett s'en est bien tiré. À condition que ces accusations soient exactes, répétons-le. »

Puis on oubliait la victime pour passer à une attaque du système : « N'est-ce pas un jugement porté sur ceux qui estiment ne pas avoir de comptes à rendre pour leurs agissements, si méprisables soient-ils ? »

Jusqu'à ce moment, Pantin opinait, condamnait et convenait muettement que, oui, il y avait quelque chose de suspect chez les victimes. Allons allons, il fallait capturer ce dément au plus vite.

Mais Pantin connaissait sa véritable heure de gloire quand il exposait le message, car c'était ce que tout le monde était secrètement impatient d'entendre.

La cupidité effrénée et la soif de pouvoir devaient être punies. Même si cela signifiait finir taillé en pièces avec des flûtes à champagne brisées.

Pantin comprenait l'attrait que cette violence exerçait sur les masses. À l'école primaire, on éprouvait toujours un certain plaisir à voir un camarade fauteur de troubles se faire appeler sur l'estrade et passer un savon devant tout le monde – ou, si les professeurs étaient de l'ancienne école, administrer un châtiment corporel. Vous secouiez la tête en faisant mine de compatir, mais dans votre for intérieur vous étiez ravi. Parce que c'était un plaisir rare de voir le méchant recevoir le juste châtiment. Cela vous donnait assez d'audace pour être capable, si le fauteur de troubles s'en prenait à vous, de le châtier à votre tour.

– Pas besoin d'une flûte à champagne pour abattre tous les Shane Corbett du monde, expliquait Pantin. Il faut instaurer un nouveau système, qui nous protège des Shane Corbett, qui ne tolère plus leur cupidité, ne les encourage pas avec des bonus exorbitants et un luxe que la plupart des gens ne connaîtront jamais.

Ce n'était pas un attentat de Labyrinthe tant qu'Alain Pantin ne l'avait pas décortiqué pour vous, n'en avait pas révélé la vérité au-delà du carnage.

Et Pantin se trouvait dans la position quelque peu surréaliste d'avoir à privilégier les plus gros médias du marché, parce que... eh bien, parce qu'il n'avait pas le temps de parler à tous.

68
Dark

Dark faillit en venir aux mains avec les gardes postés à sa porte. Ils avaient reçu l'ordre formel de Blair de ne pas le laisser sortir sans l'accord des médecins.

– Écartez-vous ! intima-t-il aux deux costauds qui lui barraient le passage.

– Nous devons vérifier auprès du centre de commandement, dit l'un. Attendez ici que...

– Oh, allez vous faire foutre ! rétorqua Dark en se glissant entre les deux si rapidement qu'ils furent forcés de s'écarter.

– Monsieur Dark ! Vous ne pouvez pas partir !

Dark se retourna quelques pas plus loin.

– Vous allez faire quoi ? Me tirer dessus ? Je dois aller au QG. Vous m'y conduisez ou il faut que je prenne un taxi ? Ce qui, je le précise, risque d'énerver votre chef.

Les gardes virent qu'il était inutile de discuter.

Quand il arriva au QG de l'Alliance globale, l'équipe était penchée sur le scan haute résolution d'une minuscule feuille de papier.

– Salut ! lança Dark en allant s'installer à sa place habituelle.

– Vous avez été autorisé à sortir ? s'étonna Blair.

– Oui. Alors, qu'est-ce qu'on a ?

Natasha récapitula rapidement : un colis livré à Scotland Yard contenant un sablier et un petit morceau de papier.

– Qu'est-ce que c'est ? demanda-t-il. Un « L » ? Pour Labyrinthe ?

– Peut-être, répondit Blair. Mais ce n'est pas la lettre en elle-même qui est troublante. C'est sa provenance. Selon les experts, elle a été découpée dans l'un des quatre exemplaires de la Magna Carta de 1215. Il attaque les fondements du droit anglais et, par extension, du droit moderne.

– Il a parlé de loi dans sa précédente vidéo, précisa Dark. Il va s'en prendre à l'institution judiciaire, quelque part à Londres. Alors, où se trouvent ces quatre exemplaires ?

– Deux à la British Library, un à la cathédrale de Salisbury et un autre qui est itinérant, bien qu'il soit resté longtemps à Fort Knox, aux États-Unis, dit Blair. Personne n'a signalé d'effraction. Et quand bien même il y en aurait eu une, on n'en aurait évidemment pas parlé.

– Eh bien, Labyrinthe y est parvenu d'une manière ou d'une autre.

– C'est une blague, intervint O'Brian. (Tous se tournèrent vers lui.) Pas littéralement, continua-t-il. Mais c'est une vieille blague dans les milieux du renseignement. J'ai fréquenté pas mal d'institutions dans ce domaine. Quelle est l'épreuve ultime pour l'examen final dans une école d'espionnage ? Eh bien, entrer dans Fort Knox et voler la Magna Carta pour la rapporter en Angleterre ! Ce qui laisse penser que notre Labyrinthe, s'il n'est pas un ancien des services secrets britanniques, est au moins très familier de cette culture.

Dark songea à l'habileté de Labyrinthe pour conditionner les gens. Aux drogues et au lavage de cerveau. À ce don de franchir les frontières sans être repéré. À se procurer des documents et papiers à en-tête confidentiels. Il serait logique que Labyrinthe soit un ancien barbouze.

Blair, cependant, préféra changer de sujet.

Et la devinette ? demanda-t-il.

ON ANNONCE À UN PRISONNIER : « SI TU MENS, NOUS TE PENDRONS. SI TU DIS LA VÉRITÉ, NOUS TE FUSILLERONS. » QUE PEUT-IL DIRE POUR SAUVER SA PEAU ?

– Le prisonnier n'a qu'à déclarer : « Vous allez me pendre. » Ils ne peuvent pas le pendre parce que cela voudrait dire que le prisonnier n'a pas menti. Et ils ne peuvent pas le fusiller parce que cela signifierait qu'il n'a pas dit la vérité.

– Brillant, commenta O'Brian. Encore des jeux sur les mots. Pas étonnant que cela ait un rapport avec les juristes, cette fois.

69

Dark

Alors que l'équipe essayait de déterminer la méthode d'assassinat (pendaison ou fusillade?) et de préciser la cible (quel homme de loi?), Dark remarqua un détail étrange. Tout le monde dans la salle semblait sur la réserve et garder ses théories pour soi. Il eut alors la certitude que Labyrinthe avait envoyé d'autres messages.

– Allons-nous continuer longtemps à nous regarder en chiens de faïence ? demanda-t-il. Ou bien aborder ce qui nous préoccupe vraiment ?

– Tu en as reçu une aussi, alors ? soupira Natasha. Une lettre affirmant que Labyrinthe était l'un de nous ?

– Oui, sur mon plateau-repas à l'hôpital.

– La mienne était dans mon lit, dit-elle.

O'Brian avait trouvé la sienne sur le clavier de son ordinateur. Roeding refusa de dire où il avait trouvé précisément la sienne, mais à l'évidence c'était un détail très gênant. Aucun soldat de l'envergure de Roeding n'aimait avouer une faiblesse à son domicile.

– Écoutez, plaisanta O'Brian. Je vais nous faire gagner du temps à tous. Labyrinthe, c'est moi, en fait. Oui, oui, j'ai trouvé que l'ambiance devenait ennuyeuse ici, alors j'ai décidé de fabriquer ce stupéfiant super criminel pour mettre un peu d'animation.

– Ne blague pas, dit Roeding. Ça n'a rien de drôle.

– Et tu vois, je soupçonnerais bien que c'est toi, mon gros, sauf que tu es trop nul en devinettes. À moins... (Il fit mine de prendre un regard pénétrant.) À moins que ce soit justement un subterfuge et que tu t'apprêtes à nous tuer tous !

– Silence ! le coupa Blair. Ces messages ne veulent rien dire. Aucun d'entre vous n'est Labyrinthe.

– Bien sûr, c'est facile à dire, répondit O'Brian. Qu'est-ce qui nous prouve que ce n'est pas vous ? Vous auriez monté toute cette organisation pour vous attraper vous-même. (Il balaya ses compagnons du regard.) Parce que c'est ça, hein ? Putain, la paranoïa, c'est une drogue tellement puissante !

– Ça ne veut rien dire, continua Blair, parce que je reçois des messages provocateurs de Labyrinthe depuis le début.

– Quoi ? s'exclama Dark. Et vous n'avez rien dit ? Est-ce que vous comprenez comment marche une enquête, Blair ? Le moindre indice compte.

– Comme vous, je gardais ça pour moi parce qu'il essayait simplement de saper l'équipe, expliqua Blair. Vous en faire part aurait été désastreux pour l'enquête. Comme je n'ai pas tenu compte de ses messages, il s'en prend à vous désormais.

– Mais comment peut-il savoir qui nous sommes ? s'inquiéta Natasha.

– À moins d'être assis dans cette salle parmi nous, renchérit Roeding. Qui est le seul à avoir vu Labyrinthe en chair et en os ?

– Tu crois que j'ai inventé cet affrontement et que je me suis jeté tout seul par la fenêtre ? demanda Dark.

– Avoue que ce serait une bonne diversion, remarqua O'Brian.

– Dark n'a rien inventé, dit Natasha. J'en ai la preuve.

– Quelle preuve ? demanda O'Brian. Vous pourriez être de mèche, tous les deux.

– Assez ! intervint Blair. Labyrinthe ne fait pas partie de cette équipe. J'ai enquêté sur vous et votre existence jusque dans les moindres détails. C'est pourquoi je fais entièrement confiance à toutes les personnes présentes. Il essaie de nous monter les uns contre les autres et je ne vais pas le laisser faire. Aucun de vous n'est Labyrinthe ! Le chapitre est clos.

70

Labyrinthe

Je passe dans les couloirs du cabinet d'avocats le plus prestigieux de Londres. Ce n'était pas loin d'Édimbourg. Et les trains, quel plaisir ! J'adore les sandwichs qu'on vous y sert.

Dans le bureau, personne ne tente de m'arrêter. On sourit et même on me salue.

Après tout, on me connaît.

Je connais bien ce cabinet, puisque je l'ai utilisé autrefois.

Ce sont d'excellents avocats.

Ils sont particulièrement doués pour tirer les criminels des pièges des autorités et de la loi.

Comme ce violeur en série libéré la semaine dernière et qui s'est permis un clin d'œil à l'une de ses victimes qui avait eu le courage de venir témoigner contre lui au tribunal.

Mais leur spécialité, c'est la délinquance en col blanc.

Comme celui qui détournait de l'argent et se trouve être de la famille d'un député connu. Il a fait les poches d'une agence nationale de lutte contre la pauvreté puis dépensé son butin de manière tout à fait ostentatoire... en refusant de rendre le moindre centime.

C'est pourquoi je les ai engagés il y a des années pour s'occuper de certaines de mes affaires.

Je glisse sur l'épaisse moquette jusqu'à un bureau à l'écart, où un avocat en costume sur mesure examine des documents.

Mon avocat personnel.

Séduisant.

Très soigné.

Il exhale le dernier parfum dont on parle dans les pages de *GQ*.

C'est peut-être le meilleur ici, et je le déteste totalement.

Rien dans ma mission n'est personnel...

Enfin, sauf ceci.

L'avocat lève le nez, décontenancé, mais souriant. Il dit :

Mon Dieu, j'ignorais que vous étiez de passage ! Voulez-vous un espresso ou qu'on aille vous chercher quelque chose à la pâtisserie en bas...

Je le coupe pour demander :

La corde ou la balle ?

Il cligne des paupières.

Pardon ?

Je lui dis :

Ce n'est pas mon pardon qu'il faut demander.

Il dit :

Trey, enfin, mais qu'y a-t-il ?

Et là, je le lui montre. Le pistolet que j'ai dans ma poche de veste, car jamais, au grand jamais la sécurité n'aurait osé me palper, moi, l'un de leurs plus généreux clients. Et quand bien même ils l'auraient trouvé, j'aurais présenté un (faux) permis de port d'arme, étant donné mon (faux) statut de diplomate dans ce pays. Et même s'ils avaient fait des difficultés, il restait évidemment la corde dans mon attaché-case, mais j'aurais été déçu de ne pas pouvoir offrir le choix à mon avocat : la corde ou la balle.

Il hurle :

OH MON DIEU !

Je tire.

Son bureau est au bout du couloir, très isolé du dédale de petits espaces de travail. La détonation est étouffée par un silencieux. Cela pourrait être un bruit de voiture ou quelqu'un qui s'amuse avec du papier bulle.

Mon avocat grimace et s'effondre à la renverse.

Je le rattrape par sa cravate, l'attire vers moi et lui dis :

Pourquoi pas les deux ?

Le sang suinte entre ses doigts tremblants tandis que je m'empare de la corde.

Il ouvre de grands yeux en voyant le nœud coulant.

Je n'ai pas à me soucier de trouver un endroit où l'accrocher, car je suis venu bien des fois dans ce bureau et je sais où se trouvent les poutres maîtresses, au-dessus du faux plafond et de l'éclairage.

Je le pends.

Puis je reste pour le filmer.

Télécharger la vidéo.

Je ne suis pas pressé, même si j'ai un avion dans deux heures.

Je sais que je sortirai de l'immeuble sans encombre.

Ces gens sont mes avocats.

Même si je me fais prendre, j'échapperai à l'inculpation.

REUTERS

Dernière minute : Un avocat tué d'une balle et pendu. Scotland Yard confirme le lien avec Labyrinthe.

AP NEWS

Dernière minute : Des crimes identiques à ceux de Labyrinthe signalés à San Francisco. Vandalisme dans un cabinet d'avocats de Market Street.

MONTREAL GAZETTE

Dernière minute : Deux avocats abattus près de la rue McGill. L'étudiant qui a tiré prétend être Labyrinthe.

71

Bruxelles, Belgique

– Alain…

Pantin perçut l'inquiétude dans la voix de son interlocuteur.

– Trey ? Qu'y a-t-il ?

– Vous allez voir quelque chose qui me concerne aux informations. Je veux que vous évitiez de juger et que vous vous concentriez sur les conversations que nous avons eues. Vous me connaissez suffisamment bien pour savoir que je ne vous ai jamais détourné du droit chemin.

– Mais qu'est-ce que vous racontez, Trey ? Que se passe-t-il ?

– Tout ce dont nous avons discuté menait à cela. Je vous ai choisi parce que vous êtes le meilleur pour la tâche qui vous attend.

– Quelle tâche ?

– Remettre le monde en ordre.

Pantin était perplexe. Jamais il n'avait entendu son mentor, Trey Halbin, parler ainsi.

Mais il faut dire que le monde que connaissait Pantin avait été bouleversé du tout au tout durant ces quelques derniers jours.

Chaos et révolutions étaient dans tous les esprits, et partout dans le monde ce n'étaient que manifestations, vandalisme et violence – et pas les petites escarmouches habituelles. Il n'était pas nécessaire d'être un prophète politique comme Trey Halbin pour comprendre que le vent du changement soufflait, amplifié, sans doute, par les attentats de Labyrinthe visant les intérêts économiques, les politiciens et les religions.

Et Pantin se retrouvait dans l'œil du cyclone.

– Trey, de quoi parlez-vous ?

– Labyrinthe a eu un gros impact sur le monde, Alain. Après être resté longtemps assoupis, les gens se réveillent et se rendent compte qu'ils sont manipulés par des tyrans. En Occident, on s'imagine être libre, mais c'est faux. La seule différence, c'est que nous avons des jouets plus amusants et une meilleure mutuelle. La manipulation est la même sur toute la planète.

Cette prise de conscience glaça Alain Pantin. Plus son mentor parlait, plus il comprenait qu'il aurait dû voir ça depuis le début.

– Un signe apparaît, Alain. Immense. Immanquable. Je vous ai choisi pour prendre les choses en main quand ce signe viendra au jour.

– Dites-moi ce que vous avez en tête.

– Vous êtes celui qui agit, Alain. Je ne suis qu'un homme de l'ombre. C'est vous qui comptez depuis le début. Peu importe ce que je fais. Ce qui compte, c'est ce que vous, vous en faites.

– Je ne peux...

– Si, parce que personne d'autre n'en est capable.

Alain Pantin s'enfonça dans son fauteuil et contempla le parc Léopold. Le temps était inhabituellement chaud et les passants profitaient du soleil. Des couples se promenaient, des enfants jouaient – pour bon nombre ceux de ses collègues du Parlement européen. Ils ne se doutaient pas de ce qui les attendait. Le monde nouveau qui commençait à poindre autour d'eux. L'histoire ne suivait pas son cours, elle y était poussée par une volonté.

La sienne, s'il le désirait.

Une fois de plus, Trey Halbin avait eu raison. Les actes affreux qu'il avait commis pour provoquer ce moment révolutionnaire n'avaient au final pas d'importance.

C'était à Alain Pantin de leur donner une signification.

72
Dark

QG de l'Alliance globale, Paris

O'Brian trouva la prochaine victime quelques secondes avant que la nouvelle soit annoncée.

– C'est un peu tiré par les cheveux, mais j'ai un Timothy Porter basé à Londres et qui a donné de nombreuses conférences sur la Magna Carta. Il a même eu accès à l'un des exemplaires. Ça pourrait être lui ?

– C'est lui, incontestablement, confirma Natasha.

– Comment tu le sais ?

– D'après Reuters, on vient de le trouver mort dans son bureau.

– Putain ! Avec une heure de plus, on aurait pu...

– C'est comme ça qu'il joue, dit Natasha. Il ne laisse jamais assez de temps.

– Il a été tué d'une balle ou pendu ? demanda O'Brian.

– Les deux.

Quelques minutes plus tard, la désormais traditionnelle vidéo de Labyrinthe était publiée sur les sites miroirs habituels et se répandait dans le monde entier comme une traînée de poudre. Un avocat pénaliste mort ? Cela promettait d'être la plus visionnée de toutes – un vrai snuff movie mettant en scène l'une des professions les plus détestées au monde.

En quelques minutes... Dark avait l'impression que ce crime aussi, Labyrinthe l'avait accompli en personne. Il avait utilisé l'une de ses marionnettes pour livrer le colis, en l'observant peut-être à une distance respectable.

Les pieds sur la table et les yeux fixés au plafond, il demanda :

– Tu peux me trouver une liste des clients de Porter ?

– Pourquoi ? demanda O'Brian. Tu penses pouvoir y repérer quelqu'un qui s'appellerait L. Abyrinthe, ce genre de truc ?

– Tu peux, ou pas ?

Évidemment qu'O'Brian en était capable. Et quand Dark compara cette liste à celle qu'il avait reçue de la police new-yorkaise, un nom lui sauta aux yeux : Trey Halbin.

Halbin se trouvait à l'hôtel Epoch, à New York ; il avait même été interrogé par la police. L'homme avait présenté un passeport diplomatique et expliqué qu'il était venu là « prendre un café avec un vieil ami ». Rien chez lui n'avait éveillé de soupçons : les diplomates étaient nombreux à New York. Et Trey Halbin était également un client de Timothy Porter depuis au moins cinq ans. Pourquoi aurait-il tué son propre avocat ?

– Nous avons peut-être affaire à une autre des marionnettes de Labyrinthe, tempéra Natasha. O'Brian, trouve-nous tout ce que tu peux sur ce Halbin.

– Je suis déjà dessus.

– Je pense que c'est lui, dit calmement Dark en griffonnant sur un bloc.

– Pourquoi ? Pourquoi prendrait-il le risque de se faire capturer ?

Il ne se soucie plus d'être arrêté, expliqua Dark. Il arrive au bout de son jeu : il annonce pratiquement son identité.

– Comment ?

Dark retourna le bloc vers Natasha. Il y avait noté en capitales :

T R E Y H A L B I N

Et juste au-dessous :

L A B Y R I N T H E

– Encore une fausse identité, soupira Natasha.

– Eh bien, si l'identité est fausse, intervint O'Brian en lisant sur son écran, dans ce cas, c'est la plus sophistiquée que j'aie jamais vue. Elle est légale de chez légale et elle remonte loin. Ce n'est pas un crétin quelconque qui s'est fait faire un faux permis. Et vous voulez savoir autre chose ?

– Oui ? demanda Dark.

– Il vient de passer les contrôles à Heathrow et s'apprête à embarquer.

– Où va l'avion ?

– À Philadelphie.

– OK, je veux pratiquement un régiment de l'armée pour intercepter ce vol quand il atterrira, dit Dark. Retenez équipage et passagers jusqu'à ce qu'on arrive là-bas et qu'on les inspecte un par un. Où est Blair ?

Blair était dans son bureau et contemplait les images de Trey Halbin que son équipe avait dénichées dans différentes bases de données du monde.

Il observa le menton, le contour des yeux, la forme des oreilles.

Mon Dieu.

C'était lui.

Si on passait outre la chirurgie esthétique, le maquillage, les implants capillaires et tout ce qu'un agent aguerri utilisait pour modifier son apparence, on le voyait.

Après toutes ces années de traque, pensa Blair, *te voici devant moi.*

Pourquoi t'envoles-tu pour Philadelphie ?

Quel jeu final nous réserves-tu ?

Attends-tu que je t'arrête ?

Ou bien veux-tu que je te regarde arrêter le monde ?

73
Labyrinthe

En ce moment, à l'aéroport de Philadelphie, il y a beaucoup d'hommes en costumes mal coupés… Des agents fédéraux venus spécialement pour moi. Ils cherchent un homme correspondant précisément au signalement de Trey Halbin. Mais, en cet instant, je ne ressemble absolument pas à Trey Halbin.

Il faut dire aussi que je ne suis même pas sur le vol qu'ils guettent.

« Trey Halbin » a bien pris cet avion, mais il a suffi d'un petit piratage (les compagnies aériennes, comme la plupart des entreprises américaines, laissent des failles béantes incroyables dans leur système de sécurité) pour affubler de cette identité un autre voyageur dont la taille, le poids et la couleur d'yeux et de cheveux correspondaient dans l'ensemble.

Voyageur qui, hélas, va probablement passer une grande partie du mois dans une salle étouffante pendant que des agents de la Sécurité intérieure fouilleront dans sa vie.

Mais un simple pion dans ce jeu immense ne signifie rien.

Ce qui compte, c'est que Blair et son équipe soient sur place pour la fin.

J'arrive à Philadelphie dans un jet privé, sous une autre identité.

Le vol a été agréable.

Je l'ai presque entièrement passé les yeux fermés à préparer les derniers cadeaux que je vais faire au monde.

Bonjour, Damien.

Est-ce que tu penses à moi ?

La neige tombe sur Philadelphie pendant que je remonte Spruce Street et que j'entre au Pennsylvania General.

Je m'avance vers le comptoir de l'accueil.

Je demande si on peut me renseigner.

On me répond que oui. Bien sûr.

Bien sûr qu'on veut bien me renseigner. Je souris, je porte un costume, je suis impeccable, bien coiffé et blanc, alors évidemment on m'indique le bureau du président au bout d'un couloir splendidement entretenu.

Le Pennsylvania General est le premier hôpital d'Amérique. Il va bientôt être l'objet d'une autre première.

Le Ground Zero de l'Ordre nouveau.

J'espère sincèrement que mon élève, Alain Pantin, m'accorde toute son attention. Il détient la clé de tout. J'ai simplement à lui montrer la serrure.

Je serre le colis contre ma poitrine.

Dedans se trouve une autre devinette, évidemment, ainsi qu'un smartphone avec une application chronomètre qui décompte les secondes jusqu'au moment du déclenchement.

J'ai également offert au président de l'hôpital une petite boîte en bois sculpté remplie de terre provenant de sépultures. Je suis un peu déçu de savoir qu'on ne pourra pas méditer sur ces indices comme sur les autres, car j'ai passé beaucoup de temps à remplir cette petite boîte avec quelques grammes de terre ramassés à Mount Vernon, Quincy, Charlottesville, Montpelier Station, Richmond, The Hermitage, Kinderhook, North Bend, Louisville, Buffalo, Concord, Lancaster, Springfield, Greeneville, New York, Fremont,

Cleveland, Albany, Princeton, Indianapolis, Canton, Oyster Bay, Arlington, Marion, Plymouth, West Branch, Hyde Park, Independence, Abilene, Stonewall, Yorba Linda, Simi Valley et Grand Rapids, où j'ai parfois même ouvert les cercueils et regardé les présidents défunts. Parfois, j'ai caressé ce qui restait de leurs visages. Parfois, j'ai laissé ma main s'attarder.

On pouvait les toucher de leur vivant et encore plus facilement à présent.

J'aurais pu faire à leurs dépouilles ce qui me chantait, absolument tout, mais je me suis contenté de prendre un peu de terre pour ma petite boîte. Un cadeau des présidents au président.

Peut-être qu'un jour mes biographes essaieront d'élucider le mystère de la terre et qu'ils engageront un expert ou deux qui entreprendront la laborieuse tâche de trier les grains et de retrouver leur origine. Et une fois les lieux identifiés, ils auront un petit choc.

Mais pas maintenant.

Il ne reste qu'une heure au chronomètre.

Comme va le constater bientôt le président du premier hôpital d'Amérique.

Regardez-le.

Il me sourit.

Et je lui rends son sourire.

Je dis :

Bonjour.

74

Dark

Paris, France / Philadelphie, Pennsylvanie

Le Gulfstream était prêt quand Dark et les autres membres de l'Alliance globale arrivèrent. Ils décollèrent une minute plus tard. Cependant, leur avion avait tout de même une heure de retard par rapport au jet privé de Trey Halbin. Dès qu'ils atterrirent à Philadelphie, un van les conduisit jusqu'au Pennsylvania General, où les représentants locaux du FBI interrogeaient déjà le président de l'établissement.

Dark lui montra les photos de Trey Halbin qu'O'Brian avait récupérées – passeport, permis de conduire, cartes bancaires. Le président confirma : oui, c'était bien l'homme qui avait apporté le colis.

– Où est-il allé ? Vous avez une idée ?

– Aucune.

– Il faut évacuer l'hôpital, dit l'agent spécial à Dark.

– Non. Cela pourrait lui faire accélérer le mouvement, répondit-il. Et quand bien même, vous pourriez déclencher une panique dans toute la ville. Quel était l'appareil de mesure du temps livré dans le colis ?

– Une application chronomètre sur un smartphone. Il reste vingt-trois minutes.

– Il y avait aussi un cercueil miniature, ajouta le président. Qu'est-ce que cela signifie ? Il me menace de mort ?

La devinette était déjà projetée sur l'écran de la salle de réunion :

CELUI QUI ME FAIT N'A PAS BESOIN DE MOI
CELUI QUI M'ACHÈTE NE M'UTILISE PAS
CELUI QUI SE SERT DE MOI M'UTILISE SANS LE SAVOIR
QUI SUIS-JE ?

LABYRINTHE

– À présent, nous savons à quoi ressemble le criminel, annonça Dark aux agents du FBI. Commençons à penser comme lui – en symboles grandioses. Il ne va pas simplement éliminer une poignée d'infirmières dans la cafétéria de l'hôpital. Il fait passer un message, donc il lui faut une tribune.

L'agent opina.

– Quelqu'un connaît la réponse à cette devinette ? demanda O'Brian. Hans, tu veux te lancer, peut-être ? (Roeding le fusilla du regard.) Ah, voilà la réponse intellectuelle que j'attendais ! Merci, Hans ! Quelqu'un d'autre veut...

– Tu ne m'as pas laissé finir, le coupa Roeding avec un sourire mauvais. La réponse, c'est un cercueil : celui qui le fabrique n'en a pas besoin, celui qui l'achète ne s'en sert pas, et celui qui est dedans ne le sait pas. Exactement comme toi quand je te mettrai en terre, crétin d'Irlandais.

– Épargnez-nous vos déclarations d'amour, soupira Natasha. Cherchons ce salaud.

L'hôpital était immense. Le bâtiment d'origine avait été entouré d'une dizaine d'autres couvrant plusieurs pâtés de maisons. S'il s'agissait d'une opération médicale, elle pouvait être exécutée n'importe où, dans l'un des nombreux blocs opératoires renommés dans le monde entier.

Il restait vingt et une minutes...

Les quatre membres de l'Alliance globale se séparèrent : ils n'avaient pas le temps de coordonner une attaque concertée alors que Labyrinthe pouvait se trouver quasiment n'importe où. Le mieux, raisonna Dark, était que chacun mette en œuvre ses compétences et suive son instinct. Au moindre signe de Halbin, toute l'équipe accourrait.

Une fois seul, Dark trouva un plan de l'hôpital sur un mur. Il l'examina, non comme le policier qu'il était, mais comme un acteur, comme Trey Halbin. Un amateur de lieux symboliques et de gestes grandiloquents.

En quelques secondes, il sut où il allait trouver Halbin.

75
Dark

L'amphithéâtre de chirurgie était du dernier cri. En son temps.

Son temps étant 1804.

Pendant la plus grande partie du XIXᵉ siècle, les opérations de chirurgie n'étaient pas du ressort du privé. S'il fallait vous enlever quelque chose – un membre, une tumeur hideuse sur la poitrine, la cataracte ou de douloureux calculs rénaux –, l'opération était ouverte au public. En fait, l'hôpital placardait dans toute la ville des annonces décrivant en détail ce que vous subiriez, quel jour et à quelle heure. Le moment venu, vous n'étiez aucunement anesthésié. On vous encourageait plutôt à boire ou à vous bourrer d'opium jusqu'à ne plus être capable de distinguer un ange d'un chirurgien. Et jusqu'à trois cents personnes – chirurgiens, étudiants, public espérant agrémenter sa journée d'un spectacle sanguinolent – venaient dans ce grand amphithéâtre admirer les plus grands esprits médicaux du pays qui allaient s'attaquer à votre corps tout tremblant avec leurs bistouris.

Oui, se disait Dark, *Labyrinthe ne peut qu'adorer un endroit pareil.*

Au premier regard, la salle paraissait vide. Mais cela ne voulait rien dire. Le monstre pouvait se cacher dans les gradins en attendant de fondre sur lui.

Son téléphone vibra. Un SMS de Riggins.

APPELLE-MOI

Comme si c'était le moment, Riggins. Putain...

Dark ignora le message et continua de chercher, prêt à tirer sur tout ce qui bougerait. Si c'était bien Trey Halbin qui l'avait jeté par la fenêtre à Édimbourg, il savait d'expérience que ce salaud était incroyablement rapide.

Encore un message.

APPELLE-MOI MAINTENANT

Dark appela. Riggins décrocha aussitôt et lui demanda :

– Tu es où ?

– À Philadelphie.

– J'ai fouiné un peu concernant cette Alliance globale, surtout après que tu m'as dit que Labyrinthe essayait de te lancer sur un de tes équipiers. (Il avait prononcé le mot « équipiers » comme un divorcé qui dit « nouveau mari ».) Tout le monde est net, sauf un truc qui me rend carrément dingue...

Mais Dark n'entendit pas la suite, car son attention avait été captée par un bruit qui résonnait sur les murs de l'amphithéâtre.

Le bruit crispant d'une lame que l'on dégaine.

76

Labyrinthe

Je dis à Dark :

Bienvenue dans le labyrinthe !

Un bip discret – je me demande si Dark l'entend.

Je dis :

Je vais adorer travailler sur toi. J'ai au moins quinze minutes pour jouer. Je peux faire beaucoup de choses en quinze minutes.

Et là, je lui montre ce que j'ai dans la main.

Une scie à amputation. Poignée en ivoire, lame de quarante-cinq centimètres, fabriquée par un métallurgiste de Philadelphie durant la guerre de Sécession.

Dark s'approche et me demande :

Où est ton masque ?

Je souris, je lui dis :

Plus besoin de me cacher. Mon travail est terminé. Tu ne peux plus m'arrêter. Je ne pourrais pas reprendre les deux derniers cadeaux que j'ai faits au monde, même si je le voulais.

Je sais ce que fait Dark : il tente de gagner du temps, se rapproche, me fait parler, ces conneries éculées de flic, pour pouvoir sortir son Glock, le braquer sur ma poitrine, appuyer sur la détente et voir la balle s'enfoncer en moi avant que j'aie pu le couper en deux.

Je demande :

Tu sais ce que c'est ?

Il répond :

Je m'en fous.

Puis il dégaine son Glock.

Vise ma poitrine.

Et appuie sur la détente.

Enfin… IL ESSAIE.

Il ne se passe rien. Regardez ce pauvre Steve Dark, décontenancé, qui se demande pourquoi son Glock 18 refuse de le laisser abattre le méchant...

77

Natasha passait rapidement devant le service de soins intensifs du deuxième étage quand un patient déclencha son alarme.

– Code bleu ! Code bleu ! cria quelqu'un.

Des alarmes résonnèrent et le personnel se précipita. La vie ordinaire d'un grand hôpital urbain. Un territoire familier pour Natasha : elle avait passé des semaines auprès de son beau-père mourant d'un douloureux cancer du pancréas. Tout, dans cet hôpital, depuis la couleur des dalles jusqu'à l'odeur d'antiseptique flottant dans l'air et les blouses des infirmières, lui rappelait cette époque. Elle voulut se concentrer sur sa mission mais, une poignée de secondes plus tard, un autre patient mobilisa les infirmières quelques chambres plus loin. Encore des alarmes, la frénésie qui redouble. Puis, contre toute probabilité statistique, un troisième patient, puis un quatrième...

Le personnel médical paniqua.

– Je suis aussi en train de perdre quelqu'un !

– Mais qu'est-ce qui se passe ?

Dans les haut-parleurs, une voix annonça en s'efforçant de rester calme : « Tout le personnel médical est demandé au troisième étage, tout le personnel médical est demandé au troisième étage... »

Elle comprit alors qu'ils arrivaient trop tard. Le temps s'était écoulé. L'exécution du plan de Labyrinthe était lancée.

Le Pennsylvania General était équipé de plus de trois mille deux cents écrans plats, dans les couloirs, les chambres et les salles d'attente. Simultanément, ils se mirent à diffuser la même chose.

Un autre message de Labyrinthe.

IMAGES : *des couloirs débordant de monde. Des patients dans leurs lits qu'on roule le long des murs. Des visages blêmes. Des infirmières qui s'agitent dans la panique générale.*

LABYRINTHE : La santé est l'industrie la plus importante au monde et elle y est parvenue en devenant une industrie du profit. Il est bien plus rentable de faire durer une maladie pour pouvoir gonfler les factures et empocher les économies des malades, plutôt que de les soigner réellement. Je vais reprendre en main cette industrie et faire en sorte qu'elle SAUVE DES GENS.

78

Dark

Dark essaya de nouveau d'appuyer sur la détente du Glock. Et, de nouveau, elle refusa de bouger. L'arme était comme un morceau de ferraille inutile dans sa main. Qu'est-ce que c'était que cette histoire ? Pendant ce temps, Labyrinthe se jetait sur lui, à une vitesse incroyable, la scie chirurgicale en main, muscles bandés, prêt à frapper...

MAINTENANT !

Dark lâcha l'arme et recula brusquement.

La lame s'abattit sur son cou en sifflant et entama la peau. À quelques millimètres près, le coup aurait été mortel car il aurait sectionné une artère.

Dark tomba à la renverse tandis que Labyrinthe lui administrait un revers. Dark saisit son adversaire par le coude qu'il tordit. Le bras de l'homme était comme en béton armé. Sa force était irréelle, surtout pour une corpulence aussi ordinaire.

– Commençons par une main, dit Labyrinthe en lui donnant un coup de tête.

Violent. Précis. Des étoiles dansèrent devant les yeux de Dark. Il s'efforça de ne pas lâcher Labyrinthe, mais il sentait ses muscles trembler et avait l'impression que son front allait éclater. En quoi était le crâne de ce type ? En acier ?

Puis Dark se rappela que son arme était tombée non loin. Il lâcha le bras de son adversaire. La lame siffla dans l'air au-dessus de sa tête. Dark roula sur lui-même, s'empara du Glock. Peut-être qu'il s'était enrayé, mais il pouvait toujours servir. Dark en assena un coup sur la tempe de Labyrinthe. Puis un autre. Et encore un autre. À chaque coup, Dark sentait une haine brute bouillonner en lui.

C'est alors que Labyrinthe lui saisit les mains et les serra pour les immobiliser. Le sang ruisselait sur son visage, mais le monstre souriait tout de même.

– Ça doit te rendre fou, siffla-t-il.

Il accentua la pression, et Dark eut l'impression d'avoir les doigts pris dans un étau. Sa main était paralysée.

– Tu n'as toujours pas compris pourquoi tu ne pouvais pas me tirer dessus, hein ?

– Je t'emmerde.

L'arme commençait à lui échapper, tandis que Labyrinthe lui broyait la main comme s'il s'agissait d'un bloc d'argile. Cette force était surhumaine, l'arme lui échappait et, soudain, Dark se retrouva face au canon du Glock.

– Bienvenue dans le Labyrinthe, annonça le psychopathe.

Il y eut un petit bip.

Dark comprit que c'était son Glock qui l'avait émis. Il se jeta sur le côté, mais il était trop tard. La détonation retentit et une balle lui déchira le biceps.

La douleur. Irréelle.

Une main devant l'autre sur le sol glacé. La blessure l'élançait.

Quelque part derrière lui, il entendit Labyrinthe ramasser sa scie.

– Où vas-tu ? Nous avons encore tout notre temps pour expérimenter des amputations.

Une main...

... devant l'autre.

– J'ai vu des photos de la police montrant ce que tu avais fait à ce pauvre Sqweegel. Tu dois te sentir affreusement mal de savoir que tu as débité ton propre frère en morceaux comme un boucher.

Dark se répéta : *N'écoute pas. Continue d'avancer.*

Mais la simple mention du nom Sqweegel faisait tout ressurgir : l'affrontement dans le repaire souterrain du monstre, la hache qui s'abattait, les membres maigres séparés du corps...

Et désormais, il savait que le sang noir qui avait jailli de ces blessures coulait aussi dans *ses propres veines*.

Dans le vaillant petit cœur de sa petite fille...

Non.

Ne te fais pas subir tout cela.

Balaie ces pensées.

Continue d'avancer.

Continue...

...jusqu'à la vitrine.

– Laisse-moi t'épargner un peu de culpabilité et te montrer ce que cela fait. Je peux commencer par une jambe.

Refusant de céder à sa douleur fulgurante à l'épaule, Dark se remit debout et courut vers une vitrine adossée au mur courbe de l'amphithéâtre. Il la fracassa de plein fouet, faisant voler en éclats le verre qui retomba en pluie sur les antiques instruments chirurgicaux. Bistouris. Scies... Mais Labyrinthe se précipitait déjà sur lui avec sa scie. Dark fit volte-face et lui assena un coup de pied en pleine poitrine, lui coupant le souffle. Il le frappa de nouveau tout en tâtonnant dans la vitrine, se coupant sur les débris de verre ; il sentit enfin un objet lisse et métallique. À présent, lui aussi avait une arme.

Un bistouri, déjà taché du sang qui coulait de ses doigts entaillés.

Labyrinthe, ayant repris son souffle, arrivait vers lui, la scie à la main, prêt à porter un autre coup. Dark avait l'impression de saigner par une centaine de plaies.

– Tu as débité ton propre frère en morceaux avec une hache ! hurla Labyrinthe avant de bondir en faisant tournoyer la scie.

Dark se baissa. La lame siffla au-dessus de sa tête et le manqua de peu. Il plongea le bistouri à plusieurs reprises dans le flanc de son adversaire. L'homme poussa un cri et perdit l'équilibre.

Mais ce n'était pas un cri de douleur.

Il riait.

Labyrinthe se retourna vers Dark en s'esclaffant.

– Mais tu es l'égal de ton frère ! Tu es très doué avec ton bistouri !

– Je croyais que tu valais mieux que ça, le défia Dark.

– Que tu es distrayant…

– Tu dis que tu veux du changement, reprit Dark sans relever la moquerie. Qu'est-ce que tu changes, en ce moment, en te battant avec moi ?

– Le changement a déjà commencé et ni toi, ni Blair, ni personne ne pourrez l'arrêter. Depuis trop longtemps, des hommes comme toi abusent les masses en leur faisant croire qu'elles sont protégées. Tes précieuses institutions, celles que tu sers aveuglément, sont faites pour utiliser les gens. Pour le profit et le pouvoir...

– Exactement comme tu utilises les gens pour répandre tes absurdités. C'est là le problème. Ils sont plus malins que ça. Ils verront ce que tu es en réalité. Un monstre.

– Moi, un monstre ? Peut-être. Mais peu importe. Mon rôle est terminé. C'est à un autre de les libérer de leurs chaînes.

Un autre ? s'interrogea Dark. *Il aurait un associé, ou bien s'agit-il d'une autre marionnette ?*

– Alors vas-y, dit Labyrinthe avec un sourire. Tue le monstre.

Dark le regarda sans émotion.

– Non.

79

Dark

Dark lâcha son bistouri et observa l'expression franchement déroutée de Labyrinthe. Un quart de seconde plus tard, il plongea et saisit la scie. Labyrinthe tressaillit et tenta de résister de toutes ses forces.

– Tue-moi, tueur ! siffla-t-il. Tue-moi, tue-moi, tue-moi...

Dark tordit les mains de Labyrinthe jusqu'à retourner la lame à quelques centimètres du cou tendu de son adversaire.

– Tais-toi, dit Dark.

Il lui assena un coup de genou dans l'entrejambe, immédiatement suivi d'un violent coup de tête. Du combat de rue, un comportement auquel Labyrinthe ou Trey Halbin, ou Dieu sait comment il s'appelait, ne pouvait s'attendre. Labyrinthe adorait s'insinuer dans l'esprit de ses victimes pour déceler leurs points sensibles. Chez Steve Dark, c'était Sqweegel : Labyrinthe croyait pouvoir le forcer ainsi à des gestes ou à des comportements prévisibles.

Mais Dark ne se laissait pas dominer par le Sqweegel qui sommeillait prétendument en lui. Il puisait dans sa personnalité profonde, sa véritable personnalité – celle de l'enfant terrorisé de l'orphelinat, de l'adolescent révolté qui errait dans les rues de Los Angeles, du jeune flic qui tenait sa petite fille par la main. Mais, surtout, de l'homme qui avait pour mission de capturer les monstres, pas d'en devenir un.

Et cet homme savait se battre.

Labyrinthe se plia en deux et lâcha la scie. Dark continua de le cribler de coups de poing et de pied pour l'empêcher de reprendre son équilibre.

– Tu n'es ni un prophète ni un sauveur, lui dit-il. Tu es un connard tordu qui a trop d'argent et de pouvoir. (Labyrinthe leva la main pour se protéger, mais Dark lui envoya un dernier coup en plein visage avant de lui passer une menotte au poignet droit.) Et je suis un flic, pas un tueur.

Dark traîna Labyrinthe jusqu'à la table d'opération, passa la chaîne à l'un des pieds d'acier qui n'avaient pas bougé depuis plus de deux siècles et referma l'autre menotte sur le poignet gauche. Ce salaud avait peut-être une force inouïe, mais il ne risquait pas de bouger cette table, à moins de s'arracher les mains ou de briser la chaîne.

Dark recula et considéra sa proie. Il avait mal partout, mais une étrange euphorie le submergeait. Celle qui vous gagne lorsque vous venez de résoudre une affaire. Non, ce n'était pas cela. C'était l'allégresse d'avoir capturé un monstre et de le traîner dans la lumière pendant qu'il se débattait, afin que le monde entier le voie.

– Vous l'avez attrapé, résonna une voix derrière lui.

Dark se retourna et vit Damien Blair qui entrait dans la salle, une arme à la main. Était-il venu de son côté en jet privé ? Venu pour vivre une sorte de moment de gloire ? Cela ne tenait pas debout.

– Que faites-vous ici ? demanda Dark.

Blair leva son revolver.

CHICAGO TRIBUNE

Dernière minute : Suite à une confusion dans les dossiers médicaux, quatre patients décèdent dans deux hôpitaux de la région. Selon les autorités, la situation est maîtrisée.

PBS NEWSHOUR
Dernière minute : Vague d'erreurs médicales dans les hôpitaux des grandes villes. Les médecins sont dépassés.

AP NEWS
Dernière minute : Une nouvelle devinette de Labyrinthe reçue au Pennsylvania General juste une heure avant la vague d'erreurs médicales.

PHILADELPHIA INQUIRER
Dernière minute : Le porte-parole du président du Pennsylvania General confirme avoir reçu une lettre de Labyrinthe.

THE SLAB
Dernière minute : À présent, Labyrinthe s'en prend aux malades. Et à qui ensuite ? Aux orphelins et aux personnes âgées ?

80
Dark

Blair avait l'air d'un dément.

– Je savais que vous le captureriez, Dark. Depuis le début, je savais que ce serait vous qui l'attraperiez. Jamais aucun chasseur d'hommes ne vous a égalé.

– Damien, baissez votre arme. Ce type est fini. Et il ne peut plus s'échapper. Où sont Natasha et les autres ?

– Écartez-vous, répondit Blair à mi-voix. Ce n'est pas une requête. Considérez cela comme un ordre. Écartez-vous tout de suite.

– Un ordre, mon cul !

– Ne m'obligez pas à tirer sur vous.

– Vous voulez le tuer ? s'étonna Dark.

– Vous ne comprenez pas. On ne peut pas lui laisser la vie. Il est beaucoup trop dangereux.

Dark se surprit à se planter devant Labyrinthe. Cinq ans plus tôt, il aurait probablement aidé Blair à tuer ce salaud – il l'aurait tenu pour qu'il ne bouge pas.

Mais cinq ans plus tôt, il était habité par une rage folle et avait failli se perdre. Aujourd'hui, il était maître de lui. Pas dominé par ses gènes, son héritage familial ou quoi que ce soit en dehors de son libre arbitre. Là était la différence.

Dark était un autre homme, à présent. Pas question qu'il se laisse happer par son passé.

– Non, nous allons le livrer à la police, répliqua-t-il à Blair.

– Vous ne comprenez pas. Vous devez me faire confiance sur cette question.

– Non, vous allez devoir vous expliquer.

Blair soupira, sans pour autant baisser son arme ni bouger. Il n'avait qu'une idée en tête et restait inébranlable.

– Je ne vous ai pas menti en vous disant que j'avais fondé l'Alliance globale pour capturer Labyrinthe. C'est parce que moi seul savais ce dont il était capable et que, si je voulais le capturer, je devais avoir les meilleurs dans mon équipe.

– Ça ne m'éclaire pas beaucoup.

– Avant de créer l'Alliance globale, j'ai créé Labyrinthe.

– Quoi ? demanda Dark qui n'en croyait pas ses oreilles.

– C'était il y a presque quinze ans. Nous étions tous les deux jeunes et ambitieux et nous travaillions dans une branche du MI-5. Vous avez fait partie des Affaires spéciales ? Eh bien, c'était quelque chose du même genre, mais dans l'espionnage. On nous a donné pour mission de créer l'agent ultime, un homme capable d'aller partout, à tout moment, pour n'importe quelle mission, sans aucune limite. Quelqu'un capable d'arracher un poil de sourcil au Président américain rien que pour prouver qu'il en était capable. Littéralement, un homme capable de sauver le monde en cas d'urgence. Le nom de code de ce projet était Labyrinthe.

– C'est vous qui avez créé cet enfoiré ?

– Cette force du bien, corrigea Blair. Au début, Labyrinthe n'était pas un individu, mais un concept. Nous avons même tiré à pile ou face pour savoir lequel de nous deux serait Labyrinthe.

– Je devine que vous avez perdu.

– Non, c'est mon ancien ami que vous voyez ici qui a perdu. Il s'est perdu lui-même. Si j'avais su qu'une telle folie s'ensuivrait, j'aurais arrêté le projet et brûlé tous les documents.

– Alors pourquoi ne nous avez-vous pas dit dès le début qui nous traquions ? Connaître son vrai nom nous aurait bien aidés, déjà.

– Peu importait son vrai nom. Il l'a abandonné il y a quinze ans. Cela faisait partie du projet. Un effacement total de l'identité, de sorte que si un agent ennemi capturait Labyrinthe, aucunes représailles ne pourraient être exercées sur sa famille. Ce projet reposait sur un nouveau nom, un nouveau visage, des traitements médicaux de pointe et un entraînement de terrain rigoureux. Nous avons dressé la liste des qualités que devait posséder l'agent ultime, puis nous nous sommes mis en devoir de le créer. Lui.

Dark repensa au comportement de Labyrinthe. La facilité avec laquelle il passait les frontières, les portes et les contrôles. La manière dont il dissimulait ses appels, ses achats, ses vols. Sa capacité à s'insinuer au cœur des secrets les plus sombres de quelqu'un. Cela paraissait correspondre aux qualités requises pour un « espion ultime ».

Mais il restait beaucoup de choses dans l'ombre – comme ces objets d'art hors de prix, ses armes et son financement.

– Il est toujours payé par l'Alliance globale ? demanda Dark. Depuis le début, vous vous vantez d'avoir des fonds illimités et accès à tout. Cela ressemble pas mal à ce dont jouissait cette ordure.

– Non. Je ne l'avais pas vu depuis dix ans. Notre séparation a été... violente.

– Que s'est-il passé ?

– Faire le bien du monde ne signifiait pas la même chose pour l'un et l'autre. J'ai lancé des missions spéciales pour utiliser au mieux Labyrinthe. Cependant, il a été pris d'une folie des grandeurs, s'est mis à penser qu'il était un être supérieur destiné à remédier à tous les maux de l'humanité. Quand je me suis rendu compte que la pression avait été trop forte et que mon ami avait pété un plomb, j'ai fait ce qu'il fallait.

– C'est-à-dire ?

– J'ai envoyé une équipe hautement qualifiée sur ses traces. L'élite de l'élite, les meilleurs chasseurs d'hommes de l'armée.

Ils ne sont jamais revenus. Leurs corps n'ont jamais été retrouvés. Et Labyrinthe lui-même a disparu... complètement. Mais je savais qu'il n'était pas mort. Il s'était enfoncé encore plus profondément dans le néant, au point qu'il était impossible à retrouver. Exactement comme il avait été conditionné à le faire ! Je suis passé à d'autres projets, mais je savais que Labyrinthe reviendrait se venger. C'est pourquoi j'ai créé l'Alliance globale, et réuni les meilleurs agents au monde. Parce que j'étais sûr qu'un jour Labyrinthe réapparaîtrait et qu'alors il me faudrait la meilleure équipe pour le neutraliser. Il n'a donné aucun signe de lui jusqu'à ces dernières semaines, quand il a envoyé son colis à la police de Los Angeles. Là, j'ai su que ce que je redoutais commençait à se réaliser. Sauf qu'il n'était pas revenu se venger. Pendant son absence, il avait mis au point son projet pour sauver le monde.

– Sauver le monde ? Comment ? Avec une campagne de terreur ?

– Ce n'est pas du tout une campagne de terreur. Dès le premier colis, j'ai su ce qu'il faisait : il essayait de changer le monde. (Dark le fixa, attendant une explication. Blair sourit.) C'était la capacité la plus précieuse de Labyrinthe : son don pour transformer les individus. Retourner un ennemi à votre profit. Contraindre sans violence une source à divulguer des informations top secret.

– Comment ?

– Au début, c'était un sujet de plaisanterie entre nous. L'idée que nous menions une souris de laboratoire dans une série de couloirs jusqu'à ce qu'elle atteigne le cœur du labyrinthe. Mais au lieu d'y découvrir une récompense, la pauvre souris offrait son propre fromage. Gentiment. Volontairement. Nous avons mené de nombreuses expériences en Europe de l'Est – des volontaires pour la plupart. Labyrinthe est devenu très habile dans l'art de mener les gens dans les couloirs de leur esprit, et de deviner exactement leurs faiblesses, pour les faire aller d'un côté ou de l'autre. Au début, nous avons utilisé quantité de drogues pour détendre les sujets, mais très vite Labyrinthe a pu s'en passer et réussir tout autant. Il lui suffisait d'une journée pour vous chambouler complètement, rien qu'en vous parlant.

Soudain, Dark comprit ce qu'avait voulu dire Blair par « changer le monde ». Toute la campagne de Labyrinthe avait consisté à mener le monde lui-même – cette ruche mentale que composent les réseaux sociaux modernes – à travers une série de couloirs jusqu'à obtenir ce qu'il voulait.

Contrôle.

Domination.

Une voix s'éleva derrière Dark.

– Eh bien, ça n'a pas marché sur toi, Damien.

81

Labyrinthe

Oh oui.

Je suis réveillé.

Je n'ai jamais cessé de l'être.

Je sais encaisser les pires coups. C'est pourquoi j'ai laissé Dark me frapper, me menotter et s'imaginer qu'il avait le dessus.

Je sais que je ne cours pas un réel danger d'être appréhendé ou tué.

Ils ne pourront plus arrêter mon plan, désormais.

Quoi qu'ils fassent.

J'avoue aussi que je voulais entendre l'explication de mon vieil ami DAMIEN. Et je dois dire qu'elle n'est pas entièrement satisfaisante.

Selon sa version de notre association, de notre mission, notre expérience passe pour le pire téléfilm de la semaine.

Oh, le noble espion qui essaie de faire le bien jusqu'à ce que son ami mentalement déséquilibré le TRAHISSE et l'oblige à réparer les dégâts...

Quelles conneries !

Comme tout le reste en ce monde, la vérité sur mon origine est beaucoup plus compliquée, beaucoup plus subtile que ce que Blair peut bafouiller, tout en espérant me tirer une balle en pleine tête et effacer ce qu'il considère comme la plus grosse erreur de sa vie.

C'est nous qui avons engendré l'ORDRE NOUVEAU, Damien, ne le vois-tu pas ? Mais tu fuis tes responsabilités de géniteur, tu redoutes les implications, toujours empêtré dans ta culpabilité religieuse.

Tu es le facilitateur.

JE SUIS LE FAISEUR.

Comme toujours.

Mais au lieu d'une auréole glorieuse, tu vois du sang sur tes mains.

Ce n'est pas du sang, mon bon monsieur.

C'EST LE PLACENTA D'UNE ÈRE NOUVELLE.

Oui, oui, oui.

Tu es faible, tu l'as toujours été, tu t'es toujours empressé d'ouvrir de nouvelles portes, mais tu as toujours répugné à les franchir, Damien ! Si la pièce était tombée sur l'autre face, c'est toi qui serais à ma place.

Mais elle n'est pas tombée sur l'autre face.

J'ai été touché par la main du destin !

Et cela te tue, n'est-ce pas ?

Mais je ne dis pas tout cela à voix haute. Il y a mon moi intérieur et mon moi extérieur. Mon moi extérieur parcourt le monde, et mon moi intérieur sait qu'un jour il le gouvernera.

82
Dark

Dark se retourna vers Labyrinthe, toujours menotté à la table d'opération. L'homme souriait d'un air narquois, malgré le sang ruisselant sur son front et les ecchymoses qui apparaissaient déjà sur son visage. Labyrinthe faisait le malin. Instinctivement, Dark comprit : cela signifiait qu'autre chose était en route – un autre attentat. Le psychopathe les entraînait toujours dans son labyrinthe. Raison de plus pour le garder en vie : le tuer ne ferait que compliquer leur tâche s'ils voulaient empêcher le piège mortel qu'il avait déjà mis en place de se refermer.

– Je vais donc mettre un terme à tout cela, reprit calmement Blair.

– Non, répondit Dark.

– Dis-moi, Dark, lança alors Labyrinthe, qu'est-ce que Blair t'a promis pour que tu te joignes à sa petite équipe ? Qu'il protégerait ta petite fille ? Une forme quelconque de paix ? Tu serais tellement occupé à pourchasser les prétendus méchants que tu n'aurais pas le temps de te lamenter sur le sort de ta femme ?

– Il doit mourir sur-le-champ, dit Blair. Écartez-vous.

– Nous le tenons, répondit Dark. Nous n'avons pas besoin de le tuer. Nous allons le faire parler.

– Et comment ? le défia Labyrinthe. Tu comptes me verser de l'eau dans la gorge, Dark ? Me faire suffoquer jusqu'à ce que je parle ?

– Il est plus malin que ça, expliqua Blair.

– Oh, que oui, Steve Dark ! Oh, que oui ! Tellement malin ! Tu devrais l'écouter. Il pense qu'il m'a créé, après tout.

– Je tirerai même si vous ne vous écartez pas, dit Blair.

– Alors arrêtez de le répéter et faites-le.

– Oui ! cria Labyrinthe. Fais-le ! Appuie sur la détente ! S'il te plaît ! S'il te plaît ! Cela va considérablement arranger les choses !

C'est alors qu'une explosion retentit.

Une pluie de débris s'abattit sur eux tandis que Hans Roeding descendait en rappel depuis la verrière, braquant son revolver sur la tête de Labyrinthe jusqu'à ce que ses rangers touchent le sol dans un crissement d'éclats de verre broyés. Au même instant, Natasha et O'Brian surgirent par les portes de l'amphithéâtre. Les renforts étaient arrivés.

Roeding les surprit tous en se retournant pour mettre Blair en joue.

– Lâchez votre arme, Blair, ordonna-t-il.

Natasha et O'Brian poussèrent un cri de stupeur. Que faisait-il ? Pourquoi menaçait-il Blair ? Cependant, Dark comprit. Le mot qu'il avait reçu à l'hôpital était un défi de Labyrinthe, mais aussi un message qui disait la vérité. Il avait infiltré les rangs de l'Alliance globale et réussi à retourner Hans Roeding. Dieu sait à quoi il avait dû recourir pour entraîner un soldat aguerri dans le dédale tortueux de son esprit.

– Hans... Non, ne me dites pas... Pas vous...

– L'arme. Immédiatement !

Blair se tourna vers Labyrinthe, qui souriait béatement.

– Face, tu perds, dit le psychopathe.

Blair laissa échapper un gémissement, mélange d'indignation, de dépit et de fureur, mais soudain il ne se soucia plus de l'arme braquée sur lui. Tout ce qui lui importait, c'était de tuer sa créature.

Cependant, quand il appuya sur la détente, évidemment, rien ne se passa.

En effet, Roeding s'était occupé de tout l'arsenal de l'Alliance globale, depuis les revolvers jusqu'aux lance-roquettes. Il travaillait pour Labyrinthe depuis le début et avait installé sur chacune un système de court-circuit obéissant à la voix de son maître. Si vous vouliez tirer sur Labyrinthe avec l'une de ces armes, elle s'enrayait et n'était plus qu'un bout de ferraille inutile. Roeding, armurier en chef de l'Alliance globale, avait aussi pu sans peine remplir le chargeur du Glock 19 de balles à blanc. Voilà pourquoi, à Édimbourg, les tirs de Dark n'avaient eu aucun effet. S'il s'était agi de vraies balles, le psychopathe aurait été arrêté à ce moment-là.

Blair se rendit compte de l'ampleur de la trahison de Roeding quand il tenta de nouveau, en vain, de tirer.

– Non ! s'écria-t-il. J'ai enquêté sur vous, sur vous tous !

– Assez, répliqua Roeding en tirant deux balles.

Une gerbe de sang jaillit de la poitrine de Blair, qui fut violemment soulevé de terre et projeté en arrière. Il poussa un curieux piaillement, comme un enfant qui s'est écorché le genou.

Natasha mit Roeding en joue, appuya sur la détente et... rien.

Roeding fit volte-face, pointant son arme sur le ventre de la jeune femme. Pour la première fois, Dark vit l'ombre d'un sourire poindre sur ses lèvres. Il n'exécutait pas seulement les ordres de son maître. Il y prenait du plaisir.

Dark réagit aussitôt : il se baissa, s'empara du bistouri ensanglanté et le lança. La lame s'enfonça dans la gorge de Roeding.

Le soldat toussa et tituba. Du sang ruissela de ses lèvres.

– Salope !

Natasha s'écarta juste avant que Roeding tire. Ses balles firent voler en éclats les bancs de bois séculaires, puis il tomba à genoux et lâcha l'arme comme une marionnette dont on vient de couper les fils.

Mais avant de rendre son dernier soupir, Roeding murmura quelques mots. Dark les entendit à peine :

– Entre dans le labyrinthe.

De son côté, Labyrinthe était toujours aussi hilare. Tout cela était tellement divertissant.

– Eh bien, bravo pour l'Alliance globale ! dit-il. Voyons voir : nous avons un chef d'équipe mort, un traître mort... ce qui nous laisse un petit nouveau émotionnellement fragile, la mignonne petite linguiste et le geek alcoolique.

Dark plongea son regard dans le sien.

– Tu vas finir derrière les barreaux jusqu'à ton dernier jour. C'est-à-dire celui où on décidera de te faire une dernière piqûre. En fait, je préfère être un petit nouveau émotionnellement fragile.

– Ne t'inquiète pas, dit Labyrinthe en souriant. Je peux encore vous conduire jusqu'à la Terre promise. Vous pouvez encore achever votre mission, même sans M. Blair. Vous voulez que je vous donne la prochaine devinette ?

– Va te faire foutre ! répondit Natasha avant de vérifier que Roeding était bien mort et de le désarmer.

– J'en déduis que c'est oui.

L'homme qui se faisait appeler Labyrinthe sourit, ferma les yeux et récita d'un ton moqueusement solennel :

JE N'AI JAMAIS ÉTÉ, JE SERAI TOUJOURS DESTINÉ À ÊTRE. PERSONNE NE M'A JAMAIS VU NI NE ME VERRA JAMAIS. ET POURTANT TOUS ONT CONFIANCE EN MOI POUR VIVRE ET RESPIRER SUR CE GLOBE TERRESTRE. QUI SUIS-JE ?

Dark connaissait la réponse. Les devinettes n'étaient jamais le problème. Dès que l'on pensait en termes de métaphores et de code, les réponses apparaissaient plus clairement. Les clés de celle-ci étaient les mots « été » et « serai ». Des temps. Le passé et le futur. La solution n'était pas un être, c'était un concept abstrait.

– La réponse est l'avenir, dit Dark.

– Dis-le, Steve Dark. Dis-moi que je suis l'avenir ! Dis-le ! JE SUIS L'AVENIR !

Dark ne lui prêta aucune attention.

– Où sont les autres indices, demanda Natasha. Le qui et le quand ?

– Hélas, vous m'avez interrompu avant que j'aie pu les laisser. Vous trouverez le qui dans la troisième rangée. Et pour ce qui est du quand... Saviez-vous que toutes les opérations de cette salle n'étaient pratiquées qu'à la lumière du jour ?

Dark jeta un regard à Natasha, qui s'élançait déjà sur les marches de bois grinçantes. Mais se précipitait-elle dans un nouveau piège ? Dark fut submergé par l'horrible impression que Labyrinthe avait planifié tout ce qui venait d'arriver, jusque dans les moindres détails.

Peut-être Blair avait-il vu juste depuis le début. Et la seule manière de vaincre ce fou serait d'entrer dans le labyrinthe avec lui.

– Je l'ignorais, répondit Dark. Pourquoi en plein jour ?

– Parce qu'il n'y avait pas d'électricité. Enfin, Dark, je te croyais plus intelligent ! Les chirurgiens devaient compter sur la lumière du jour qui provenait d'en haut. La plupart des opérations avaient lieu de 11 heures à 14 heures.

– J'ai trouvé une malle fermée là-haut, cria Natasha. Je vais l'ouvrir.

– Surtout pas ! cria Dark qui empoigna Labyrinthe à la gorge et serra. C'est lui qui va l'ouvrir.

Oui, entrer dans le labyrinthe avec lui, puis lui botter les fesses et le forcer à vous montrer la sortie.

– Je vous assure, Natasha Garçon, intervint Labyrinthe, qu'il n'y a rien de dangereux dans cette malle. Vous pouvez l'ouvrir sans crainte.

Ne fais jamais confiance à ces salauds, l'implora Dark silencieusement. *Jamais*.

– Bon Dieu, ne fais pas ça ! hurla-t-il.

Un coup de feu résonna dans l'amphithéâtre.

– La serrure a sauté. Je l'ouvre, annonça Natasha.

Labyrinthe sourit en dodelinant de la tête. Ses yeux, qui semblaient s'assombrir de plus en plus, étaient fixés sur Dark.

– Alors ? demanda O'Brian. Qu'est-ce qu'il y a dedans ?

– Des photos, répondit Natasha d'une voix hésitante. Il y en a apparemment des centaines. Des milliers de photos de bébés. Anciennes, récentes, en couleur, en noir et blanc, de toutes sortes.

Dark réfléchissait à cent à l'heure. Une malle remplie de photos de bébés. Le deuxième objet désignait toujours la victime. Labyrinthe voulait-il dire qu'il allait tuer des milliers d'enfants – ou l'avait déjà fait ?

– Mais ça veut dire quoi ? demanda O'Brian.

Labyrinthe leva les yeux au ciel.

– Vous êtes si impatient que vous ne voulez même pas vous servir de votre matière grise, monsieur O'Brian ? En fait, celle-là va vous plaire, étant donné que votre Irlandaise catholique de mère vous a sûrement expulsé aussi facilement qu'un étron, vous et vos innombrables frères et sœurs.

– Dark, tu es le plus près. Tu peux lui faire ravaler ça d'un coup de poing ?

– La notion de famille est corrompue, continua Labyrinthe. Avec l'adultère, le divorce, les familles recomposées, monoparentales, le mot « famille » ne signifie plus rien. L'idée de famille nucléaire doit être réinventée ! Nous traiterons tout le monde comme notre famille ! Une seule famille unie sous le règne de Labyrinthe ! Nous nous aimerons et nous nous soutiendrons les uns les autres en toute équité, quels que soient nos liens. On efface tout et on recommence à zéro.

On recommence à zéro...

Dark comprit ce qu'avait fait Labyrinthe.

– Les photos... en vrac. Il a foutu le boxon dans les registres des naissances.

– Bien, très bien..., apprécia Labyrinthe. Comment ai-je fait ? Comment y ai-je eu accès ?

– Ferme ta sale gueule avait que je te colle une balle ! rétorqua O'Brian.

– Le précédent attentat était seulement un échauffement, murmura Natasha. Il a bousillé les registres des hôpitaux : il y a eu des patients en détresse dans tous les hôpitaux du pays.

– Mademoiselle Garçon, je suis très fier. Je sais que notre regretté ami M. Blair l'aurait été lui aussi. Oui, pendant que tous fouillaient les systèmes de leurs petits hôpitaux pour trouver l'erreur, en Indonésie, une équipe de sous-traitants indépendants était occupée à profiter des failles de sécurité.

Labyrinthe leur fit un grand sourire.

– Ils m'ont enlevé mon nom. Mais j'ai appris avec le temps que les noms n'ont absolument aucune signification.

Des milliers de nouveau-nés dans le monde entier allaient voir leur identité effacée d'un seul coup. Et Dark ignorait quand.

Immédiatement, il pensa à sa fille, Sibby. Il ne put s'en empêcher. Née dans l'antre d'un monstre, ignorant que sa mère était mourante – pire, que le sang de ce même monstre courait dans ses propres veines. Il y avait quelque chose de particulièrement affreux dans le tourment infligé à ces innocents, qui recevaient les mauvaises cartes dès leur naissance.

Il était hors de question de laisser faire cela.

Il arracha le bistouri du cou de Roeding et s'approcha de Labyrinthe.

– Ce ne serait pas la première fois qu'on me torture, prévint celui-ci.

– Oui, mais pas de cette façon, dit Dark en lui empoignant le visage. Je pense que je vais commencer par les tympans.

– Ça ne donnera rien. Tu le sais, Steve Dark. Tu essaies simplement de me faire peur pour que je coopère. Penses-tu vraiment que je vais céder à la menace de la torture ? C'est moi le bourreau ! J'ai inventé ce jeu !

– Dark ! cria Natasha. Qu'est-ce que tu fais ?

– Laisse-le bosser, dit O'Brian.

– Ou peut-être un œil, continua Dark en appuyant la lame sous l'orbite de Labyrinthe. Tu peux m'arrêter quand tu veux.

Labyrinthe remua la langue dans sa bouche comme s'il essayait de déloger une miette entre deux molaires.

– À plus tard, dit-il.

Immédiatement, Dark comprit ce qui se passait. Le super agent venait de dégager sa planche de salut, sans doute dissimulée dans une fausse dent. Une tradition ancienne dans l'espionnage. Si vous étiez capturé et vouliez éviter de divulguer sous la torture des secrets capitaux, vous cassiez la fausse dent et avaliez la capsule de cyanure qu'elle abritait.

Dark empoigna Labyrinthe par les narines et le menton pour tenter de le forcer à ouvrir la bouche. En vain. L'homme serrait les mâchoires comme un étau. Dark lui assena en pleine face un coup de poing qui le fit basculer en arrière. Toujours rien. Et il avait réussi à avaler le poison, car un faible sourire se peignait sur son visage ensanglanté.

83
Labyrinthe

Eh bien.

C'est l'heure des adieux.

Pour l'instant.

Je n'avais pas prévu de m'éclipser maintenant, mais Dark me force la main. Je reconnais dans son regard déchaîné cette lueur vertueuse – il est prêt à me faire souffrir pour obtenir ce dont il a besoin. Il se croit un héros. On ne me la fait pas, à moi. J'ai vu les photos des restes de Sqweegel. C'étaient des frères, au fond. Latex ou pas.

Je ne doute pas un instant de pouvoir supporter ce que Dark entend m'infliger, mais je ne souhaite pas subir cette pantomime éculée.

Oh, regarde, je t'ai énucléé. Ton œil est parfaitement rond et visqueux. Et maintenant, je te crève un tympan ou je te coupe la langue ?

Barbant.

Je prends donc mon petit cachet et je me prépare à m'endormir.

Juste dormir.

Pas mourir.

Mon petit cachet – qui a coûté 6 millions d'euros à développer – va me plonger dans un état végétatif en interrompant mes fonctions cérébrales, mais en maintenant respiration, pulsations cardiaques et tension artérielle. Mon organisme va passer sur pilotage automatique. Il sera impossible de communiquer avec moi. Pendant six jours, au terme desquels mon cerveau retrouvera ses fonctions normales. Ensuite je serai de retour. Sans doute serai-je incarcéré dans l'un de ces lieux de détention secrets que l'Amérique affectionne tant. Mais m'enfuir ne sera pas difficile. Je me suis évadé de bien pire.

Et entre-temps...

Tout sera différent.

Il y aura un nouveau monde autour de moi, avec un nouveau chef.

Astucieux, ambitieux, tenace et extrêmement malléable : le jeune député européen Alain Pantin.

Je le conditionne depuis des années pour qu'il monte sur la scène internationale et il ne m'a pas déçu une seule fois. C'est l'homme idéal pour cette tâche.

Pourquoi lever une armée alors qu'on a seulement besoin d'un homme charismatique pour séduire le cœur et l'esprit de ceux qui ne seront que trop heureux d'être guidés ?

Tout ce qu'il faut à Alain Pantin, c'est le cadeau qui n'a pas encore été livré et dont le monde entier pourra profiter.

Et donc c'est l'heure de se dire au revoir.

Mais seulement temporairement.

84
Dark

– Merde !

Dark chercha le pouls de Labyrinthe. Son cœur battait encore. Lentement, mais régulièrement.

– Il est... ? demanda Natasha.

– Non. Il s'est plongé dans le coma.

Natasha appela aussitôt l'agent spécial du FBI, expliqua où ils étaient, ce dont ils avaient besoin. Elle donnerait tous les détails une fois sur place. Quand elle raccrocha, les trois derniers membres de l'Alliance globale se regardèrent.

– Tu peux arrêter ce cyberpiratage en masse ? demanda Dark à O'Brian.

– Je fonce vers les serveurs des hôpitaux. Je peux arrêter à peu près n'importe quoi. Il nous reste combien de temps ? Il me faut une heure limite, mon vieux, c'est comme ça que ça marche.

– Je t'appelle dès que j'ai du nouveau.

Il fut rapidement décidé que Natasha resterait auprès du criminel apparemment dans le coma. Pendant ce temps, Dark s'occupa de la question du temps. Cet amphithéâtre était prévu pour être la grande scène de Labyrinthe. Dark avait la devinette et l'objet – les photos des bébés. Mais l'objet qui mesurait le temps ? Il n'y avait pas de pendule dans la salle. Pas de montre, pas de cadran solaire, de calendrier. Rien.

C'est seulement quand Dark leva les yeux vers la verrière fracassée au sommet de la coupole qu'il se rendit compte que la salle en elle-même jouait ce rôle.

Les chirurgiens devaient compter sur la lumière du jour qui provenait d'en haut. La plupart des opérations avaient lieu de 11 heures à 14 heures.

Dark et Natasha coururent au troisième niveau, à l'endroit où elle avait trouvé la malle remplie de photos. À une cinquantaine de centimètres sur la droite, comme il s'y attendait, un rayon de soleil éclairait le parquet.

Quand ce rayon aurait parcouru la distance le séparant de la malle, le temps serait écoulé.

Dark fit un rapide calcul mental et appela O'Brian qui partait vers la salle informatique de l'hôpital.

– Tu as environ une demi-heure, à dix minutes près !

– Merci bien. Je pense pouvoir y arriver. J'avais peur que tu m'annonces un truc du genre trente secondes.

– Vas-y.

– Fais attention à toi, dit Natasha en effleurant la joue de Dark.

– Moi je ne risque rien. C'est toi qui joues la baby-sitter avec ce monstre.

– Tu ne m'as toujours pas invitée chez toi pour les fêtes de Noël.

– Je ne savais pas que tu voulais...

– J'aime passer rapidement à l'étape la plus agréable.

Elle l'embrassa avant de retourner rapidement auprès des ambulanciers qui emmenaient Labyrinthe.

Dark s'assit sur les gradins pendant que deux infirmiers s'occupaient de son bras et de ses mains. Il jeta un regard au corps inerte de Blair. D'autres infirmiers faisaient leur possible, mais il n'y avait plus d'espoir. L'homme avait passé sa vie à se répéter qu'il faisait le bien et avait été puni à chaque fois. Il avait laissé le monstre s'échapper et avait tenté de le rattraper pour l'enfermer à nouveau.

Pour la première fois depuis leur rencontre, Dark se rendit compte que, finalement, il admirait presque Damien Blair.

NEW YORK TIMES
Dernière minute : Des milliers d'hôpitaux dans le monde sous le coup d'un piratage informatique des registres de naissance. La dernière menace de Labyrinthe.

AP MONDE
Dernière minute : Labyrinthe arrêté. Son identité reste inconnue, mais la menace est toujours présente.

REUTERS
Dernière minute : Le piratage des registres de naissance a été enrayé. « Le dernier attentat de Labyrinthe a échoué », déclarent les autorités.

85
Dark

Devant l'hôpital, dans le froid glacial, Dark contempla les demeures de l'époque coloniale. Tout semblait irréel, comme surgi d'un rêve. Il ne savait même plus depuis quand il n'avait pas dormi. Il songeait seulement à prendre un avion pour la dernière fois – ces deux dernières semaines, il avait fini par les détester plus que tout au monde – pour pouvoir rentrer chez lui, à Los Angeles, et retrouver sa fille. Le lendemain, ce serait Noël. Il n'avait pas eu le temps de lui acheter des cadeaux, mais cela n'avait pas d'importance. Il voulait juste la serrer dans ses bras, respirer le parfum de ses cheveux, essayer d'oublier les devinettes, la mort, le sang... tout. Juste un moment. Prendre une pause. Se reposer. Une période de calme pendant laquelle il pourrait réfléchir à la suite, maintenant que son employeur était mort.

– Monsieur Dark ? (Il se retourna et vit le chauffeur de Blair tenant un attaché-case.) Cela vient d'arriver pour M. Blair. J'ai pensé qu'il fallait vous le remettre, étant donné...

Dark prit l'attaché-case, qui était plus lourd qu'il n'aurait dû.

Ailleurs, quelque part dans le monde, dans un garde-meubles, un minuteur se déclencha, émettant un petit bip. Il avait reçu un signal depuis un serveur en ligne, qui avait lui-même été activé par une commande à distance téléchargée depuis la montre de Labyrinthe, laquelle enregistrait ses données vitales.

Labyrinthe avait sombré dans le coma, ce qui avait enclenché le système.

Au cas où il n'aurait pas été en mesure de livrer son dernier colis.

Agenouillé sur le trottoir glacé, Dark hésita à ouvrir l'attaché-case destiné à Blair. Si Labyrinthe voulait se venger, il était évident qu'il porterait le coup final à l'homme qui avait tenté de le tuer. Le contenu était donc destiné à causer un choc, voire à tuer.

Mais pas immédiatement. Labyrinthe n'était pas aussi direct. Dark se rappela l'intrépidité de Natasha. S'ils avaient tardé à ouvrir la malle, il aurait été trop tard. Alors tant pis. Dark releva les clapets d'un coup de pouce et ouvrit la valisette. À l'intérieur se trouvait une lettre en capitales sur papier à en-tête personnel de Damien Blair. La police de caractère et la couleur du papier laissaient à penser qu'elle datait d'une vingtaine d'années. Blair l'aurait sans doute reconnue s'il avait été en vie.

La devinette :

JE SUIS TERRIFIANT ET J'INSPIRE LA PEUR, ET LE MONDE PHYSIQUE NE PEUT ME TOUCHER. QUAND J'EN AURAI FINI, TU NE TE SOUVIENDRAS PEUT-ÊTRE MÊME PAS DE MOI. QUI SUIS-JE ?

LABYRINTHE

La devinette finale du psychopathe. Envoyée personnellement à Damien Blair par son ennemi juré. Son petit...

Immédiatement, Dark eut la réponse : cauchemar.

Un cauchemar personnel.

Ils avaient dépassé les métaphores, à présent, et tout était littéral. C'était le dernier cadeau que Labyrinthe faisait au monde, le dernier détour dans le labyrinthe. Le monde allait voir qu'au milieu du dédale ce n'était pas un morceau de fromage qui l'attendait, mais un véritable cauchemar.

Dark saisit la feuille. Dessous se trouvait une horloge atomique, le genre qu'un homme qui a les moyens peut acheter dans une boutique de luxe ultraspécialisée. Ce type d'horloge garantit une précision à la milliseconde près. Sur le cadran figurait un décompte qui ne laissait que moins de douze heures. Minuit, le soir de Noël.

Le quand.

Un cauchemar dans un peu moins d'une demi-journée.

Mais pour qui ?

Qui serait la victime finale ?

Blair était déjà mort.

Peut-être la réponse se trouvait-elle dans une petite fiole de verre, fixée sur la paroi de la valisette, protégée par une gaine de cuir. Dark l'en sortit délicatement et la leva pour l'examiner. Elle n'était qu'à moitié remplie d'environ trois centilitres d'un liquide rouge.

Dark en avait vu assez pour savoir immédiatement ce que c'était.

Du sang.

Était-ce celui de la dernière victime ?

Le temps passait. Il devait trouver un laboratoire. Au plus vite.

Natasha attendait devant la chambre d'hôpital lourdement gardée de Labyrinthe quand sa tablette bipa.

Elle sursauta et fut brusquement ramenée à la réalité. Sa nouvelle réalité. Cela faisait une demi-heure qu'elle pensait à sa vie écoulée et elle avait pris conscience qu'elle s'était complètement impliquée dans l'équipe et qu'il ne lui restait pas grand-chose. Au début, elle avait détesté Dark parce qu'il se moquait de tout ce qui lui était cher. À présent, elle comprenait son détachement. Quand on vous enlève tout ce qui compte dans votre vie, il ne reste plus en vous qu'un vide immensément douloureux.

Le bip indiquait qu'une nouvelle vidéo de Labyrinthe avait été postée sur le Net.

Elle se connecta. Apparemment, elle avait été envoyée à peine quelques secondes plus tôt...

... par l'homme plongé dans le coma qui gisait dans la chambre derrière elle ?

Pour entrer dans le Labyrinthe, connectez-vous à Level26.com et saisissez le mot de passe : « confession ».

86

Elle regarda la vidéo dans laquelle le monstre diffusait son message.

Les sourcils froncés, le regard fixé sur l'objectif. Comme beaucoup des plus grands monstres de l'histoire, il avait l'air ordinaire. Celui d'un homme d'affaires assis à côté de vous dans un avion. D'une personne que vous abordez dans la rue pour lui demander votre chemin dans une ville inconnue. D'un homme à l'air avenant qui vous paie un verre dans un bar. Et vous n'y voyez aucun mal car, depuis la naissance, vous êtes conditionné à faire confiance aux gens qui ont l'air ordinaires, et à craindre ceux qui sortent du rang.

– Je m'appelle Julian Blair et je veux vous aider à sortir du labyrinthe.

À cet instant, tout devint clair pour Natasha.

Blair.

B – L – A – I – R

Dissimulé dans le surnom lui-même :

L-A-B-y-R-I-n-t-h-e

Une blague entre frères.

La devinette finale.

Natasha frémit en comprenant. Depuis le début, Damien poursuivait un monstre qui était son propre frère... Son destin avait été décidé à pile ou face. Un frère du côté de la loi et l'autre perdu dans les ténèbres. Pourquoi Damien ne le leur avait-il pas confié cela ? Avait-il si peur d'avouer la vérité ? Ce qui aurait pu considérablement les aider dans leur traque. Savoir qui était Labyrinthe aurait pu tout changer.

Puis elle se rendit compte que cela pouvait encore tout changer. Elle prit son téléphone et composa un numéro.

Le Pennsylvania n'avait pas de laboratoire de police scientifique, évidemment, mais il était parfaitement équipé pour analyser un échantillon de sang. Une recherche de correspondance ADN pouvait prendre des heures, à condition d'avoir de la chance. Mais Labyrinthe ne donnait jamais d'indice direct. Il y avait forcément un autre message dans le sang.

Avant tout, Dark demanda une recherche de toxiques en demandant aux laborantins de prendre toutes les précautions possibles. Puis il s'installa devant un microscope avec un échantillon. Peut-être Labyrinthe avait-il mélangé le sang à une autre substance. Ou bien le véritable message était gravé dans le verre de la fiole, et le sang en lui-même n'avait aucune signification : il servait seulement à les détourner de la véritable menace.

À plus tard...

Assis dans le laboratoire, Dark sentait les secondes s'égrener dans sa tête. Il détestait ce petit jeu. C'était un méditatif. Il était au mieux de ses capacités quand il pouvait rester au calme, dans la pénombre, et laisser les éléments d'une affaire flotter dans son esprit et se mettre progressivement en place.

– Monsieur Dark ? dit un laborantin en lui tapant sur l'épaule. Il faut que vous veniez voir.

Apparemment, le sang avait quelque chose d'étrange. Il était légèrement radioactif. En d'autres termes, celui dont il provenait, mort ou vivant, avait été exposé à une substance radioactive. Était-ce une allusion aux horribles accidents nucléaires survenus au Japon ? Labyrinthe voulait-il communiquer un message d'ordre écologique ?

Non. Cela ne collait pas.

Réfléchis !

La clé, c'était le donneur. Son identité permettrait de comprendre. Mais les analyses d'ADN prenaient des heures, parfois jusqu'à une demi-journée. Il ne leur restait pas assez de temps...

C'est alors que son téléphone vibra.

Natasha.

– Il y a une nouvelle vidéo, annonça-t-elle. Et Labyrinthe vient de révéler son vrai nom. Il s'appelle Julian Blair.

– Des frères..., murmura Dark tandis que les pièces du puzzle se mettaient en place.

– Cela tient debout. De A à Z. Et ils avaient à peu près le même âge. Mais j'ignore toujours pourquoi Damien ne nous l'a pas dit, répondit Natasha.

Moi je le sais précisément, se dit Dark. Quand on a un monstre comme frère, on ne veut surtout pas que le monde entier l'apprenne. Dès l'instant où les gens savent que le même sang court dans vos veines, votre vie est irrémédiablement changée.

Alain Pantin regardait la vidéo de Labyrinthe depuis une loge de la chaîne BBC World News. On l'avait fait venir pour discuter des derniers événements survenus en Amérique et il était convaincu qu'on allait faire le rapprochement entre lui et Trey Halbin. Ce n'était plus qu'une question de temps.

Trey Halbin, le tueur dément connu sous le nom de Labyrinthe.

Il était à moitié déçu que ce soit fini, que sa carrière politique s'arrête là, alors qu'elle avait été sa préoccupation de tous les instants ces trois dernières années.

Une carrière créée et finalement anéantie par un monstre.

Le pire cauchemar au monde se réalise...

Il aurait dû être rempli de terreur mais, à sa grande surprise, il ne l'était pas. Pas vraiment. Car même si Trey Halbin avait été un monstre...

... vous avez encore la force de vous élever. Vous pouvez prendre le pouvoir...

... il avait absolument raison dans son message. Un message dans lequel Pantin avait totalement foi, malgré la manière dont il était communiqué.

– Monsieur Pantin, êtes-vous prêt ? Puis-je vous apporter quoi que ce soit avant qu'on passe à l'antenne ?

Pantin regarda la jolie hôtesse du studio dans le miroir, lui fit un sourire suave et répondit :

– Tout va très bien.

87

Dark appela Riggins depuis la voiture du FBI qui roulait à une vitesse tout à fait déraisonnable vers le sud sur l'I-95.

– Riggins, il me faut un avion.

– Steve ? C'est toi ?

Dark fut surpris que son ancien chef n'ait pas la voix pâteuse. La veille de Noël était traditionnellement une occasion de se biturer. La plupart des agents fédéraux étaient libérés à midi, les services non essentiels du gouvernement fermaient. Riggins détestait cette période de l'année plus que les autres. Il avait tendance à éviter la famille et essayait de noyer cette période de fêtes dans la plus grande quantité de vodka possible. Généralement dans une chambre de motel, au cas où quelqu'un aurait voulu lui souhaiter un « joyeux Noël » ou quelque chose de ce genre.

– Il me faut un avion tout de suite.

– Pour aller où ?

– Je te le dirai quand je le saurai. Tu peux m'en faire préparer un, avec le plein ?

Damien Blair mort, les ressources de l'Alliance globale avaient disparu avec lui. Il n'y avait plus de hiérarchie ni d'argent. Plus d'avions, plus de personnel. Finies les motos de luxe qu'on vous livrait en moins de deux heures. Plus rien… Sans Damien, l'équipe, réduite à Dark, Natasha et O'Brian, était livrée à elle-même. Dark avait donc dû appeler la seule ressource qu'il connaissait.

– Merde, Dark. Tu es sérieux ? C'est une intuition ou tu as quelque chose qui tient la route ?

– Labyrinthe est en détention, mais un attentat est en cours. Je détiens la plupart des éléments, mais j'ai besoin d'un peu de temps pour comprendre. En attendant, il me faut un avion prêt à m'emmener à peu près n'importe où dans le monde.

– Tu ne demandes pas souvent qu'on te rende service, mais quand tu te lances...

– Où es-tu ?

– Chez moi. Quel genre d'attentat ? Qu'est-ce qui va se passer ?

– Le pire. Le genre où des milliers et des milliers de personnes meurent.

Dark ne voyait pas Riggins, évidemment, mais il l'imagina très bien se redressant brusquement. Tom Riggins était un raté dans tous les domaines de sa vie, mais pas du point de vue professionnel. Heureusement, car il avait tout sacrifié à son boulot.

– Je pense que je peux te trouver ça, dit-il, mais il me faut quelque chose en échange.

– Quoi ?

– Il faut que tu reviennes dans mon équipe.

– Putain, Riggins, tu rigoles ? Tu veux vraiment parler de ça maintenant ?

– Accorde-moi cette ultime satisfaction avant que je sois fini. On pourrait retravailler ensemble. Comme dans le temps. Quand on était une équipe, rien ne nous arrêtait. Tu te rappelles cette époque ?

Oui, Dark s'en souvenait. Trop bien.

– Tu es ivre, dit-il.

– Je serai dégrisé avant que tu aies trouvé ta destination.

Les minutes passaient. Dark avait-il le choix ?

– Bon, d'accord.

Et avec ces paroles, Steve Dark revenait aux Affaires spéciales. Même si la division elle-même allait être démantelée, et son chef trop barré pour sauver son poste, sans parler de celui des autres.

Le temps que Dark arrive à l'aéroport de Philadelphie, Riggins avait tenu parole. Il avait utilisé ses dernières cartouches pour qu'un jet privé soit affrété avec suffisamment de carburant pour faire un demi-tour du monde.

Le problème était la destination. Labyrinthe pouvait être allé n'importe où ces derniers mois. Dark pensa alors à la rancune qu'il nourrissait envers son frère.

Il avait souvent entendu Blair se vanter de pouvoir faire ce qu'il voulait, partout dans le monde. Sans que personne ne pose de question.

Damien et Julian Blair avaient les mêmes capacités. Ils savaient comment financer, acquérir et faire livrer n'importe quel objet, dans n'importe quel endroit du globe.

Par exemple, une bombe nucléaire, au QG de l'Alliance globale.

88
Dark

– Alors, on est face à quoi? demanda Riggins.

Ils étaient en route pour le QG de l'Alliance globale dans un 4 × 4 des autorités françaises. Riggins avait tout organisé depuis les États-Unis. Le général Saint-Pierre, avec lequel ils avaient collaboré cinq ans auparavant sur l'affaire Sqweegel, éprouvait assez de gratitude envers Riggins et les Affaires spéciales pour leur prêter non seulement ce véhicule et quelques armes mais aussi un petit détachement des Services spéciaux afin de sécuriser le QG de l'Alliance globale.

C'était un talent particulier de Riggins d'être capable d'organiser un assaut à Paris avec les Services spéciaux français, sans passer par les canaux habituels. Parce qu'ils n'avaient pas le temps d'utiliser la voie normale, et aussi pour éviter de déclencher une panique mondiale.

Au téléphone, dérangeant le général durant le réveillon de Noël, Riggins avait parlé sans détour : il fallait régler un dernier problème touchant Labyrinthe.

– Il a été capturé, n'est-ce pas ? avait demandé le général. J'ai entendu ça à la radio.

– Oui, mais il avait un complice qui travaillait au sein de l'Alliance globale.

– C'est pour ça que l'Alliance globale ne veut pas envoyer sa propre équipe sécuriser ses locaux. Je comprends.

– Oui, opina Riggins. Ils ont demandé aux Affaires spéciales de leur donner un coup de main.

Il évita soigneusement de préciser qu'une arme nucléaire pouvait être dissimulée dans les catacombes sous le sol de Paris.

Mais maintenant que c'était réglé, Riggins voulait savoir à quoi ils s'attaquaient. En réalité.

– Ça ne va pas être facile, commença Dark.

Il lui rappela que le QG de l'Alliance globale comportait un nombre restreint d'accès et d'issues. Qu'ils étaient gardés en permanence par d'anciens commandos sélectionnés personnellement par Hans Roeding.

En mourant, Roeding leur avait donné l'alerte en prononçant ces mots : « Entrez dans le labyrinthe. »

Les gardes étaient prêts à repousser n'importe quel intrus.

La dernière fois que Dark était allé là-bas, il avait été escorté par eux, pour la plupart des mercenaires et des professionnels des opérations secrètes. Entraînés au combat sans merci. Ils ignoraient ce qu'ils protégeaient, mais cela leur était probablement égal. Ils étaient grassement payés. Il n'y avait pas moyen de les raisonner quand un ordre avait été donné.

La seule manière de passer était de les anéantir.

Riggins répartit les hommes des Forces spéciales françaises en petites équipes, puis il donna un détecteur de radiations à Dark.

– Tiens… Si jamais on sortait vivants de cet affrontement.

– Qu'est-ce que tu as raconté au général Saint-Pierre ?

– Qu'on soupçonnait un agent de Labyrinthe d'avoir empoisonné l'eau de Paris.

Avant qu'ils se séparent, Dark posa la main sur l'épaule de son mentor.

– Riggins, écoute, au cas où...

– Hé, épargne-moi ce couplet tant qu'on n'aura pas rétamé ces mecs et sauvé Paris, OK ?

– OK.

Mais ce qu'il s'apprêtait à dire n'avait pas grand-chose à voir avec une excuse. Il ne savait pas trop s'il pourrait jamais pardonner à Riggins de lui avoir dissimulé la vérité. Encore que cela n'avait pas grande importance pour l'instant : ils risquaient d'être tous morts dans quelques minutes.

Pendant que Riggins passait avec une équipe par le parking souterrain, Dark menait la sienne vers un autre maillon faible : l'entrée située dans les égouts. « Menait » n'était pas le terme : il avait du mal à suivre la demi-douzaine de soldats qui s'enfonçaient en courant dans le boyau infect. Il portait des protections pare-balles, mais il avait tenu à prendre son Glock 19, l'arme qui lui était la plus familière. Inutile de se munir d'un automatique quand on n'en a pas l'habitude.

L'un des hommes chuchota et fit un signe avec deux doigts, mais Dark n'eut pas le temps de comprendre car, l'instant d'après, des coups de feu retentirent dans la canalisation.

Les mercenaires de l'Alliance globale n'avaient pas attendu que leurs assaillants tirent pour faire feu. Ils avaient déclenché un déluge de balles au premier bruit suspect. Sans doute avaient-ils déjà averti leurs collègues qui gardaient les autres entrées.

Dark se baissa en attendant de pouvoir riposter – inutile de tirer dans l'obscurité, la fumée et la confusion. Un soldat français tomba à côté de lui, une balle en pleine tête. Dark s'avança, distingua une silhouette au bout de la canalisation et tira.

L'affrontement sans pitié sembla durer une éternité. C'était peut-être ce qu'on éprouvait quand on allait mourir : les dernières secondes de votre vie s'étirant à l'infini.

Puis il y eut une explosion assourdissante et un torrent de flammes – il se rendit alors compte que c'était cela la mort.

89

Dark

Il avait toujours son Glock au poing.

Ce fut la première chose dont il fut conscient en revenant à lui.

Il avait toujours son arme.

Et on s'agitait autour de lui.

Quelqu'un appuya les doigts sur sa gorge. Il sentit quelque chose contre sa tempe. Le canon d'une arme.

Ouvrir les yeux impliquerait une mort instantanée. De toute façon, la mort allait survenir d'un instant à l'autre, car le mercenaire accroupi à côté de lui allait sentir la pulsation de sa carotide et lui loger une balle dans le crâne.

Dark garda les yeux fermés et appuya sur la détente. La balle atteignit le mercenaire de plein fouet.

Une détonation retentit juste à côté de sa tête : l'autre avait eu le temps de tirer, mais l'avait manqué de peu.

Quand Dark ouvrit enfin les yeux et recula en rampant jusqu'au bout de la canalisation, il observa le chaos qui régnait autour de lui et comprit ce qui s'était passé. Quelqu'un – les mercenaires ou les soldats – avait lancé une grenade. C'était la seule chose qui puisse expliquer ces corps convulsés et déchiquetés et le fait que Dark n'entende plus rien hormis les battements de son cœur. Cela aurait-il amusé Labyrinthe ? On menace un homme de lui crever le tympan et on se fait rattraper par son karma…

Dark se releva lentement et avança. Le cadran de sa montre avait été brisé ; mais si elle fonctionnait encore, il ne lui restait plus que trois minutes.

Apparemment, il n'y avait personne à l'intérieur du QG. Les mercenaires avaient immédiatement coupé l'électricité. C'est donc sourd et sans aucune visibilité que Dark dut chercher un objet de la taille d'une bombe. Une arme qui pouvait avoir été placée là Dieu sait quand – des semaines, des mois ou des années plus tôt. Peut-être Julian Blair avait-il espionné son frère depuis le tout début, depuis l'instant où Damien avait aménagé ces lieux.

Plus que deux minutes trente secondes.

Dark détacha le détecteur de radiations de sa ceinture et l'alluma. Rien. Il essaya de nouveau. Toujours rien.

Non !

L'appareil avait dû être endommagé dans l'explosion.

Si Labyrinthe avait pu voir Dark en cet instant, il aurait sûrement trépigné de plaisir. Le seul homme qui pouvait l'arrêter était maintenant perdu, sourd et aveugle dans ce dédale, et privé de l'unique appareil qui pouvait les sauver, lui et tous les autres...

Deux minutes.

Rien à foutre.

Dark allait passer ses dernières secondes sur cette Terre à chercher tout de même.

Riggins était assis par terre dans le bureau de Damien Blair, les jambes écartées, comme un gosse au jardin d'enfants. Dark vit l'autre détecteur gisant à côté de lui, ainsi qu'un caisson en acier entre ses jambes. Il avait réussi. Il avait trouvé cette saloperie. Cachée depuis toujours dans un compartiment secret sous le propre bureau de Blair.

Frères jusqu'au bout.

Riggins dut entendre un bruit, car il fit volte-face, l'arme au poing. La crainte s'effaça de son visage quand il constata que c'était Dark.

Dark vit alors le contenu du caisson : le minuteur digital annonçait qu'il ne leur restait plus que quarante-sept secondes.

– Tu m'entends ? demanda Riggins en désignant ses oreilles.

Le son était étouffé, mais Dark hocha la tête. *Oui, je t'entends.*

– Tous les autres sont morts, dit Riggins. Ils sont morts pour que je puisse arriver ici. Mais à quoi ça sert ? Je n'ai pas la moindre idée de la manière dont je pourrais arrêter cet engin.

Dark s'accroupit à côté de lui et vit alors combien son ancien chef était amoché. Il avait pris au moins une balle, car une flaque de sang s'étalait sous ses jambes. D'après la traînée sur le sol, Riggins avait dû littéralement ramper jusque-là, son foutu détecteur de radiations à la main, en espérant contre toute raison trouver la bombe.

Et il avait réussi.

Mais il ne savait absolument pas comment l'arrêter.

Il restait trente-cinq secondes.

– Tu n'aurais pas suivi un cours sur le sujet, des fois ?

L'humour noir de Riggins. Dark baissa les yeux et vit sous l'enchevêtrement de fils un labyrinthe en bois. Le genre qu'on utilise dans les laboratoires pour tester la mémoire des souris. Rien de bien sophistiqué – plutôt un bricolage d'écolier qui a passé un week-end à coller les parois et à peindre le tout d'une couleur neutre. Le minuteur se trouvait au centre.

– Oui, c'est bien ce que je me disais. J'ai essayé de rassembler tout mon courage.

Il restait dix-neuf secondes.

Dark toucha l'épaule de Riggins. Celui-ci leva son arme. Dark crut qu'il allait braquer le canon sur sa tempe. *Mon Dieu ! Non. Ne fais pas ça. Pas maintenant, pas comme ça. À quoi ça servirait ?*

Il restait treize secondes.

Finalement, Riggins braqua l'arme sur le minuteur et appuya sur la détente.

90
Dark

En rentrant chez lui depuis l'aéroport, Dark s'arrêta pour acheter une robe comme cadeau de Noël.

La fête était passée depuis une semaine, mais il ne pouvait pas arriver les mains vides.

Le magasin de poupées était un étalage sur trois étages d'innocence pure et sans mélange de petits berceaux, baigneurs, accessoires et tenues. L'année précédente, Dark avait offert une poupée à Sibby. Elle l'avait adorée, serrée contre elle et refusé de s'en séparer de toutes les vacances. Depuis qu'elle vivait avec lui, Dark était revenu dans ce même magasin en acheter d'autres, puis des accessoires. Il se disait que c'était sa manière de faire comprendre à la petite qu'ils menaient une sorte de vie normale. Acheter des cadeaux. Construire un foyer. Il aurait fallu être fou pour acheter autant de choses sans intention de les garder, n'est-ce pas ?

Même si Dark était souvent venu, il éprouvait une étrange sensation chaque fois qu'il franchissait la porte du magasin. Surtout là, avec son Glock chargé dans sa poche de blouson. Le magasin lui apparaissait comme la réminiscence d'une époque plus innocente – un refuge où les petites filles pouvaient être des petites filles. On y organisait même des goûters et des défilés de mode.

Dark était heureux que de tels moments d'innocence puissent encore exister. Par bonheur, l'idée assez saugrenue qu'avait eue Riggins de tirer sur le minuteur de la bombe avait fonctionné. Dark frémit en repensant à la tragédie qu'ils avaient évitée de justesse. Labyrinthe avait frôlé la destruction d'une partie du monde et Sibby n'aurait plus eu de père.

Même si Labyrinthe n'était plus un danger – Dark s'en était assuré –, émeutes et violences continuaient dans le monde. De nouveaux crimes imitant ceux de Labyrinthe étaient commis quasiment chaque jour sur tous les continents, prenant pour cibles les mêmes « piliers » qu'il tenait tant à abattre : santé publique, institutions judiciaires, éducation, politique, arts, etc. Plus dérangeant encore, de plus en plus de citoyens ordinaires reprochaient aux gouvernements leur incapacité à mettre fin à ces troubles. Cela encourageait dès lors les imitateurs de Labyrinthe à multiplier leurs actes de violence et de protestations.

Labyrinthe avait allumé un incendie, et laissé le reste du monde attiser les braises. Même les États-Unis n'étaient pas épargnés. Des auditions devant le Congrès se succédaient, on menait une multitude d'enquêtes et, apparemment, plus personne n'allait pouvoir perpétrer ses méfaits impunément. Trop de monde en avait pris conscience et y veillait. Et il ne s'agissait plus du simple risque de perdre une réélection. Il y avait des morts.

Mais le plus véhément de tous était bien entendu l'alter ego de Labyrinthe. Alain Pantin – l'homme secrètement formé par Labyrinthe lui-même sous l'identité de Trey Halbin.

Les milieux politiques européens avaient été choqués quand le lien qui les unissait avait été révélé par les médias. Mais Pantin avait expliqué que, s'il regrettait d'avoir été en relation avec un criminel aussi abject, ses opinions et son message n'en étaient pas moins valables. Les gouvernements et les entreprises devaient rendre des comptes. La révolution avait peut-être été déclenchée par un esprit malade, mais cela n'annihilait pas pour autant la nécessité d'un changement.

Pantin était de toute façon intouchable, n'ayant rien commis d'illégal lui-même. Dark et Natasha eurent beau fouiller, ils ne trouvèrent rien qui l'impliquât. Certains commentateurs avancèrent même que Pantin n'était qu'une autre victime de Labyrinthe – continuant de dire haut et fort des vérités dont il payait chèrement le prix.

Quel prix ? se demandait Dark.

Le pourcentage d'opinions favorables à Pantin augmentait quotidiennement. Voilà ce qui l'inquiétait le plus. Le message et la cause de Labyrinthe étaient toujours vivants et se répandaient.

Mais comment les combattre ?

Alors qu'il traversait le magasin, il pensait à Natasha. Elle n'avait pas pu venir à Los Angeles pour les fêtes mais serait là dans quelques jours. Elle voulait discuter de l'avenir de l'Alliance globale. Même avec deux membres en moins, c'était encore une force du bien dans ce monde.

Dark lui avait dit qu'il devait y réfléchir, et demandé si c'était la seule chose qu'elle avait en tête.

Elle lui avait répondu :

– Eh bien, disons que toi et moi, nous avons beaucoup de temps à rattraper.

Plus tard dans la soirée, la veille du jour de l'an, Sibby improvisa un petit goûter. Elle fit mine de servir une tasse de thé à Riggins, assis sur le canapé dans le salon, un bras en écharpe.

– Du lait ou du sucre, monsieur Riggins ? demanda-t-elle.

– Tu crois que tu pourrais y mettre un doigt de bourbon ?

– De quoi ? demanda Sibby, perplexe.

– Papa va s'en occuper, dit Dark en se levant.

Il avait encore des problèmes d'audition, mais ça allait mieux – il ne retrouverait probablement jamais son ouïe à cent pour cent. Il prit la bouteille de Knob Creek et un verre dans le bar puis, après réflexion, attrapa un second verre. Autant se joindre à Riggins.

Riggins était venu directement de l'hôpital, sans prévenir. Il avait simplement frappé et s'était installé sur le canapé. Dark n'avait pas posé de questions. Ils avaient encore des choses à régler. Mais pas maintenant.

Il fallait laisser Sibby finir son goûter et les embrasser avant d'aller se coucher. Dark remplit les verres. Ils continuèrent au bourbon jusqu'à peu avant minuit.

– Je prends ma retraite, dit finalement Riggins.

Dark ne fut pas assez naïf pour feindre la surprise ou l'incompréhension. Rares étaient ceux qui tenaient longtemps aux Affaires spéciales. Le quart de siècle de Riggins était un véritable miracle. Il songea que Riggins serait parti dix ans plus tôt s'il n'y avait pas eu l'affaire Sqweegel – et ses conséquences dramatiques sur lui-même.

Il se contenta donc de hocher la tête.

– Ils ont un gros besoin de sang neuf, continua Riggins. Au cas où tu n'aurais pas remarqué, le monde court à la catastrophe. J'ai dans l'idée que les Affaires spéciales vont être plus occupées que jamais et qu'il va falloir un type à la hauteur du boulot.

– Ils le trouveront sûrement.

– Je leur ai recommandé de penser à toi.

– Moi ? Tu plaisantes ? Je suis tout ce qu'on veut, sauf du sang neuf.

– Écoute, dit Riggins. Je ne vais pas te faire de la lèche non plus. Même si tu m'as fait boire plus que de raison. Tu sais comme moi que tu es le meilleur chasseur d'hommes qui soit. Tu devrais former des agents, leur transmettre ton expérience. Et si quelqu'un peut faire revenir Constance, c'est bien toi.

– Franchement, tu me vois assis à ton bureau ?

– Oh, mais oui !

– Vraiment ? Le frère d'un tueur de niveau 26 à la tête du service chargé de les capturer ?

– Va te faire foutre ! répondit Riggins. Ça n'a pas d'importance et tu le sais très bien. Tu es fait pour ce job.

– Je sais. La question est de savoir si les Affaires spéciales sont à la hauteur. Ou si elles sont trop empêtrées dans la bureaucratie et les procédures…

– Nous avons tous besoin de limites, Dark. D'ailleurs, à ce sujet : Labyrinthe… tu crois qu'il sortira un jour du coma ?

Dark se tourna vers son mentor, l'homme qui avait fait de lui ce qu'il était. Il ne retournerait jamais aux Affaires spéciales. L'Alliance globale fournissait tout ce qu'il fallait pour capturer les tueurs. Il avait déjà discuté avec certains des soutiens financiers de Damien Blair qui semblaient intéressés par la poursuite de la mission. Dark pourrait faire ce qu'il voudrait, et non ce qu'on lui permettrait. Cela changeait tout. S'il était aux Affaires spéciales, Labyrinthe serait dans une cellule quelque part en attendant d'être libéré pour un quelconque vice de procédure. Il allait s'assurer que cela n'arriverait jamais. Faire en sorte que Labyrinthe ne soit plus jamais une menace pour quiconque.

Et, regardant celui qui était comme un père pour lui, Dark – comme les fils sont parfois contraints de le faire – mentit :

– Je ne sais pas.

Pour entrer dans le Labyrinthe, connectez-vous à Level26.com et saisissez le mot de passe : « revolution ».

Remerciements

Anthony E. Zuiker

Je souhaite remercier d'abord et avant tout mes enfants : Dawson, Evan et Noah. Vous représentez pour moi bien plus que vous ne le saurez jamais. L'équipe et les acteurs de *Dark Revelations* : merci de nous avoir lancés sur les chapeaux de roues et de nous avoir aidés à terminer cette série en fanfare. Et Matthew Weinberg, Orlin Dobreff, Jennifer Cooper, et David Boorstein : merci de m'avoir aidé à imaginer cette trilogie du début à la fin.

Encore une fois, je remercie chaleureusement Duane Swierczynski d'avoir permis l'achèvement de notre troisième livre. Je remercie pour sa précieuse contribution l'équipe Zuiker : Margaret Riley, Kevin Yorn, Dan Strone, Alex Kohner, Nick Gladden, Shari Smiley et Jonalyn Morris.

Je remercie Brian Tart d'avoir pris le risque de sortir une série comme celle-ci ; notre intrépide éditeur, Ben Sevier, pour son soutien infaillible ; et tous ceux chez Dutton qui ont permis à ce digi-roman de voir le jour, notamment : Jessica Horvath, Melissa Miller, Stephanie Kelly, Erika Imranyi, Christine Ball, Lisa Johnson, Rachel Ekstrom, Carrie Swetonic, Kirby Rogerson, Susan Schwartz, Leigh Butler, Aline Akelis, Sabila Khan, Hal Fessenden et Adina Weintraub.

Enfin et surtout, je remercie tout particulièrement Joshua Caldwell. Nous sommes fiers de lui passer le relais de la réalisation. Je sais qu'il ne déméritera pas.

Duane Swierczynski

Je souhaite remercier mon épouse Meredith, mon fils Parker et ma fille Sarah. Je remercie également mon complice, Anthony E. Zuiker, de m'avoir entraîné dans cette folle équipée dans l'univers de Dark. Toute l'équipe de Dare to Pass – surtout Josh, Matt, Orlin et David – pour son soutien, ses conseils et son intelligence collective. La charmante équipe de Dutton – en particulier Ben Sevier et Stephanie Kelly – qui a fait aboutir le projet. Et enfin David Hale Smith, et toute l'équipe Inkwell, pour à peu près tout le reste.

Liste des acteurs des vidéos disponibles sur level26.com

Daniel Buran : Steve Dark
Hal Ozsan : Labyrinthe

Et aussi
Dave Baez : détective Perez
Tom Ohmer : détective Largent
Marlon Gazali : sans-abri
Andres Perez-Molina : Cruz
Voltaire Sterling : Dre
Garret Davis : sergent Smith
Tiffany Brouwer : Faye Elizabeth
Daniel Probert : David Loeb
Alan Brooks : Charles Murtha
Jesus Ruiz : Lisandro
Thomas Mikusz : Alain Pantin
Bella Dayne : Maria
Christopher Frontiero : Johnny Knack
Jared Ward : Shane Corbett
Nathalie Fay : Andrea
Haley Strode : Lisa
Jennifer Holland : Simone

Les auteurs

ANTHONY E. ZUIKER est le créateur et producteur exécutif de la série télévisée la plus regardée au monde, *Les Experts*, ainsi qu'un entrepreneur visionnaire qui donne régulièrement des conférences sur l'avenir de l'industrie du divertissement. Il vit à Los Angeles, en Californie.

DUANE SWIERCZYNSKI est l'auteur de plusieurs romans policiers, dont *Expiration Date*, et scénariste pour Marvel Comics. Il vit à Philadelphie, en Pennsylvanie.

Composition : Compo-Méca S.A.R.L.
64990 Mouguerre

IMPRIM'VERT®

Imprimé en France par
Corlet Imprimeur
Dépôt légal : mars 2012
N° d'impression : 145333
ISBN : 978-2-7499-1594-4
LAF 1254C